Una escapada a Escòcia

JULIE SHACKMAN

Una escapada a Escòcia

Cualquier forma de reproducción, distribución, comunicación pública o transformación de esta obra solo puede ser realizada con la autorización de sus titulares, salvo excepción prevista por la ley. Diríjase a CEDRO si necesita reproducir algún fragmento de esta obra.
www.conlicencia.com - Tels.: 91 702 19 70 / 93 272 04 47

Editado por HarperCollins Ibérica, S. A.
Avenida de Burgos, 8B - Planta 18
28036 Madrid

Una escapada a Escocia
Título original: A Secret Scottish Escape
© 2021 Julie Shackman
© 2023, para esta edición HarperCollins Ibérica, S. A.
Publicado por One More Chapter, una división de HarperCollins Publishers Ltd, UK
© De la traducción del inglés, HarperCollins Ibérica, S. A.

Todos los derechos están reservados, incluidos los de reproducción total o parcial en cualquier formato o soporte.
Esta edición ha sido publicada con autorización de HarperCollins Publishers Limited, UK.
Esta es una obra de ficción. Nombres, caracteres, lugares y situaciones son producto de la imaginación del autor o son utilizados ficticiamente, y cualquier parecido con personas, vivas o muertas, establecimientos comerciales, hechos o situaciones son pura coincidencia.

Diseño de cubierta: CalderónSTUDIO®

ISBN: 978-84-10021-00-6
Depósito legal: M-29486-2023

1

—Mac, ¡lo has vuelto a hacer! —Sonreí al móvil—. Te has olvidado el cuaderno.

Miré alrededor hasta que encontré su diario encuadernado en cuero sobre la mesita de cristal. Junto a él había una fotografía enmarcada de los dos a orillas del lago.

El pelo castaño de Mac estaba salpicado de algunas canas y nos habíamos estado riendo al hacernos un selfi improvisado. Sus ojos caídos, de color azul claro, se arrugaban contra la luz del sol y yo estaba acurrucada contra él, con mis pecas asomándose por mi nariz y mis mejillas.

Mi padre, Harry, solía mirar con recelo a Mac cada vez que nos visitaba.

—¿No te molesta la diferencia de edad, Layla? —siseaba por la comisura de los labios—. Quiero decir, este viejo solo tiene un año menos que yo.

Hice una pausa antes de volver a hablar por el móvil. Mi anillo de compromiso de morganita en oro rosa destellaba al mover las manos.

—De todos modos —continué, volviendo a centrar mi atención... en el buzón de voz de Mac—, espero que la reunión con tu agente vaya bien, aunque te hayas dejado el cuaderno. Llámame cuando termines. Te quiero.

Colgué y me acerqué a mi escritorio, un antiguo mueble de roble situado en la otra punta de la sala de estar de mi casita. A través de las ventanas de guillotina pintadas de color crema se veían las aguas del lago Loch Harris a lo lejos.

En una mañana despejada de abril como esta, entre la maraña de bosques que la rodeaban, alcanzaba a vislumbrarse la singular mancha de la barca de un pescador. De la tierra brotaban matas de narcisos, como trompetas de limón.

Loch Harris era el epítome de la escarpada y misteriosa belleza escocesa, con sus viejas casitas de piedra, iglesias con vidrieras y un ecléctico puñado de tiendas. Era un destino popular para los turistas, gracias a sus innumerables y espectaculares paseos, así como a la extensión del espejo del lago y al mágico espectáculo de la cascada de Galen, situada a solo quince minutos en coche.

Mac y yo vivíamos en la que originalmente había sido mi casa de la infancia, antes de que mi familia se desintegrara. Cuando yo tenía siete años, mi madre, Tina, decidió que la vida le debía mucho más de lo que Loch Harris podía darle, y desapareció de nuestras vidas.

Durante los últimos veintidós años, ella había sido esa entidad extraña y desconocida que me enviaba alguna que otra tarjeta de cumpleaños y de Navidad de su vida en Londres y, para ser sincera, yo estaba más que contenta de que siguiera siendo así.

Papá me había criado solo, aunque con el apoyo de mis difuntos abuelos paternos.

Aún recuerdo, a pesar de la ausencia de mi madre, cómo esta casita encalada reverberaba con el sonido de la música. Desde muy pequeña, recuerdo los discos de mi padre esparcidos por la alfombra del salón y a él limpiando con orgullo las fundas de los discos.

«Olvídate de las joyas —me decía—. Estos son los únicos tesoros que necesitarás».

Eric Clapton era el héroe de mi padre; de ahí que me pusiera el nombre de la canción más famosa de Clapton.

Cuando le dije a mi padre que quería tener mi propia casa, se conformó con dejar atrás los dolorosos recuerdos de mi madre e insistió en que me quedara en la casa de campo. Se instaló en la casa de mis abuelos, que estaba un poco más abajo.

Me recogí un mechón de mi ondulado pelo castaño claro detrás de la oreja y me desplacé con el ratón por los nuevos mensajes que habían aparecido en la bandeja de entrada del correo electrónico.

Tenía un par de fechas límite: una era la reseña de un libro para un periódico vespertino de Glasgow, y la otra era la redacción de una entrevista que había realizado a una escritora holandesa de novelas policiacas para una revista digital.

La procrastinación es el enemigo cuando eres escritor autónomo.

Al ir a coger un bolígrafo del portalapices, vi la letra fina, como patas de araña, y crítica de Mac. Había escrito una nota improvisada en un trozo de papel.

Hendry levantó la pistola con los nudillos blancos. Fragmentos del amanecer resaltaban la parpadeante silueta del asesino...

Mac estaba trabajando en su próximo *thriller* político, actualmente titulado *Injusticia*.

Aunque llevaba varios años cosechando un éxito impresionante, incluso el gran Mac Christie, con su sonrisa afable y su encanto fácil, dudaba a veces de sí mismo.

Cuando se sentaba a escribir en el dormitorio de invitados, a menudo lo oía golpear con el puño el escritorio, y a continuación una cacofonía de palabrotas salía por la puerta.

Jugueteé con mi anillo de compromiso antes de abrir YouTube y hacer clic en algunas de mis canciones favoritas para escucharlas mientras trabajaba.

Mientras que Mac solo podía escribir en silencio, yo, por mi parte, descubrí que trabajaba de forma más productiva cuando me ponía letras que me llegaban al corazón.

—¿Tienes que tener eso a tanto volumen, Layla? —Mac gritaba desde el otro lado del pasillo—. Esto no es el O2 Arena.

A menudo soñaba despierta con tener mi propio local de música. Cuando se lo conté a Mac, me dijo:

—¡Ugh! No con ese *rock* maniaco, ¿verdad? Podría entender un club de *jazz* tranquilo, pero no el sonido de cuando están torturando a alguien sin contemplaciones durante cuatro minutos.

—Si está demasiado alto, es que eres demasiado viejo —le había contestado.

En aquel momento, Mac dejó su escritorio y tiró de mí hacia nuestro dormitorio, donde procedió a mostrarme lo joven que era en realidad.

Después de escribir una reseña muy elogiosa sobre el romance histórico que me habían pedido que leyera, pasé de la sala de estar a la cocina para preparar el almuerzo.

Mi padre, aunque paisajista de profesión, era muy manitas y había transformado los armarios empotrados de madera oscura que habíamos sufrido durante años en la pintura de limón pálido que teníamos ahora, con la experta colaboración de algunos de sus amigos comerciantes locales.

En su momento, coloqué varias plantas en macetas sobre las encimeras de color marrón oscuro, desde brotes de brezo hasta hiedra trepadora, puse una lámpara de seda amarilla antigua en un rincón y elegí un horno y un frigorífico de acero inoxidable para sustituir a nuestros electrodomésticos originales, que habían vivido por mejores momentos.

Mis pies descalzos golpeaban el suelo de madera bruñida al desplazarme de los armarios hasta la nevera. Mac no me había devuelto la llamada. ¿Quizá no había recibido mi mensaje?

Abrí la puerta de la nevera y cogí una barra de pan con semillas, salmón ahumado y ensalada de hojas verdes.

Un golpe seco en la puerta principal consiguió abrirse paso por encima del sonido de la voz de Stevie Nicks cantando sobre flores de papel.

A través del cristal esmerilado, distinguí la silueta resplandeciente de un hombre alto.

Se me dibujó una sonrisa en la cara.

—Mac —empecé a decir, y tiré de la manilla—. ¿Te has olvidado la llave también?

Parpadeé varias veces ante los ojos sombríos de Tom, nuestro policía local.

Una mujer policía de rostro amable, a la que no reconocí, se quedó a su espalda.

2

Mis dedos acariciaron mi anillo de compromiso.

—Debe de haber algún error.

Tom entrelazó los dedos.

—Lo siento mucho, Layla —dijo.

Me levanté de la silla y me paseé de un lado a otro delante de los dos agentes preocupados.

—No. No me lo creo —repliqué. Me miraron fijamente desde el sofá, con la empatía grabada en sus expresiones—. Pero nada de esto tiene sentido —balbuceé, con la mente divagando en todas direcciones—. Mac se iba a reunir con su agente en la ciudad. ¿Por qué iba a estar en un hotel de Stirling?

Sentía el corazón como un bulto frío en el pecho y los colores de la sala de estar empezaban a arremolinarse en una neblina granate y gris.

Tom se levantó y me dio una palmada en el brazo. Su compañera, que se había presentado como la agente Emma Nicholson, me dedicó una breve sonrisa compasiva.

—Creo que deberías sentarte, Layla —sugirió.

Me quedé mirándola un momento antes de asentir con la cabeza lentamente y volver a recostarme en el sillón. Emma miró a Tom con el rabillo del ojo. Se hizo un silencio embarazoso.

—Mac no estaba con su agente cuando sufrió el infarto —añadió entonces.

Mis cejas se fruncieron.

—Lo siento, no lo entiendo —dije.

Tom y Emma intercambiaron otra breve mirada que hizo que me faltara el aliento. ¿Qué pasaba?

—Mac se desmayó en una habitación del hotel Brookman, y había alguien con él en ese momento.

Las palabras de Tom me atravesaron y me quedé sin respiración.

—¿Intentas decirme que estaba con otra mujer?

Los ojos azul claro de Emma parpadearon.

—Sí. Sí, lo estaba.

Tom dejó caer la vista hacia mi alfombra roja como el vino y luego volvió a mirarme.

—Mac estaba con Hannah Darley-Patrick —dijo.

Eso era ridículo. Nada de aquello tenía sentido.

—No —luché—. No puede ser verdad. Ella es su exesposa. —Tom y su compañero no dijeron nada—. ¿Qué estaban haciendo? —pregunté con voz ronca, y me reprendí para mis adentros por la estupidez de mi pregunta.

Otra vez se hizo el silencio. De manera involuntaria se me escapó una carcajada. Sonaba ajena, como si fuera la risa de otro.

—Oh, no. Estaban juntos en la cama, ¿verdad? —añadí.

Emma inclinó la cabeza.

—Lo siento mucho, pero sí, eso parece —confirmó ella.

Pasé las palmas de las manos por mis vaqueros y salí disparada de la silla otra vez.

—Esto no puede estar pasando —murmuré con el anillo de compromiso brillando en mi dedo—. Entonces, ¿me estáis diciendo que mi prometido tuvo un infarto fulminante cuando se tiraba a su exmujer?

Tom y Emma se levantaron de los asientos y se pusieron enfrente de mí.

—Lo sentimos mucho, Layla —volvió a recalcar Tom.

La conmoción y la rabia luchaban en mi interior.

—No tanto como yo —dije.

Emma se situó frente a mí.

—¿Hay alguien a quien podamos llamar por ti? No deberías estar sola en estos momentos —propuso.

Me pasé los dedos por los brazos, incrédula. Tiré en vano del dobladillo de mi jersey.

—Harry —murmuré—. Podrías llamar a Harry.

—Harry Devlin es el padre de Layla —le explicó Tom a Emma.

—Y a Faith —añadí con desesperación—. Quiero a Faith.

Mientras murmuraba esas palabras, no se me escapaba la ironía.

Mac y yo nos conocimos cuando me encargaron entrevistarle para una revista de estilo de vida hacía casi dos años.

Era un hombre mayor, grosero y carismático, con una sonrisa de oreja a oreja y una nariz prominente que realzaba su carácter.

Mac había estado flirteando descaradamente conmigo desde el principio de la entrevista, y cuando me marchaba del restaurante de Edimburgo donde habíamos quedado para comer, me arrebató el móvil de la mano e introdujo su número. Recuerdo que me sentí muy halagada por este escritor de *thrillers* políticos y que sentí admiración por él; después de dejar pasar un par de días, le llamé.

Tras unas cuantas citas, Mac insistió en venir a Loch Harris a verme, y allí se sintió abrumado por sus aguas plateadas y sus bosques.

Me dijo que su belleza le había llenado de energía y me alegré mucho cuando me anunció que iba a alquilar uno de los lujosos apartamentos de vacaciones que habían inaugurado cerca del centro.

Mi padre se había mostrado escéptico con Mac desde el principio, sobre todo cuando se enteró de que ya había estado casado.

—Pero os separan veinticinco años —protestó—. Podría ser tu padre.

—Pero no lo es, ¿no? Mi padre eres tú.

Me vino a la memoria entonces que papá siseó entre dientes:

—¿Y ahora te vas a vivir con él?

—Mejor dicho, papá, Mac se viene a vivir conmigo.

Mi padre se había metido las bronceadas manos en los bolsillos del pantalón cargo.

—Deja de ser tan pedante —dijo. Luego me dio un abrazo protector y añadió—: Esto debe de estar subiendo el ego del viejo, que lo vean con un bellezón de veintinueve años.

—¿Viejo? —Me reí—. ¿En serio? —La expresión sombría de papá me hizo reír más fuerte—. Mac solo tiene cincuenta y cuatro años, papá, no noventa y cuatro. Y tú solo le sacas un año.

Las mejillas curtidas de mi padre se tiñeron de rojo.

—Ha estado casado antes, cariño.

—Bueno, tú también —señalé, tratando de no evocar imágenes de mi madre.

Tina era a veces como una silueta sin rostro, que se había mantenido en los márgenes de mi vida, antes de que dejase atrás a mi destrozado padre y a su confundida hija pequeña y se fuera a Londres.

Cuanto menos pensaba en mi madre, mejor me sentía.

—Esa es una situación completamente diferente —argumentó mi padre.

—No, no lo es. Tiene más de cincuenta años, papá, igual que tú. A esa edad, cabe esperar que las personas tengan equipaje.

Ahora, ese equipaje —en forma de Hannah, su exmujer durante veinticuatro años— había asomado la cabeza en todo su crudo esplendor.

Una vez que Tom y Emma se hubieron marchado de mi casa, me desplomé contra la puerta principal.

Mi atención se centró en mi anillo de compromiso. El anillo de oro rosa parecía sonreírme. Bien podría haber salido de una galleta de Navidad.

Lo que había significado tanto para mí estaba adquiriendo ahora un matiz barato y sin sentido.

En el momento en que a Mac se le fue la vida, no estaba aquí, en Loch Harris, conmigo. Estaba revolcándose en la cama de un hotel con ella.

3

—¡Lo mataría! —tronó papá mirando su taza de té.

Faith, mi mejor amiga, se cruzó de brazos. Sus tres pulseras de oro tintineaban al chocar entre sí.

—Bueno, algo me dice que va a ser bastante complicado, Harry —dijo.

—Sabes muy bien lo que quiero decir.

Cuando volví a salir del cuarto de baño, resoplando en un pañuelo y todavía con una cara que parecía de cera derretida, papá y Faith dejaron sus respectivas tazas de té y corrieron hacia mí.

Miré más allá del hombro de Faith, a los reflejos grises y azules del lago que se veían por la ventana de mi cocina.

—¿Por qué estaba con ella? ¿Qué hacía con Hannah cuando se suponía que iba a reunirse con su agente? —pregunté.

Faith se echó hacia atrás un mechón de su pelo rubio y se lo colocó detrás de la oreja.

—Ya habrá tiempo para pensar en todo eso más tarde. Ahora solo tienes que centrarte en ti.

—Pero ¿cómo voy a hacerlo? Acabo de enterarme de que mi prometido murió mientras se follaba a otra mujer. Y no a cualquier mujer...

Los labios de mi padre se transformaron en una línea dura. Me di cuenta de que llevaba puesta su camiseta favorita de Pink Floyd.

—¿Sabes algo de ella? ¿De la ex? —preguntó.

Traté de limpiarme los ojos con una esquina del pañuelo.

—Todavía no, pero seguro que me enteraré en algún momento.

Mi padre y Faith intercambiaron miradas con los ojos muy abiertos.

—No tienes que hablar con Anna si no quieres, cariño —dijo.

—Al menos, todavía no —añadió Faith.

—Se llama «Hannah», papá. ¿Y cómo no voy a hablar con ella? Fue la última persona que vio a Mac. —Un graznido seco salió disparado de mi boca—. Bueno, aunque digo «vio», ¡todos sabemos lo que estaban haciendo y no era un maldito crucigrama! —Papá me estrechó entre sus brazos. Olía a tierra húmeda y tenía restos de tierra bajo las uñas. Solté una serie de sollozos agitados, hasta que logré respirar—. Necesitas un corte de pelo —murmuré contra su hombro.

Papá se irguió.

—Trataba de conseguir el *look* de paisajista rudo.

Levanté la cabeza y me quedé mirando las ondas entrecanas que le llegaban por el cuello.

—En realidad —admití, frotándome la nariz roja—, te queda bastante bien.

Los brazos de papá volvieron a estrecharse a mi alrededor.

—Sabes que los dos estamos aquí para ti, ¿verdad? Cualquier cosa que necesites, solo tienes que pedírnosla.

La imagen de los azules ojos caídos de Mac entraba y salía de mi mente. Me acerqué y besé a papá en la mejilla.

—Lo sé.

Entonces me estremecí cuando la expresión empolvada y punzante de Hannah volvió a interrumpirme. Se negaba a dejarme en paz. Mirara donde mirara en la casa, la veía a ella y a Mac en la cama, como dos conejitos a pilas. Intenté serenarme. Sabía lo que Faith y papá dirían a mi sugerencia, pero decidí airearla de todos modos. En lo que a mí concernía, era solo posponer lo inevitable.

—En realidad, sí hay algo que necesito.

—¿Qué? —preguntó Faith.

Volví mis húmedos ojos grises hacia ella.

—En realidad, necesito hablar con Hannah. Ahora mismo.

Las expresiones horrorizadas de papá y Faith me siguieron fuera del salón.

—¿Qué estás haciendo? —preguntó Faith suavemente—. ¿Qué estás buscando?

Entré en nuestro dormitorio, que estaba más adelante en el pasillo, aparté deliberadamente la mirada de nuestra cama, con sus fundas de color café y crema y dos cojines dispersos de color vainilla. El despertador emitía un leve tictac.

Encima de la mesita de noche blanca del lado de Mac, estaba su agenda de contactos.

—Sabía que estaba aquí —murmuré.

—¿Qué pasa? —presionó papá, demorándose en la puerta—. Mira, cariño, has tenido un susto terrible. ¿Por qué no te acuestas y te traigo una taza de té?

Negué con la cabeza.

—Eso es lo peor que podría hacer. Cuando cierro los ojos, los veo juntos.

Rebusqué en las páginas por orden alfabético hasta que encontré el número de móvil de Hannah con su nuevo apellido de casada. Una idea me asaltó. No solo yo estaba herida por todo esto, sino que su nuevo marido, Mark, también lo estaría.

Pero a mi parte egoísta y furiosa no le importaba.

Papá lanzó un suspiro de preocupación.

—Layla —me dijo—, piensa en esto. Realmente no es el momento adecuado...

—Entonces, ¿cuándo será el momento adecuado, papá? Dime cuándo será el momento adecuado para preguntarle a la exmujer de mi prometido por qué él estaba en la cama con ella cuando murió. —Se hizo un gran silencio—. Mi móvil está en la repisa de la chimenea —le dije a Faith y salí al pasillo—. Justo al lado de esa foto.

Faith vaciló un momento antes de pasar a mi lado, entrar en el salón y acercarse a la sonriente foto de Mac. Me pasó el teléfono.

La mirada de Mac salió del marco de la foto. Tenía una sonrisa de oreja a oreja. Las luces de Nueva York destellaban a su espalda.

Ignorando las súplicas silenciosas de papá y Faith, dejé el teléfono sobre la mesita y volví a buscar entre las páginas hasta localizar el número de Hannah. Se me hizo un nudo en el estómago al ver la letra fina, como patas de araña, y oscura de Mac.

Mis mejillas estaban calientes y manchadas de lágrimas.

—Faith, ¿por qué no nos prepararas un té? —le pedí.

Inclinó la cabeza, como aceptando la derrota y ella respondió:

—Por supuesto, y te voy a hacer unas tostadas con mantequilla también. Sin discusiones. Tienes que intentar comer algo.

Mientras el tono de la llamada empezaba a sonar en mi oído, Faith animó a papá a que fuera con ella a la cocina.

—Vamos, Harry. Layla se ha decidido.

Papá me miró preocupado.

—Oh, ya lo veo —le respondió.

Los vi regresar a la cocina y empezar a coger las tazas. Sabía que estaban preocupados, pero ignorar lo ocurrido no iba a ayudar a nadie, y menos a mí.

Mis pensamientos se vieron bruscamente interrumpidos por el repentino tono ronco de Hannah cuando baló:

—¿Hola?

4

—¿Hola? —volvió a repetir—. ¿Quién es?
—Soy yo. Layla —dije, mientras empezaba a caminar.
—Layla —repitió en tono monótono.
Me aferré al silencio por un momento antes de que una ola de resentimiento me invadiera. Me miré en el espejo ovalado que había sobre la chimenea y deseé no haber llamado. Parecía un negativo de mi verdadero yo: pálida y con ojos crueles. Conseguí forzar las primeras palabras que me vinieron a la cabeza.
—Me debes una explicación.
Necesitaba oír lo que había pasado. Necesitaba oírlo de Hannah.
—No creo que sea el mejor momento para hablar de esto —respondió ella sin alterarse.
La ira se encendió en mi pecho.
—Entonces, ¿cuándo sería el mejor momento? ¿Qué tal durante el té de la tarde? ¿O a las tres del mediodía del próximo miércoles te iría mejor?
—No hay necesidad de ponerse sarcástica.
Mis dedos apretaron más fuerte el móvil contra mi oreja.
—¡No te atrevas a quedarte ahí y decirme cómo debería sentirme ahora mismo! —Me pasé una mano por el pelo rebelde—. Me acaban de decir que mi prometido murió mientras se tiraba a su exmujer. Creo que gano en las apuestas emocionales, ¿no crees?
Un sollozo entrecortado se filtró por la línea. Cerré los ojos con fuerza y volví a abrirlos. El sol de primera hora de la tarde me bañaba los pies descalzos.

—Lo siento mucho. —Tragó saliva—. Lo último que Mac quería era hacerte daño. Pero teníamos tanta historia, y no puedes extinguir veinticuatro años así como así.

La realidad me golpeó en el estómago.

—¿Esta es tu manera de decirme que esto no fue algo aislado?

Desde la cocina, Faith dejó caer su taza y los ojos de papá se abrieron de par en par.

—No..., no hablemos de esto ahora, Layla —vaciló Hannah—. Está todo demasiado reciente.

Su audacia era impresionante. ¿No se daba cuenta de lo que había hecho?

—No estás en posición de pararte ahí y ordenarme. —Las lágrimas se agitaron en el fondo de mis ojos—. ¿Cuánto tiempo? —Hubo un resoplido y luego el sonido de un crujido—. Te he hecho una pregunta.

El suspiro de Hannah fue como una ráfaga de viento.

—Dieciocho meses.

Se me pusieron rígidos los hombros bajo el jersey rosa. Faith buscó mi expresión desde la cocina, pero me limité a mirarla fijamente.

—Pero eso significa que todo el tiempo que Mac y yo estuvimos juntos...

—Él te amaba, Layla. De verdad que sí. Pero Mac y yo compartimos tanto mientras estuvimos casados... —Bajé el móvil, sin poder apartar los ojos del anillo de compromiso que brillaba en mi mano izquierda. El ronroneo incorpóreo de Hannah volvió a entrometerse—. ¿Layla? ¿Layla? ¿Sigues ahí?

5

Faith deslizaba los dedos, lustrados con esmalte rosa, arriba y abajo a lo largo de la manga de mi chaqueta negra.
—¿Estás lista? —me preguntó.
Se me hundieron los hombros.
—La verdad es que no.
—Supongo que no. Ha sido una pregunta tonta.
Papá, con su impecable camisa blanca, que resaltaba el intenso color castaño de su bronceado, se acercó y se quedó frente a mí.
Asentí brevemente con la cabeza y cruzamos el pasillo vestidas de funeral. Al pasar por delante del espejo del pasillo, eché un vistazo rápido. Se me había corrido la pintura de los ojos. Se me veía la mandíbula más marcada. Tal vez fuera porque me había recogido el pelo en un moño. Aun así, no me sorprendió. No había comido bien desde que Mac había muerto hacía poco más de una semana.
Me apliqué un tembloroso toque extra de pintalabios antes de apretar los labios y exhalar.
El coche funerario sorteó los caminos rurales como una brillante serpiente negra. Las ráfagas de setos y la curva del lago Loch Harris, tan familiares, se mezclaban entre sí como una acuarela de Monet.
¿Cómo se suponía que me tenía que sentir? ¿Debía estar enfadada? ¿Con el corazón roto?
Papá me agarró de la mano cuando se sentó a mi lado en el asiento trasero; su piel áspera actuaba como una manta reconfortante. Aprecié su traje azul marino con una sonrisa acuosa.

—Estás muy elegante, papá —le comenté.

Puso los ojos en blanco y los volvió hacia arriba del todo.

—Bueno, no podía aparecer en un funeral con mi camiseta de Motörhead, ¿no? —respondió.

Levantó un dedo y se lo pasó por dentro del cuello de la camiseta.

Junto a mi padre, Faith se inclinó hacia delante para mirarme. Se había recogido el pelo en un moño y se tiraba del dobladillo de la falda oscura.

—Mac se enamoró de Loch Harris desde el primer momento en que lo vio —solté—. Qué ironía que él amara este lugar más que yo. —Papá y Faith se revolvieron en sus asientos—. Le pareció un lugar tan precioso que dijo que no le importaría que lo enterraran aquí. No pensé que fuera a ocurrir en mucho mucho tiempo. Pensé que tendríamos años y años para explorar juntos.

Faith deslizó su brazo y rodeó el mío con sus dedos.

—Lo superarás —dijo—. Estamos aquí para lo que necesites.

Asentí con la cabeza, sin estar muy convencida.

—¿Has conseguido hablar con mamá? —balbuceé tras una pausa—. ¿Se lo has dicho?

La mandíbula recién afeitada de papá se tensó y respondió:

—La he llamado y le he dejado varios mensajes, pero aún no me ha contestado.

—Vale. Gracias.

Me volví hacia la ventanilla y empecé a parpadear.

No sé por qué me había molestado en hacerle a papá una pregunta tan estúpida. Por supuesto que ella no vendría al funeral. Sin duda, tenía asuntos más urgentes de los que ocuparse, como organizar otra de sus comidas solidarias en algún lujoso hotel de Londres.

¿De qué se trataría esta vez? ¿De recaudar fondos para hámsteres traumatizados? ¿De dar visibilidad a la difícil situación de la clase media, que llevaba tres meses sin vacaciones?

Podía sentir la opresión del resentimiento en el pecho a medida que nos acercábamos a la iglesia. Lástima que Tina no considerara una prioridad a su propia hija, o el funeral del hombre que era casi su yerno.

Mamá solo había visto a Mac una vez, cuando le acompañé a Londres para que firmara libros tres meses después de que empezáramos a salir, y ella insistió en que quedáramos para comer algo después.

Recordé lo descaradamente que había coqueteado con él, colgando su tacón de tiras de la punta del pie y comentando, con esa voz ronca suya: «¡Es mucho más de mi edad que de la tuya, cariño!».

Más recuerdos dolorosos de Mac volvieron a apoderarse de mí, tonterías que en su momento no supe valorar: su andar lánguido y confiado, la forma en que acababa ladrando de la risa con los Monty Python…

Qué maldito lío era todo.

Nos detuvimos ante el pórtico rojo festoneado y los escalones de granito de la iglesia de Loch Harris, que llevaban a una puerta gótica de roble tachonada con dos imponentes cruces celtas.

Me estremecí al ver a los dolientes que rodeaban la entrada de la iglesia. Conversaban encorvados o se arremolinaban alrededor del cementerio en silenciosa contemplación, con sus abrigos negros ondeando suavemente y algún que otro sombrero asomando entre el mar de cabezas.

Reconocí los ángulos largos y delgados del agente literario de Mac, Garth Keller, que ofrecía sonrisas amables a los amigos escritores de Mac y a varios miembros de su equipo de publicidad.

Los padres de Mac habían fallecido hacía algunos años, por lo que no había casi ningún miembro de su familia; sin embargo, estaba segura de haber visto a Lois, la hermana pequeña de Mac. Llevaba en la cabeza una pieza negra de encaje al estilo español.

Un destello me hizo moverme hacia delante en el asiento. El miedo se me acumuló en el estómago.

—Fotógrafos —anuncié.

Papá giró la cabeza y miró por el parabrisas trasero.

—Solo hay un par de ellos, cariño —respondió él.

—Un par es suficiente.

Faith agitó la mano con desdén.

—No te preocupes por ellos. Garth dijo que se encargaría.

—¿Garth? Entonces, ¿has hablado con él?

Faith me sonrió.

—Le llamé hace unos días. Espero que no te importe. El equipo de publicidad de Mac dijo que un par de periodistas les debía un favor o dos y que llamarían.

Parpadeé.

—¿Es por eso por lo que los detalles de la muerte de Mac parecen haber sido enterrados, si me perdonas el juego de palabras? —dije.

Faith asintió con la cabeza y lanzó una mirada a mi padre.

—Sé que Garth Keller puede ser un cerdo arrogante, pero tiene su utilidad —contestó.

Me sobresalté cuando el conductor se materializó en mi ventanilla y abrió la puerta del coche. Me sentí como un cervatillo recién nacido, con las piernas temblorosas y los ojos asustados. Aspiré el aroma terroso del brezo de lavanda y de la hierba húmeda.

Papá y Faith salieron y se colocaron cada uno a un lado, y yo me detuve un momento en la grava. Un rayo de sol de última hora de la mañana iluminaba un casco de pelo negro muy recortado junto a la puerta de la iglesia.

Hannah.

Bajé la cabeza y miré el anillo de compromiso de mi mano izquierda.

—¿Por qué sigo llevando esta maldita cosa? No significa nada. Ya no significa nada —me lamenté.

Papá me pasó el brazo por la cintura y me dio un cariñoso apretón.

—Ya habrá tiempo para volver a empezar. Dejemos que pase el día de hoy —dijo. Sus ojos grises me miraron—. ¿Lista?

Me quité el anillo del dedo. Su ausencia dejó tras de sí una huella de piel pálida y vacía de lo más tenue. Papá y Faith intercambiaron miradas llenas de significado cuando abrí de un tirón el bolso de mano acolchado y tiré dentro el anillo.

—Ahora sí estoy lista.

6

Intenté no centrarme en el ataúd de roble pálido de Mac que se veía a través del cristal pulido del coche fúnebre.

Él nunca fue muy de corazones y flores, y, teniendo en cuenta que estaba en la cama con Hannah cuando le falló el corazón, no me apetecía gastarme mucho dinero en una corona fastuosa para él.

Papá bromeó con la ocurrencia macabra de que podíamos hacernos con un «maldito manojo de perejil gigante» y, aunque esa idea era bastante tentadora, al final me decidí por una sencilla corona decorada con flores moradas y lilas que incluían liatris, freesias y tulipanes.

La florista la había entretejido con eucalipto verde lima y aspidistra.

Colocaron mi ofrenda floral delante del féretro de Mac, y al otro lado había un barullo de lirios blancos y amarillos, atados con cinta de tartán azul marino y verde. Esas flores en forma de trompeta presionaban contra la ventana, y casi no se veía el ataúd desde ese lado.

Me imaginaba de quién sería aquel ostentoso despliegue.

Junto a mi ofrenda floral estaba la de Lois, la hermana de Mac. Ella había optado por un libro abierto, hecho con claveles amarillos y blancos, en conjunto un ornamento más modesto y de buen gusto.

Me vi reflejada en el cristal del coche fúnebre, con los labios apretados y los ojos muy abiertos.

—¡Layla!

Lois corrió hacia mí con el rostro pálido de alivio al ver

a alguien que reconocía. Me abrazó. Luego dio un paso atrás con sus tacones negros. Me cogió las manos.

—¿Cómo lo llevas? —me preguntó.

Arrugué la frente.

—Sinceramente, ahora mismo no sé lo que siento.

—No me extraña. —Saludó a Faith y a papá, que estaban detrás de mí—. Creo que casi todas estas personas son colegas literarios de Mac.

—Bueno, no todos —observé, y señalé a Hannah, que estaba dando audiencia a un pequeño grupo.

Lois entornó sus oscuros ojos.

—¡Oh, ella! Siento mucho que esté aquí. Yo no quería que viniera, pero...

—Está bien —la interrumpí—. Bueno, no es verdad. No está bien, pero fue la mujer de Mac durante veinticuatro años. —Tuve que tragarme una bola de resentimiento—. Y estaba con Mac cuando él se fue. Bueno, debajo de él, por lo menos. ¿O quizá estaba encima? Quién sabe...

Se me quebró la voz y papá me abrazó con fuerza.

—No sigas por ahí, cariño —me aconsejó—. No merece la pena.

Faith, a mi lado, asintió con la cabeza.

—Harry tiene razón —dijo—. Oh, mierda. Cruella viene hacia aquí.

Hannah acechaba a través de la grava, separando a los compañeros de duelo como una mantis religiosa, con un traje pantalón de terciopelo negro, tacones de aguja y un sombrero de Missoni. Lo adornaba un pañuelo de ganchillo de seda dorado y turquesa que ondeaba tras ella al andar.

Se me tensó la mandíbula.

—Hola, Layla —murmuró a través del rojo carmín.

Incliné la cabeza.

—Hannah —la saludé.

—Creo que deberíamos ir al aseo ahora —me dijo Faith, a la par que fulminaba con la mirada a la exmujer de Mac.

Papá me cogió del brazo, pero yo le aparté suavemente los dedos de mi manga.

—¿Por qué? —le pregunté a ella—. ¿Por qué se comprometió conmigo si seguía suspirando por ti?

Lois, Faith y papá desviaron su atención, con gelidez, hacia Hannah.

Las uñas rubí de ella se aferraron a su bolso con borlas.

—Él te quería a su manera —dijo en tono teatral—. Te quería de verdad. Pero yo era la espina que Mac aún necesitaba sacarse.

—Oh, por favor —estalló Faith, dando un paso protector delante de mí—. Ahórranos todos los viejos clichés.

—Es la verdad —insistió Hannah—. A Mac le encantaba que le vieran con una mujer mucho más joven que él. Le subía el ego. Pero cuando se trataba de un encuentro de mentes...

—Así que eso es lo que pasó la semana pasada —dijo mi padre, y acto seguido resopló y se cruzó de brazos—. Mac y tú teníais un debate intelectual cuando se desplomó.

Hannah se inquietó.

—Sabes que eso no fue lo que pasó —replicó ella.

—No sé por qué te has empeñado en venir hoy —susurró Lois, consciente de las miradas curiosas de los demás asistentes que pasaban por allí—. ¿No podías haber antepuesto a los demás por una vez en tu vida?

Cogí aire y, por el rabillo del ojo, vi que un hombre de la edad de Mac observaba nuestros intercambios con algo más que un interés pasajero.

Me observaba bajo sus cejas plateadas. ¿Era periodista?

Volví la cabeza hacia otro lado. Era lo que me faltaba.

—Ya he proporcionado bastante entretenimiento previo al funeral —dije. Me volví hacia Lois, Faith y papá—. Entremos a la iglesia —concluí.

Hannah dio un paso adelante, y sus zapatos de tacón rechinaron en la grava rosa.

—No lo pudimos evitar. Lo siento —se disculpó.

Me la quedé mirando; no me lo podía creer. Papá y Faith me guiaban hacia el interior de la iglesia, donde el aire estaba fresco, cuando el hombre de las cejas impresionantes se interpuso en mi campo de visión.

—Siento mucho interrumpirla, señorita Devlin, sobre todo hoy, pero soy David Murray, un amigo de Mac.

Sonrió amablemente y deslizó los dedos por su corbata gris pizarra.

—¿No puede esperar? —le pidió mi padre—. Layla tiene mucho con lo que lidiar ahora mismo.

—Se lo agradezco, señor, pero no solo era amigo de Mac; también soy su representante legal. —David Murray miró a Hannah—. Cuando Mac se convirtió en un autor de éxito, hizo hincapié en que me asegurara de que todos sus asuntos financieros estuvieran en orden. —Me observó con seriedad—. Su difunto prometido insistió mucho en que sus últimos deseos se llevaran a cabo de inmediato, en caso de que hubiera algún... —Su timbre de cristal cortado se interrumpió y sacudió su cabellera de acero en dirección a Hannah—. Para limitar las posibilidades de que hubiera alguna duda, digamos.

Parpadeé, sin entender lo que decía.

—Señor Murray, no entiendo —dije.

—Por favor. Llámeme David. —Sonrió a Faith y a papá—. Realmente apreciaría hablar con ustedes después de la misa.

Agité las manos en señal de derrota.

—Sí. ¿Por qué no? Quiero decir, seguro que hay muchos cabos sueltos que atar —respondí.

—¿Estás segura? —preguntó papá—. No tienes que hacer nada que no quieras, Layla, y menos hoy.

Sujeté con más fuerza mi bolso de mano.

—Lo sé, papá. Pero cuanto antes intente dejar atrás todo este lío, mejor.

7

Me sentí aliviada al escapar de los confines de la iglesia una vez que el funeral llegó a su fin con una entusiasta interpretación de *Amazing Grace*.

El olor a cera de abeja y a velas me produjo náuseas.

Cuando salí parpadeando a la luz del sol, destellos dorados iluminaban las vidrieras. Fragmentos de rubí y ranúnculo parecían fundirse entre sí.

Mac fue enterrado con vistas a Loch Harris Fells, y en cuanto el reverendo Callan concluyó los actos junto a la tumba, Faith y papá se esfumaron, junto con los demás asistentes, para dejarme algo de intimidad.

Me quedé mirando la tumba, la placa dorada de la tapa del ataúd que centelleaba.

MACKENZIE TERENCE CHRISTIE
NACIDO EL 18 DE ENERO DE 1965
FALLECIDO EL 2 DE ABRIL DE 2020

Mis emociones estaban a flor de piel. ¿Qué se suponía que debía sentir en aquel momento? ¿Se suponía que tenía que tirarme en la hierba y llorar desconsoladamente? Me sentía engañada: estaba enfadada...

Me vino a la mente la fiesta sorpresa que había estado planeando para el próximo cumpleaños de Mac: una fiesta de fin de año en Loch Harris en un barco alquilado, con una banda de *cèilidh* y fuegos artificiales.

Una seca carcajada amenazó con salir de mi garganta.

—Layla, lo sentimos mucho.

—Layla, si hay algo que podamos hacer...

Levanté la cara de la tumba y vi a un grupo de compañeros escritores de Mac rodeándome. La expresión de sus rostros era de duda y preocupación. ¿Sabía alguno de ellos lo de Mac y Hannah? ¿Me miraban con lástima?

—Vamos al coche —interrumpió papá, y me guio entre la multitud. Se dirigió al grupo de rostros solemnes—. Muchas gracias por venir y no duden en acompañarnos al velatorio. —Los murmullos nos siguieron mientras él me llevaba—. Le he pedido a Lois que nos acompañe en el coche para ir todos juntos al velatorio.

Al ver mis hombros caídos, Faith dejó de hablar con el reverendo Callan y corrió hacia mí. Me inmovilizó en el sitio con manos cariñosas.

—Haces acto de presencia y en cuanto quieras nos vamos, ¿vale? —me dijo.

Le respondí con una sonrisa acuosa:

—Gracias. No creo que hubiera podido superar todo esto sin ti y sin mi padre.

Mi padre suspiró y contestó:

—Somos un equipo, Layla, tú y yo. Siempre lo hemos sido.

Nos acercamos al Daimler negro, donde rondaba Lois.

—Muchas gracias por insistir en que vaya con vosotros —dijo.

Papá le quitó importancia:

—No seas tonta. Supongo que somos familia, en cierto modo.

Levanté una ceja.

—O, por lo menos, estábamos destinados a serlo —maticé.

Ignorando el balanceo del sombrero gris de Hannah entre la multitud, subimos al coche y nos concentramos en la avenida arbolada y en los integrantes del cortejo fúnebre que volvían a sus vehículos aparcados.

A través de la ventanilla se deslizaban imágenes y, con ellas, me di cuenta de que Mac se había ido, y lo único que me quedaba era la promesa vacía de un anillo de compromiso que traqueteaba dentro de mi bolso y la imborrable imagen de él desplomado encima de su exmujer desnuda.

Como si me hubiera leído el pensamiento, Lois se giró en el asiento del copiloto para mirarme. No dijo nada. Yo tampoco. Intercambiamos miradas significativas.

Papá y Faith estaban apretujados a mi lado en los asientos traseros. La camisa de seda de Faith estaba un poco arrugada y mi padre se había aflojado la corbata.

Tenía tal grado de conflicto interno y estaba tan saturada que ni siquiera podía reunir la energía suficiente para pensar en el amigo abogado de Mac. Fuera lo que fuera, ya lo haría. Lo único que quería era que pasara esta clara mañana de abril.

Durante los preparativos del funeral, Lois había mencionado el Aldebaran, un viejo hotel a las afueras de Loch Harris, como posible lugar para el velatorio de Mac.

—Mac siempre decía que ese sitio tiene mucho carácter —explicó Lois—. Incluso dijo que le había inspirado para el escenario de su siguiente novela.

Y así fue como a mí, a mi padre, a mi mejor amiga y a la mujer que casi se convierte en mi cuñada nos condujeron al aparcamiento semicircular del Aldebaran.

Me alivió ver que habíamos sido los primeros en llegar.

—Creo que todos nos merecemos una copa —exclamó papá, y acto seguido le dio las gracias al conductor.

Nos cogió del brazo a Faith y a mí, y Lois nos siguió detrás.

El hotel estaba construido en piedra gris tórtola que centelleaba bajo la luz de la costa oeste. Las ventanas de guillotina parpadeaban como ojos curiosos, y bajo el dosel de tartán verde y azul de la entrada había dos gruesos arbustos en macetas color crema.

Cuando entramos, un miembro del personal nos dirigió a la derecha de la zona de recepción cromada.

En un salón de actos con el nombre de «Selkie», había mesas vestidas con manteles blancos almidonados y los camareros colocaban en ellas bandejas con canapés en miniatura de marisco, sándwiches variados de atún, de queso *brie* y de huevo, minitartaletas y *focaccia*.

En una mesa auxiliar más pequeña había un surtido de fruta, *scones* de queso, *shortbread*s de limón y porciones de tarta de queso.

Acepté agradecida una copa de vino blanco que me ofreció un camarero que pasaba por allí y bebí un sorbo generoso. La bebida me refrescó hasta el fondo de la garganta. Faith se acercó a mí, también con una copa de vino en la mano.

—Me gusta el nombre de este salón —comenté—. ¿Sabías que las *selkies* eran criaturas mitológicas escocesas que podían transformarse de foca en forma humana y viceversa?

Faith cogió un plato y una servilleta.

—Eso dicen —respondió ella.

—Un poco irónico en realidad. Eso es lo que Mac estaba haciendo. Llevaba una doble vida con Hannah y yo no sabía nada. —La boca rosada de Faith se abrió para tranquilizarme, pero yo agité mi copa de vino—. Solo quiero acabar con esta maldita farsa.

Los murmullos nos hicieron girar a las dos. El resto de los asistentes al funeral entraban deambulando y exclamaban de forma educada al ver la moqueta azul noche, las paredes de marfil y la lámpara de araña que goteaba del techo.

—Tienes que comer algo —ordenó Faith, y me puso la servilleta y el plato en mi mano libre—. Vamos. —Hice una mueca e intenté reunir algo de entusiasmo para dos tartaletas de queso de cabra y pimiento rojo. Faith frunció el ceño ante mi plato—. ¿Eso es todo lo que vas a comer?

—¿Quién eres ahora, mi madre?

Faith se recogió en el moño un mechón que se le había soltado.

—No puedes permitirte perder más peso —replicó ella.

—Es difícil que desaparezca a la vista —respondí señalándome el trasero.

—No, pero tienes la cara mucho más delgada que antes.

Volví los ojos hacia el techo de cornisa y me serví un sándwich de tomate y *mozzarella* en el plato.

—¿Ya estás contenta?

—En realidad no, pero lo estaré cuando vea que te lo comes de verdad.

Al mordisquear una de las tartaletas, me di cuenta de que tenía más hambre de lo que creía. Pasé a la otra tartaleta y estaba a punto de darle un mordisco al sándwich cuando David Murray apareció a mi lado. Su cara tenía una expresión de disculpa.

—Siento mucho molestarla de nuevo, señorita Devlin... —empezó a decir.

Papá, que había vuelto con Lois —ambos llevaban tazas de café recién hecho—, se detuvo en seco.

—¿Tiene que ser ahora? —le preguntó.

Dejé el plato y me pasé una mano cansada por la cabeza.

—No pasa nada. Sea lo que sea, acabemos de una vez —convine.

David Murray asintió con la cabeza y sonrió.

—Gracias —contestó. Extendió una mano y señaló hacia las puertas del salón de actos—. Hay un lugar tranquilo nada más pasar la recepción. Podemos hablar allí.

Se me adelantó, abrió las puertas y las mantuvo abiertas para dejarme pasar. Papá, Lois y Faith se quedaron mirando cuando salimos.

Me alisé la falda y me senté en el sofá acolchado que había enfrente de la puerta. Se oía el leve tintineo de las flautas de pan por el sistema de megafonía. Nos separaba un trozo de mesa de centro de castaño y, a través de la ventana, que llegaba del suelo al techo, se veían parterres de flores y césped.

—Llevo años ocupándome de los asuntos legales de Mac —empezó a explicar David Murray, apretando los dedos—. Siempre tuvo muy claro lo que quería.

Se me erizó la piel.

—Sí, se nota —repuse.

David me miró un momento.

—Sí que te quería, Layla —dijo—. Pero, evidentemente, no lo suficiente. —David Murray se pasó una mano por la cara. Tenía ojos amables y caídos y una expresión afectuosa—. Él y Hannah tenían una relación tan única...

Solté un gruñido.

—Si está aquí para defenderlo, no quiero saberlo —le interrumpí. Me levanté del sofá—. Con el tiempo, quizá pueda perdonar a Mac, pero, ahora mismo, casi no me atrevo ni a pronunciar su nombre.

David se puso en pie.

—Lo comprendo —contestó.

—¿Lo entiende? ¿De verdad?

Me hizo señas para que me sentara de nuevo.

—Por favor, señorita Devlin.

Expulsé una bocanada de aire y me hundí de nuevo en el sofá.

—Si tiene papeles para que los firme, tendré que hablar de todo con Lois. Ella es su hermana, después de todo, y la única familia que le queda a Mac.

David Murray se abrió la chaqueta del traje y dejó ver un destello del forro de seda color caramelo. Sacó un delgado sobre blanco y me lo ofreció por encima de la mesa.

La respiración se me agitó al ver la horrible letra de Mac. Había escrito mi nombre con tinta negra en el anverso. Todo eran letras inclinadas y bucles exagerados.

—Mac me dijo que, si le pasaba algo, le diera esto justo después del funeral. —Cogí el sobre y lo miré fijamente—. Dijo que esperaba que esto lo explicara todo.

Notaba los latidos del corazón golpeándome los oídos y el débil ruido de las tazas de café de fondo.

Le di la vuelta al sobre varias veces, sintiendo sus bordes lisos y rectos. Sabía que a Mac siempre le habían gustado los toques dramáticos, pero esto...

Miré a David Murray, enfrente de mí, al otro lado de la mesa e intenté descifrar la expresión de su rostro, sin conseguirlo. Hizo un breve gesto de ánimo y volví a centrar mi atención en el misterioso sobre que tenía en las manos. Entonces, para mi sorpresa me puse a abrirlo febrilmente.

8

La letra de Mac se deslizaba por el papel que tenía delante. Busqué el rostro de David.

—Conozco su contenido —admitió.

Me aclaré la garganta y empecé a leer.

Queridísima Layla:

Si estás leyendo esto, significa que el secreto que te he estado ocultando tendrá que ser revelado, y lo siento de veras.

También significa que no pasaremos el resto de nuestra vida juntos.

Intenté tragarme una dolorosa bola que se me agolpaba en el fondo de la garganta. ¿Era una especie de broma retorcida por parte de Mac?

Bajé la carta y me quedé mirando fijamente a David, sentado al otro lado de la mesa.

Por detrás de él, aparecieron un par de asistentes al funeral.

—¿Quieres un té o un café, Layla? ¿O quizá algo más fuerte?

—No. —Vacilé. Sentí extraña la carta en mis dedos—. No, gracias.

Bajé los ojos y empecé a leer de nuevo.

Tienes que entender que conocerte me hizo sentir que volvía a tener veintiocho años y siempre te estaré agradecido por ello.

Algunos clientes más del hotel pasaron por allí cerca, y sus zapatos resonaron en el suelo de baldosas blancas y negras.

A pesar de las historias que puedas llegar a oír, has de saber que te quiero.
Es cierto que Hannah y yo siempre sentimos que teníamos asuntos pendientes...

Sus palabras se me clavaron por dentro y tuve que parpadear varias veces.
—¿Por qué hace esto? ¿Por qué dice todo esto ahora? —me pregunté en voz alta.
David asintió con la cabeza y respondió:
—Sé que no es fácil, señorita Devlin, pero, por favor, siga leyendo hasta el final.
Dejé escapar un suspiro de cansancio y volví a centrar mi atención en las últimas palabras de Mac.

... pero te aseguro que, a pesar de cualquier sentimiento que aún tuviera por Hannah, tú lo eres todo para mí.

Fruncí el ceño y se me llenaron las pestañas de lágrimas mientras agitaba el papel con desdén.
—Por favor, Mac. Ahórrame el numerito de Elizabeth Taylor y Richard Burton.
David Murray jugueteó con los botones de la chaqueta de su traje.
—Por favor, no crea que estoy interfiriendo, pero él la quería de verdad —declaró.
Le miré fijamente.
—¿Me está diciendo que sabía lo de él y Hannah? —le pregunté.

—No, al principio no. No hasta que me pidió que revisara su testamento.

Me revolví en el sofá.

—¿Y cuándo fue eso? —dije.

David se pasó una mano por la cara.

—Hace dos meses.

—¿Dos meses? —Me hice eco—. ¿Por qué iba Mac a cambiar su testamento hace dos meses? —Ahora le tocaba a David cambiarse al sofá acolchado opuesto. Agité la carta en el aire con incredulidad—. Nos quería a las dos. ¿Era yo la única idiota que no sabía lo que estaba pasando?

—No es idiota —aseguró David en voz baja—. Mac era un experto en conseguir mantener en privado su vida personal, incluso cuando sus novelas se convirtieron en un gran éxito.

Agité la carta violentamente.

—¡Pero qué me está contando!

David levantó un dedo tratado con manicura y señaló la carta.

—Por favor. Layla —dijo.

Se me hundieron los hombros en señal de derrota y me volví hacia el garabato negro y oblicuo de Mac.

Sé que no hay nada que pueda decir para disculparme por mi comportamiento. Por eso te he nombrado única beneficiaria de los derechos de autor de mis libros.

Lois recibirá el anticipo de mi última novela, Justicia impropia.

Me llevé la mano a la garganta.

—¿Qué es esto? ¿Mac me ha dejado sus derechos de autor?

—Sí —confirmó David—. Todo el lote. Es un catálogo tremendo, aunque seguro que no hace falta que se lo diga.

Me invadieron olas de conmoción. ¿Qué era aquello? ¿Una especie de soborno de ultratumba?

—Esa cantidad de dinero —prosiguió David—, sin contar las ventas de *Justicia impropia*, que se incluirán más adelante tras su lanzamiento, rondará los...

—No lo quiero. —Se me atragantó aquello—. Ese dinero está manchado con la culpa y no quiero saber nada de él.

—Layla, sé que Mac se comportó como un completo idiota, pero insistió en que quería que lo tuviera usted. —Se inclinó hacia delante. Su pelo gris, con la cabeza de lado, captaba la luz del sol que entraba por la ventana—. Le asegurará un futuro muy cómodo.

Me entraron ganas de reír.

—¿Qué futuro? —dije—. Creía que tenía un futuro con él. —Volví a dejar la carta encima de la mesa—. Si aceptara ese dinero, estaría aprobando lo que hizo.

—No, no lo haría. Sabe que después de que a Mac le diagnosticaran su enfermedad cardiaca...

Me desplomé en el sofá, sin aliento.

—¿Qué problema cardiaco, David? —le interrumpí—. ¿De qué está hablando?

La mandíbula se le hundió. La alarma se disparó a través de sus ojos.

—Oh, mierda. No me digas que tampoco sabías nada de esto. Mac dijo que te lo iba a contar...

Me crucé de brazos, con la ira y el dolor a punto de estallar.

—Pues no lo hizo.

—Tienes que estar de broma. —David se frotó la cara—. Lo siento. Supuse que lo sabías.

—Bueno, evidentemente no.

—A Mac le diagnosticaron una enfermedad cardiaca hace unos meses.

—Esto se pone cada vez más emocionante —jadeé, cogiendo impulso. Sentí como si me estrujaran las entrañas. Mi atención se centró en la carta de Mac de encima de la mesa—. Primero descubro que se ha estado acostando con su exmujer todo el tiempo que estuvimos juntos y que me ha dejado un montón de dinero por sentimiento de culpa. Y ahora me entero de que estaba enfermo y nunca me lo dijo.

—No estaba enfermo —aclaró David—, pero tenía que tomarse las cosas con más calma y ser consciente de su estado.

Cerré los puños y me puse las manos en el regazo.

—¿Y lo hizo follándose enérgicamente a Hannah y suicidándose en el proceso? —Un incómodo rubor recorrió las mejillas de David—. ¿Lo sabe Hannah? ¿Lo de su corazón?

—No —aseguró David con rotundidad—. Mac se empeñó en que no le trataran de forma diferente, así que se lo calló.

—¿Ni siquiera se lo contó a Lois?

David volvió a asentir con la cabeza y apretó los labios.

—En más de una ocasión le dije que me parecía ridículo —contestó—, y luego me comentó que te lo iba a decir..., pero, por lo que se ve, nunca llegó a hacerlo.

Sentí como si me engullera una enorme sombra oscura. No conocía a Mac en absoluto.

De un salto me levanté del asiento, balanceando las piernas sobre los tacones. Quería irme de allí; no quería estar cerca de aquella carta.

—Ya te lo he dicho. No quiero ese dinero. Ni siquiera quiero los recuerdos que tengo de él —anuncié.

David se levantó y se arregló la corbata.

—Layla, sé que todo esto debe de haber sido un *shock* terrible para ti.

—Decir eso es quedarse corto. No te puedes ni imaginar lo que está pasando por mi cabeza ahora mismo.

David suspiró y se metió las manos en los bolsillos del traje.

—Sé que esto debe de ser un infierno para digerir, especialmente hoy, pero Mac recalcó que te lo dijeran en su funeral. Él no quería que Hannah se enterara de nada de esto.

—¿No quería que Hannah se enterara de qué exactamente? —replicó ella.

Giré sobre mis talones. Oh, no. Debía de estar escuchando a la vuelta de la esquina.

Se dirigió hacia David y hacia mí con su ostentoso sombrero.

Cogí la carta de Mac y me la metí en el bolsillo de la chaqueta. No quería que la viera.

—Esta es una conversación privada, Hannah —dijo David—. Tenía pensado hablar contigo la semana que viene.

—¿La semana que viene? ¿Qué es esto? No es una maldita cola de autobús.

David frunció el ceño y bajó la voz:

—¿No puedes mostrar un mínimo de decencia? Después de todo, es el funeral de Mac —dijo.

Hannah se cruzó de brazos y me miró mientras decía:

—Bueno, quiero saber qué está pasando. Apuesto a que a ciertas personas les irá muy bien con la desaparición de Mac.

Me volví hacia David.

—No lo quiero. No quiero nada de Mac. Ya no —resolví.

Las fosas nasales de Hannah se abrieron en su rostro maquillado.

—Fui su mujer durante veintitantos años. Tengo derecho a saber qué demonios está pasando aquí —exigió ella.

David me lanzó una mirada interrogante y yo asentí con la cabeza. De todos modos, ahora me daba igual. Y después de las demandas emocionales del funeral, lo último que necesitaba era una escena melodramática de Hannah delante de todo el mundo.

David le indicó a Hannah que se sentara, y ella alzó triunfante la barbilla empolvada.

Sentí que el cuerpo se me ponía rígido al volver a sentarme. Mantuve la mirada acuosa fija en David, sentado al otro lado de la mesa. Ya había visto la nariz larga y la boca apretada de Hannah lo suficiente para los próximos cuarenta años.

Cuando David le contó que Mac me había dejado todos los derechos de autor actuales y futuros de sus novelas, se llevó las uñas a la pulsera de brillantes que le colgaba de la muñeca. Su expresión de espanto pasó de mí a David.

—Pero eso es ridículo —balbuceó—. Tiene que haber un error. —Abrió y cerró la boca unos instantes, según procesaba internamente lo que David acababa de decirle—. Es una cantidad desorbitada de dinero. ¿Por qué demonios te lo iba a dejar todo a ti? —El pecho le subía y bajaba. La voz se le fue endureciendo—. No, eso no puede ser. ¿Qué me ha dejado Mac a mí?

David volvió a acomodarse en el otro sofá acolchado.

—Recordarás que Mac poseía una propiedad en el norte de Francia. Te la ha legado —le anunció.

Hannah empezó a parpadear tan furiosamente que pensé que le había dado un tic nervioso.

—¿Llamas a ese apartamento «una propiedad»? ¡Pero si tiene el tamaño de un estudio!

—Está bien conservado y se encuentra en una buena ubicación —respondió David sin alterarse—. Si no deseas mantenerla, estoy seguro de que conseguirás venderla rápidamente.

Hannah balanceó hacia mí su cortina de pelo recogido. No podía contener su furia.

—Así que me dan un piso cutre con un balcón oxidado —empezó a decir—, y ella se queda con todos sus derechos de autor. Esto es ridículo. —Echó la cabeza hacia atrás y casi pierde el sombrero—. Esa «propiedad», como tú la llamas, fue el primer retiro de escritura de Mac. ¡Es un puto agujero!

—Eso es una exageración, ¿no te parece? —preguntó David.

Hannah frunció el ceño bajo el ala de su sombrero de diseño. Yo nunca había estado en el piso del norte de Francia, pero Mac me había enseñado fotos de él. Era modesto, de color crema y beis, con balcones. Estaba cerca de una calle principal y de un parque público.

Mac pudo permitírselo gracias a su indemnización por despido como columnista político de uno de los periódicos londinenses, y fue en ese apartamento donde escribió sus dos primeras novelas.

Una vez que su carrera de escritor empezó a despegar, lo alquiló como alojamiento de vacaciones.

Hannah salió disparada hacia delante, haciendo crujir el forro de seda de su chaqueta.

—Quiero impugnar el testamento de Mac —anunció.

—Oh, por el amor de Dios —solté—. ¿No te da vergüenza? Primero, te lo tiras hasta matarlo y luego te sientas ahí como Vampira, ¿y te pones hacer exigencias?

La dura mirada de Hannah me recorrió.

—Siempre has estado celosa de lo que Mac y yo teníamos —replicó.

—¿Qué?

Me giré para enfrentarme a ella, con las mejillas ardiendo.

—Señoras —advirtió David y señaló a nuestro alrededor.

Me fijé en un par de huéspedes del hotel que nos miraban con el ceño fruncido mientras hojeaban una estantería de periódicos.

Me quedé callada, pero Hannah se animó con la música de piano que sonaba por la megafonía.

—Entonces, ¿cómo hago para impugnar esta ridícula situación? —preguntó.

Los labios de David mostraban un componente de diversión.

—Sería un proceso costoso y largo impugnarlo en los tribunales —dijo. Se sacudió una pelusa imaginaria de los pantalones—. Tengo entendido que recientemente el negocio inmobiliario de tu actual marido ha sido objeto de una presunta estafa financiera. ¿Es cierto?

El aire arrogante de Hannah empezó a escasear. Palideció bajo el maquillaje.

—¿Qué estás insinuando, David?

—Lo que intento decir es que, si los rumores son ciertos, la cartera de propiedades de Mark está en peligro, por las pérdidas que ha sufrido. —Se inclinó hacia delante y se alisó la corbata—. Mac estaba en su sano juicio cuando dictó su testamento y no experimentaba ningún tipo de incapacidad o elusión.

—¿Adónde quieres llegar?

David me dirigió una mirada cargada antes de continuar:

—Si insistes en proceder con una impugnación del testamento, eso podría costaros a ti y a Mark una cantidad considerable de dinero, por no mencionar la publicidad negativa que atrae este tipo de casos. En cuanto al hecho de que estabas...

Hannah puso los ojos en blanco.

—¡Muy bien! ¡Muy bien!

La imaginé digiriendo esto, como una cobra gigante tragándose un conejo.

—¿Sabe Mark lo tuyo con Mac? —le pregunté.

—No —dijo ella—. No sabe nada. Al menos, todavía no. Ha estado en Dubái las últimas semanas por negocios.

Se revolvió a mi lado. Al final del pasillo, las puertas del salón de actos se abrieron con un chirrido: el personal de servicio traía más jarras de café y té.

La imaginé procesando mentalmente todas las posibles implicaciones.

—No volverá hasta dentro de quince días —añadió.

David levantó las manos en silencio y volvió a bajarlas.

—Oh, por el amor de Dios —soltó Hannah, y se puso en pie de un salto—. ¡Hablando de estar fastidiada en más de un sentido!

Levanté la cabeza para mirarla. ¿Cómo podía ser tan insensible?

La rabia se apoderó de mí y salté para encarármela. Los sentimientos de Hannah no me importaban.

—Layla —dijo David en tono de advertencia.

Le negué con la cabeza, con los ojos llenos de lágrimas de venganza.

—No. Tiene que saberlo —repuse.

La expresión de Hannah adquirió un tono aprensivo.

—¿Saber qué? ¿De qué estás hablando?

Quería ver su reacción. Quería que supiera lo que se sentía al ser objeto de los engaños de Mac. La miré a la cara.

—Mac tenía una enfermedad cardiaca y ha muerto por tu culpa. Literalmente te tiraste a Mac hasta matarlo.

Hannah se quedó helada.

—¿Qué? —dijo—. No. Estás mintiendo. Me lo habría dicho. —Se giró hacia David—. No es cierto, ¿verdad?

David miró al suelo brillante por un momento y a continuación respondió:

—Me temo que es cierto. Él no quería que nadie lo supiera. Ni siquiera Lois.

Se me hundieron los hombros por el agotamiento emocional tras revelarle la verdad. Una parte de mí se sintió satisfecha al quedarse Hannah atónita, mientras que la otra experimentó una oleada de sentimiento de culpa.

Hannah se quedó pensativa. Una miríada de emociones revoloteaban por sus ojos antes de optar por un tenso desafío:

—Gracias por el consejo legal, David.

Luego, ignorándome, se dio la vuelta y se alejó.

Mis ojos la siguieron hasta que cruzó las puertas del salón de actos y volvió a entrar en la reunión de Mac.

—Lo siento —le dije a David—. No debí decírselo, y menos así, pero fue tan insensible...

El abogado asintió con la cabeza.

—Habría acabado sabiéndolo tarde o temprano, estoy seguro, y ella estaba siendo su habitual yo frágil —respondió.

—Gracias —dije tras una pausa.

David se metió las manos en los bolsillos del pantalón.

—De nada, Layla. Un concurso de la voluntad de Mac es lo último que tú o Lois necesitáis ahora mismo. —Inclinó la cabeza hacia un lado—. Entonces, sobre el dinero de los *royalties* que Mac te ha dejado...

Me rodeé con los brazos y respondí:

—Esto no cambia nada. Sigo sin quererlo.

La expresión de David se derrumbó.

—Pero, Layla, ¿no crees que estás siendo bastante cabezota con todo esto?

Sacudí la cabeza con fiereza.

—Nuestra relación era una farsa. Es dinero culpable y no lo quiero.

Su respuesta fue amable:

—Date algo de tiempo. Una vez que hayas tenido tiempo para pensarlo...

—No necesito pensar nada. —Tragué saliva y me enjugué una lágrima con el dorso de la mano—. Ahora pienso con mucha claridad. —Saqué la carta de Mac del bolsillo de la chaqueta y la tiré encima de la mesita de madera—. No quiero ni un céntimo de él. Ojalá pudiera olvidar que le conocí.

Y, con eso, volví a toda prisa por el pasillo hasta el salón de actos con los ojos llenos de lágrimas.

9

Irrumpí a través de las puertas batientes con paneles de madera con tanta fuerza que a punto estuvo de desprenderse la placa azul y dorada en la que ponía SELKIE.

Cuando mis ojos recorrieron la multitud de dolientes, me fijé en los platos abandonados, las servilletas desordenadas y las corbatas aflojadas.

Faith estaba junto a la pila de tazas de café de cerámica blanca, charlando con Lois y papá.

—Me marcho —dije con una sonrisa acuosa.

Papá me echó un vistazo y dejó su plato lleno de migas en la mesa de pasteles que tenía al lado.

—¿Qué ha pasado, cariño? —me preguntó.

Estudié el rostro preocupado de ambos.

¿En qué demonios había estado pensando Mac? ¿Por qué no me había dicho que le habían diagnosticado una enfermedad del corazón? Llevaba otra vida cuando no estaba conmigo, una vida imprudente y egoísta que me había dejado sin mi prometido, y a Lois, sin su hermano.

¡Oh, mierda! Lois. La culpa me invadió. Tenía que contarle lo de la enfermedad cardiaca de Mac. No se trataba solo de mí. Ella tenía todo el derecho del mundo a saberlo.

—¿Layla? —preguntó Lois, observándome—. ¿Estás bien?

Sentí que la sospecha me atenazaba. ¿Sabría Lois lo de la enfermedad de Mac? Ella no sabía nada de su aventura con Hannah, o al menos eso decía.

¿En quién podía confiar? ¿De quién podía fiarme?

El abatimiento retumbaba en mi cabeza. Abrí y cerré la boca.

—Salid todos fuera —dije al cabo de un momento—. Hay algo que necesito deciros.

Dejando atrás el murmullo de la conversación, me deslicé fuera del salón de actos, con papá, Lois y Faith siguiéndome.

Me dirigí a un conjunto aislado de sofás que había al girar la esquina de la recepción.

Cada uno tomó asiento en el sofá color galleta que tenía enfrente, y verlos, ataviados con sus trajes fúnebres y sentados uno al lado del otro, casi me hizo sonreír. Me recordaban a tres abogados de rostro adusto.

—Como sabéis, he hablado con David Murray.

Junté los dedos en mi regazo.

—¿Y? —preguntó papá.

Me aseguré el moño con más fuerza y luego, en un arrebato, les expliqué que Mac tenía un problema del corazón.

Recibieron mis palabras en silencio, un silencio solo interrumpido por el zumbido de los altavoces de la recepción.

Lois, papá y Faith parpadearon, como tres búhos desconcertados.

—¿Sabías lo de su corazón, Lois? —le pregunté—. Parece que el señor Murray pensaba que no, pero ¿te lo dijo?

Lois se apartó un mechón de pelo, con evidente incredulidad.

—¡No! —exclamó—. Es la primera vez que lo oigo. ¡Qué tonto! ¿Por qué no nos lo dijo? —Se le encendieron las mejillas—. El idiota testarudo.

Las lágrimas se le agolparon en los ojos.

Papá le dio una palmadita en la mano.

—Debía de tener sus razones para no decir nada —reflexionó Faith—, aunque tengo que admitir que ahora mismo me cuesta ver cuáles podrían ser.

Papá se pasó una mano agitada por el pelo.

—Layla era su prometida —dijo—. Se iban a casar el año que viene. Tenía derecho a saberlo.

Dirigí mi mirada llena de lágrimas hacia la ventana del fondo. Había una pequeña fuente de la que brotaba agua a borbotones plateados en forma de pez saltarín.

—Ni siquiera se lo dijo a Hannah. Estaba tan sorprendida como yo —repuse.

Lois parpadeó para evitar que le salieran más lágrimas y colocó sus labios rosados en una línea firme.

—Sería la primera vez —opinó—. Hay muy pocas cosas por las que esa mujer se sorprenda.

Jugueteé con la solapa de la chaqueta.

—También hay algo más —anuncié.

Faith frunció las cejas y dijo:

—Como si eso no fuera suficiente para ti y para Lois, y que además os lo digan el día de su funeral.

Lois se inclinó sobre la mesa pulida y me cogió una mano.

—¿Qué pasa, Layla? ¿Has dicho que había algo más? —me preguntó.

Aspiré aire entre los dientes. Parecía como si un torrente de revelaciones estuviera cayendo del cielo hoy... literalmente. Apreté la mano de Lois.

—Según parece, cuando Mac se enteró de lo de su corazón, decidió poner sus asuntos en orden. Mac te ha dejado el anticipo de su último libro y me ha legado todos los derechos de autor de sus novelas.

Lois parpadeó varias veces. Me volví hacia Faith y mi padre, que me miraban boquiabiertos.

—Bueno, eso está genial —dijo Lois sorprendida después de considerarlo—. Es lo menos que podía hacer por ti, dadas las circunstancias. —Indicó con la cabeza hacia el salón de actos—. Menos mal que esa zorra oportunista no le pondrá las manos encima. —Luego hizo una pausa—. Solo espero que Mac tuviera el sentido común de no dejarle nada.

Papá y Faith se unieron a ella y expresaron su acuerdo. Se quedaron asombrados cuando les dije que Mac le había legado a Hannah su apartamento del norte de Francia.

—Oh, apuesto a que no le gustó —sonrió Lois—. No hay grifos de oro ni lámparas de araña en él.

—No lo quiero —la corté, y los tres se sobresaltaron—. No quiero nada de ese dinero suyo teñido de sentimiento de culpa.

Papá, Faith y Lois parecían perplejos.

—Pero, cariño... —empezó a decir papá.

—Ya le he dicho a David que no lo voy a aceptar —le interrumpí, enlazando y desenlazando los dedos en el regazo—. La relación, el compromiso...; todo ha sido una gran mentira. —Un estallido de mi risa seca les hizo fruncir el ceño con preocupación—. Por desgracia, no puedo decirle a Mac lo que puede hacer con sus derechos de autor, así que os lo digo a vosotros tres en su lugar.

Faith se frotó la frente, perpleja.

—Pero, cariño, ¿te das cuenta de cuánto dinero es eso? —me preguntó—. No quiero parecer una interesada, pero es muy probable que se trate de una cantidad que te cambie la vida. —Me la quedé mirando con fijeza y le dije exactamente a cuánto ascendía la suma. Faith se llevó las manos a la boca—. ¡Maldita sea, Layla!

Me encogí de hombros.

—No significa nada para mí, porque evidentemente nuestra relación, tal como era, no significaba nada para Mac.

Papá levantó las manos.

—Necesitas tiempo para digerir todo esto, cariño —me aconsejó—. Lo que ha sucedido ha sido horrible para ti. Tener que pasar el funeral hoy ya era bastante malo, pero que te caiga encima Hannah y luego este asunto del corazón...

—No necesito tiempo, papá. —Me alisé la camisa—. No puedo quedarme en Loch Harris después de todo lo que ha sucedido. Hay demasiados malos recuerdos.

Faith intercambió miradas cautelosas con mi padre.

—¿Qué estás diciendo? ¿Estás pensando en irte? —dijo ella.

—Has vivido aquí toda la vida —razonó papá—. Siempre dijiste que te encantaba estar aquí y que nunca te irías.

Levanté la barbilla con las lágrimas atoradas en la garganta ante la expresión decaída de papá.

—Sí, bueno, las cosas han cambiado. Mac se encargó de que así fuera. —Me puse en pie, con el corazón en la boca del estómago—. Solo si salgo de Loch Harris podré seguir adelante.

10

Las semanas siguientes transcurrieron como una bruma. Intenté mantenerme ocupada tasando la casa, reseñando dos discos nuevos, entrevistando a un polémico artista callejero para uno de los periódicos y escribiendo un artículo sobre el golpe financiero que había sufrido Loch Harris debido a la inestabilidad económica.

—Quizá sea una bendición que siga adelante —le comenté a papá una noche ante un plato de lasaña y un crujiente pan de ajo.

—¿Una bendición para quién? —ladró—. ¿Para mí? ¿Para ti? ¿O para Loch Harris?

Sabía que tenía que empezar a limpiar la colección de pisapapeles de vidrio soplado de Mac y, mientras tomaba una taza de té muy fuerte, me decidí a hacerlo.

Los estudié según los envolvía en papel de estraza, antes de meterlos con cuidado en una caja de cartón. Mac los había guardado celosamente en las estanterías de la habitación de invitados, como un conjunto de valiosos orbes de un planeta alienígena. Lois había accedido a llevárselos.

Un par de días después del funeral, ella se ofreció a venir desde Fife, donde vivía, para ayudarme a ordenar las cosas de su hermano.

—No vas a hacer todo eso sola —insistió.

Y así, como el torbellino amable y organizado que era, Lois llegó, pertrechada con *scones* calientes para darnos algo de sustento, y en un santiamén guardamos sus palos de golf, sus cuadernos y la colección de libros antes de centrar nuestra atención en su ropa.

—¿Hay algo que quieras conservar? —le pregunté, arrastrando una mano cansada por mi coleta.

Lois examinó la ropa de Mac, amontonada en la cama de la habitación de invitados. Allí estaban sus camisas informales a cuadros, una variedad de corbatas ricamente coloreadas y sus jerséis Pringle. Los estampados y los materiales se mezclaban unos con otros, y las mangas se entrecruzaban.

—Me llevaré sus gemelos con la cruz celta, si no te importa —respondió. Luego sus ojos desolados se desviaron hacia los pisapapeles que se agolpaban en las estanterías—. No me importaría llevarme el de jade y azul. Mac lo llamaba «Neptuno» porque siempre decía que le recordaba al mar.

Parpadeé.

—No lo sabía —le confesé.

No debería haberme sorprendido. Había tantas cosas de Mac que creía saber, pero no sabía. Lois se retorció bajo su camisa lavanda; había detectado el sentido implícito oculto en mis palabras.

—Hazme saber qué ropa suya quieres quedarte, y meteré el resto en bolsas para la beneficencia.

Me fijé en las corbatas, las camisas impecables y las chaquetas de corte impecable. Una parte de mí no quería quedarse con nada.

En contra de mi buen juicio, me acerqué y cogí una de las corbatas de seda gris acero de Mac, la que llevaba el día que le conocí.

Recordé cómo combinaba con el color de sus ojos y que por ello me había resultado muy difícil concentrarme en la entrevista. La prenda se me escurrió entre los dedos mientras recordaba aquello. La aparté.

—Me quedo con esta.

Fue entonces cuando Lois hizo otro valiente intento de hablar conmigo sobre el dinero que Mac me había dejado.

—Por favor, Lois —le supliqué y cogí uno de los polos de Mac—. Ya te lo he dicho. No lo voy a aceptar.

A regañadientes, convino en dejar el tema, pero yo vi en sus ojos oscuros que aún no se había rendido.

Lois se quedó a pasar la noche y se marchó a la mañana siguiente, después de desayunar. Tras un largo abrazo y de prometerme que me llamaría esa noche, desapareció en su pequeño Honda Civic verde agua.

La vi perderse de vista pasada la hilera de árboles, con el cielo de mediados de abril haciendo promesas que tal vez no pudiera cumplir.

Lois me aseguró que me llamaría con frecuencia para asegurarse de que yo estaba bien, o al menos todo lo bien que podía estar, dadas las circunstancias; supongo que no todos los días tu prometido se desploma y muere en el acto mientras está encima de su exmujer. Aunque yo agradecía la preocupación de Lois, me resistía a hacer planes en firme para volver a verla, al menos por el momento.

Me recordaba demasiado a Mac.

Me sacudí mis pensamientos y volví a centrarme en el asunto que tenía entre manos: los pisapapeles de Mac. Sellé la tapa de la caja con una tira gruesa de cinta adhesiva. Volví a sentarme en la alfombra del salón, con el silencio calándome hasta los huesos. No se oía un ruido en toda la casa, así que me levanté y cogí el móvil.

Mientras sonaba una pieza de *rock* americano de los setenta, me acerqué a mi escritorio, al fondo del salón, y me quedé mirando por la ventana.

Los árboles pinchaban retazos de cielo azul empolvado y el lago chapoteaba suavemente contra la orilla, a lo lejos.

Volví a pensar en la cantidad de discusiones que teníamos Mac y yo, no solo por la música que elegía, sino por el volumen al que la ponía.

Gracias a papá, yo había crecido rodeada de música, con letras que me llegaban al corazón y *riffs* alucinantes. Cuando me marchara de Loch Harris, quizá podría dedicarme más al periodismo musical independiente.

Abandonar este lugar iba a ser doloroso, pero seguramente no tanto como quedarme. Tenía que irme. Tenía que seguir adelante.

Me metí las manos en los bolsillos de los vaqueros.

A través de las copas de los árboles, se veía la aguja de la iglesia. No había subido al cementerio desde el funeral de Mac. Me dejé caer en mi silla giratoria y me balanceé hacia delante y hacia atrás.

Encendí el ordenador y escuché el final de una canción y el principio de la siguiente.

De repente, todo se me vino encima: Mac dando vueltas alrededor de mí por el salón; su sonrisa seductora y profunda y su risa estruendosa cuando una de sus pretenciosas instrumentales de *jazz* recorría la casa; las finas líneas de expresión que se intensificaban alrededor de sus ojos azules caídos cuando algo le divertía.

Las lágrimas me resbalaron por las mejillas. ¿Por qué lloraba por un hombre que me había ocultado secretos?

Apagué la música y fui a la cocina. Rebusqué en el cajón de los cubiertos, encontré unas tijeras y salí por la puerta de atrás.

Mi modesta parcela de jardín trasero, con sus escasos metros, cubierto de cerezos silvestres salpicados de flores blancas albergaba un rincón de hierbas aromáticas y un parterre repleto de germinados ámbar y rojos, pensamientos morados y rosas de té híbridas en tonos limón y rosa chicle.

No puedo atribuirme el mérito del derroche de colores.

Fue mi padre quien, como jardinero, tejió su magia.

Intenté no cuestionarme lo que estaba haciendo mientras seleccionaba cuatro de los germinados y dos de las rosas más bonitas, cuyos tallos corté con sumo cuidado.

Me detuve un momento a aspirar su perfume embriagador antes de llevar las flores cortadas a la cocina y sujetarlas con una tira de cinta blanca que encontré en mi cesto de costura.

Luego llené una botella con agua y cogí mi bolso del pasillo.

Mi Nissan Juke de color morado oscuro estaba aparcado junto a la casa. Abrí la puerta, coloqué la botella con las flores en el asiento del copiloto, encajadas en posición vertical con mi bolso.

Conduje hacia la iglesia de Loch Harris, encendí la radio del coche para llenar el silencio y detener las preguntas que revoloteaban en mi cabeza. El zumbido de la voz del presentador era extrañamente reconfortante.

Me deshice de todas las preguntas que se hacía mi mente y me dirigí a la derecha, hacia el carril lateral, que llevaba al aparcamiento de la iglesia.

Sentí un gran alivio. Parecía que no había nadie más aquel sábado por la mañana.

Cogí el bolso, las flores y la cinta con la que las había sujeto. Luego me puse las gafas de sol y recorrí los senderos que serpenteaban entre las lápidas. La tumba de Mac estaba justo a la derecha.

Mis zapatillas rosas y blancas crujían sobre la grava y yo jugueteaba con algunos pétalos. La cinta blanca que sujetaba las flores ondeaba con la brisa.

La vida continuaba con normalidad a mi alrededor. Se oía el ronroneo de una paloma torcaz y, a lo lejos, el claxon de un coche. Parpadeé y me encontré frente a la tumba de Mac.

Lois le había puesto un ramo de lirios blancos cuando vino a visitarme. Sus cabezas se apoyaban contra la fría piedra, sus gruesos tallos verdes salían por fuera de uno de los dos estrechos jarrones colocados a los lados de la inscripción de la tumba.

Me agaché para verter el agua en el jarrón vacío, antes de meter en él mi ramo de flores brillantes.

Me levanté y di un par de pasos hacia atrás.

A mi alrededor se henchía la campiña escocesa.

Me ajusté al hombro la correa del bolso y traté de luchar con las imágenes de Mac que me venían a la mente: coqueto, centelleante, con esa voz que retumbaba.

—¿Por qué? —pregunté en voz alta—. ¿Por qué tuviste que hacer eso?

Ahogué un sollozo, giré sobre los talones y volví al coche caminando como una autómata.

11

—Este sábado no vas a volver a quedarte sola en casa —insistió Faith aquella misma tarde cuando hablábamos por teléfono—. Es lo que toca.

Puse los ojos en blanco.

—Por si no se ha dado cuenta, señora Robertson, vivimos en Loch Harris, no en Los Ángeles.

—¡¿Cómo te atreves?! —se burló Faith con fingida indignación—. Esta es una metrópolis bulliciosa que hasta tiene dos abrevaderos.

—Exacto. No hay ni un local de música siquiera.

Oí suspirar a Faith.

—Está bien —respondió—. Admito que aquí no hay demasiado entretenimiento, pero no uses eso como... excusa para ser un pelmazo.

—Vaya, gracias.

—Iremos a dar un paseo y luego, si tienes suerte, te invitaré a una de las cenas del bar Rab.

Gruñí y repuse:

—Será mejor que, con la excusa de sacarme esta noche, no me regañes por lo del dinero que Mac me ha dejado. Ya te lo he dicho: no quiero tener nada que ver con eso.

Hubo un suspiró teatral.

—¿Cómo puedes siquiera pensar tal cosa? —contestó.

Jugué con la hebilla del cinturón.

—Supongo que la Oficina de Turismo de Loch Harris no estará ocupada ahora, ya que me llamas por teléfono a las tres de la tarde.

—No está ni de lejos tan concurrida como debería —admitió Faith—. Si la ciudad quiere seguir siendo un destino turístico, tendrá que adaptarse a los tiempos.

—Sí, bueno, no tendré que pensar en ello mucho más tiempo. —El silencio sepulcral de Faith hizo que se me revolviera el estómago—. Por favor, no te enfades conmigo —le supliqué—. No me quiero ir.

—¡Entonces no te vayas!

Me froté la frente.

—No puedo quedarme en Loch Harris. Ahora mismo, no. No, después de todo lo que ha pasado.

—Hablaremos de todo eso más adelante —me tranquilizó.

—Faith, no hay nada de qué hablar.

—Me pasaré por tu casa a las siete y media —se apresuró a decir— y cogeremos un taxi para ir al pueblo. La primera ronda la pagas tú.

Cuando salimos del taxi de Duncan, el cielo del sábado por la tarde se retorcía en espirales de color vainilla y melocotón.

—Siento lo de tu Mac —me dijo Duncan por la ventanilla del taxi.

«Resulta que no era mi Mac», pensé sombríamente.

—Gracias, Duncan —me limité a responderle.

Faith deslizó su brazo a lo largo del mío.

—Bien, señorita Devlin. La bulliciosa metrópolis de Loch Harris es su ostra. ¿Qué establecimiento de bebidas quiere visitar primero? —me preguntó.

Enarqué una ceja.

—Faith, no quiero aguar la fiesta esta noche, pero, por si lo habías olvidado, solo hay dos *pubs* para elegir.

—Lo sé. Entonces, ¿a cuál de los dos vamos primero?

Me detuve frente a nuestra oficina de correos, con sus cestas colgantes y sus ventanas biseladas. Mi sombra recorrió la acera hasta llegar a la tranquila calle.

—¿Podríamos dar un paseo primero, por el lago? —propuse.

Faith asintió con la cabeza y sonrió.

—Claro —convino—. Lo que quieras.

Cruzamos la calle y pasamos por delante de las tiendas.

Había una que vendía artículos para el hogar inspirados en los cambios de estación, y luego estaba el supermercado local, entre la farmacia y la célebre tetería The Busy Bean, donde te subían los niveles de colesterol con solo mirar a través del escaparate la suntuosa repostería.

Subiendo por la callejuela empedrada, justo después de la oficina de correos, se hallaba la oficina de turismo donde trabajaba Faith. Era un lugar encantador. En tiempos, había sido una zapatería, pero se había transformado, con plantas en macetas, ventanas de guillotina y cuadros de artistas locales expuestos a la venta en sus paredes de color amarillo ranúnculo.

Faith se enorgullecía de ser la «cara pública de Loch Harris». Proporcionaba mapas relucientes y llevaba sus conocimientos de la zona como una insignia de honor. Sin embargo, a Loch Harris no le iba tan bien en el sector turístico como en el pasado, lo que no auguraba nada bueno para Faith y sus colegas.

Bajamos por un corto terraplén bordeado de frondosos árboles. Un poco más allá, el lago Loch Harris se extendía como un espejo de plata. Era casi como si el agua hubiera sacado su propio enclave en forma de corazón de las rocas salientes.

«No me extraña que Mac se enamorara de este lugar en cuanto lo traje aquí», concluí para mis adentros. Era tan diferente de los ostentosos restaurantes y del estilo de vida de los apartamentos a los que estaba acostumbrado en Edimburgo...

Me inundó la melancolía y tuve que parpadear para no echarme a llorar. Me iba a llevar tiempo asimilarlo todo. Era la traición de todo. No solo que Mac hubiera tenido una aventura con su exmujer, sino que ni siquiera me hubiera contado que tenía una cardiopatía.

Casi había pasado un mes desde que Mac falleció.

—Aún es pronto —me recordaban a menudo.

Faith habló y, con ello, me sacó de mi ensimismamiento:
—No te preocupa enfrentarte a la gente, ¿verdad, Layla?
Me detuve junto a la barandilla.
—Sí. No. Quiero decir..., no lo sé.
Faith me apretó el brazo, se puso a mi lado y contempló el fantástico espectáculo del primer mirador turístico.
—No tienes que avergonzarte de absolutamente nada, ¿me oyes? —dijo—. Todo este lío lo ha montado Mac y ahora se ha ido...
—Y a mí me toca lidiar con las consecuencias.
—Pero no estás sola —enfatizó—. Tienes a tu padre y me tienes a mí. También tienes a Lois. —Faith se fijó en los árboles—. Sé que hay algunos bichos muy entrometidos por aquí, pero la mayoría tiene buenas intenciones.

Esbocé una pequeña sonrisa. Así solía describir Mac a algunos lugareños, a pesar de que yo lo regañaba por ello.

Miré por encima del hombro y reconocí a dos señoras de la asociación local de senderismo. Llevaban las botas de montaña y las chaquetas impermeables arrugadas de rigor, y merodeaban junto a unos árboles.

Se me quedaron mirando y empezaron a charlar seriamente, lanzándome miradas intrigadas. Era evidente que yo era su tema de conversación.

Cuando se apartaron un poco a examinar una rama, Faith se dio cuenta de que estaban cotilleando y se puso como un *rottweiler*.

—Algunas personas no tienen nada mejor que hacer. Ya hemos oído bastante, ¿no? —recriminó.

Ahogué una sonrisa cuando las dos señoras se escabulleron por uno de los terraplenes y desaparecieron. Puede que Mac tuviera razón cuando decía que hay una línea muy fina entre el espíritu comunitario de Loch Harris y el entrometimiento desenfrenado.

Faith tuvo que entornar un poco los ojos cuando la luz del atardecer empezó a deslizarse por lo alto de las colinas, que se extendían detrás del lago en una serie de picos salpicados de brezo.

—Ya sabes que cuando uno de nosotros tiene problemas, los demás siempre estamos ahí para él —declaró.

Volví los ojos hacia ella.

—Esa impresión me ha dado por la forma en que acabas de maltratar verbalmente a esas dos mujeres. —Admiré a un descarado petirrojo que revoloteaba entre las ramas—. ¿Es esta tu torpe manera de intentar persuadirme para que me quede?

Faith se llevó la mano al pecho.

—¿Cómo has podido pensar tal cosa? —dijo.

Bajamos por una escalera que nos condujo al sendero que serpenteaba alrededor del lago.

—Hola, Faith. ¿Cómo estás?

Un atractivo hombre rubio venía hacia nosotras. Llevaba de la mano a un niño de unos cuatro años.

Faith se sonrojó. Me echó una mirada furtiva por el rabillo del ojo.

—Hola, Greg. Todo bien, gracias. ¿Y tú? —le saludó Faith.

Mi atención fue pasando del uno al otro. Greg la saludó con la cabeza.

—Oh, no estoy mal, gracias —respondió, y señaló al pequeño que estaba a su lado—. Sam quería bajar a dar de comer a los patos antes de acostarse, pero de momento no estamos teniendo mucha suerte.

Sam nos miró a las dos con sus inquisitivos ojos azules. Tenía el pelo rubio como el maíz y una amplia sonrisa. Agitó una bolsita de migas de pan.

—Creo que todos se han ido a dormir —dijo.

Le sonreí.

—Apuesto a que se volverán a despertar en cuanto se enteren de que estás aquí —le tranquilicé—, ¿no es así, Faith? ¿Faith?

No contestó. Estaba demasiado ocupada mirando a Sam con algo de miedo.

Greg me sonrió brevemente, pero intuí que quería hablar a solas con Faith, así que me alejé unos metros para admirar la resplandeciente vista del lago.

Conseguí oír la voz vacilante de Greg:

—Disfruté mucho la otra noche. ¿Y tú?

Por el tono de voz Faith parecía exasperada.

—Por supuesto que sí. ¿Por qué?

Eché un vistazo. Conocía la mirada que Faith le dirigía. Era su cara de «no-me-presiones-porque-me-asusta-el-compromiso».

—Es que dijiste que me llamarías, pero no lo has hecho —dijo él.

—He estado muy ocupada —se disculpó Faith.

Mi corazón palpitó de compasión al ver el asentimiento resignado de Greg.

—No tendrá nada que ver con que sea padre soltero, ¿verdad? —sondeó Greg, y asintió con la cabeza hacia su hijo pequeño, que saltaba de un pie a otro y cantaba algo sobre un bebé tiburón.

El rojo de las mejillas de Faith se volvió más intenso y esta se llevó la mano al pelo y empezó a juguetear con él.

—No. No seas tonto. Para nada —le aseguró.

Suspiré para mis adentros. ¿Por qué le mentía? La miré mientras se apartaba un mechón inexistente de los ojos.

—Te llamaré en un día o dos, ¿de acuerdo?

Greg no parecía muy convencido.

—¿Te llamo mañana, si quieres? —propuso él.

—No vengo mucho por aquí. —Se puso nerviosa—. Estoy trabajando.

Ahora le tocaba a Greg parecer avergonzado.

—Oh, de acuerdo —dijo—. Vale.

—Te llamaré —insistió Faith.

Se despidió a toda prisa y empezó a alejarse por el camino.

Cuando doblamos la esquina de un seto, me detuve.

—¿Qué ha sido eso? No sabía que estuvieras saliendo con alguien —indagué.

Faith agitó las manos.

—He salido con él un par de veces solo —se excusó—. No es nada importante. No te lo he contado porque ha pasado todo lo de Mac.

Asomé la cabeza por la esquina del seto para echar otro vistazo a Greg y a su hijo. Greg tenía los hombros caídos y fingía interés por algo que Sam le contaba sobre una piedra que había recogido.

—Es guapo —observé.

—¿Cuál de los dos?

—Los dos, la verdad. —Fruncí el ceño—. Greg me resulta algo familiar.

Faith empezó a moverse. Jugaba con el cierre de su bolso de mano. Su reticencia a hablar de Greg y su hijo era evidente.

—Trabaja de guardabosques en nuestros servicios forestales.

La miré.

—Parece un buen hombre —opiné.

—Sí, lo es.

Pestañeé.

—Es muy guapo y además se le ve muy interesado en ti. ¿Cuál es el problema? ¿Te gusta? —le pregunté directamente.

Faith entornó los ojos bajo la luz lavanda.

—Sí, claro que me gusta.

—Entonces, ¿a qué viene ese comportamiento como de desinterés? En cuanto le has visto, parecía que acababas de recibir una descarga eléctrica. Hablando de señales contradictorias...

Faith parecía debatirse interiormente entre confesarme algo o no. Se acercó a un banco de madera que había allí cerca y daba al lago Loch Harris y se sentó. Me acomodé a su lado.

Siguió mirando las murmurantes aguas del lago antes de revelar finalmente que había conocido a Greg McBride cuando este se pasó por la oficina de turismo hacía unas semanas para entregar unos nuevos mapas de rutas por el bosque.

—Ya sabes cómo es —se sonrojó— cuando conoces a alguien por primera vez y te sientes atraído por él, y todo son ojos y dientes brillantes. —Suspiró—. En fin, volvió a aparecer por la oficina un par de veces más con un pretexto cualquiera y luego me pidió salir.

—¿Y?

Faith explicó que ella y Greg habían tenido un par de citas.

—Fuimos a tomar algo a un pequeño pub rural de Finton hace unos días. Pasamos una velada encantadora. Greg es guapo y divertido...

—Presiento que viene un «pero» —la interrumpí—. ¿Tiene la forma de un niño pequeño con cara de travieso?

Faith echó la cabeza hacia atrás y se volvió para mirarme.

—Mierda, Layla. ¿Es que eres bruja o algo así? —se asombró.

Puse los ojos en blanco y miré el sol poniente.

—No —repuse—, es solo que conozco a mi mejor amiga.

El perfil de Faith denotaba preocupación mientras contemplaba el escarpado paisaje de colinas que se reflejaba en el lago.

—Debo de parecer una verdadera bruja, pero ya sabes que tengo fobia a los compromisos.

—Oh, lo sé. Demasiado bien. —Elegí mis palabras con cuidado—. ¿Tan malo es que tenga un hijo?

—Claro que no —respondió ella, y entornó los ojos.

—Entonces, no entiendo. ¿Cuál es el problema? ¿Todavía está casado o algo así?

—Divorciado —aclaró Faith rápidamente—. Su ex decidió que no estaba hecha para ser madre y se largó a Canadá con alguien que conoció en el trabajo.

—Maldita sea. Pobre hombre y ese adorable niño.

Faith me hizo dar un respingo cuando de repente se puso las manos encima de los muslos.

—Yo soy el problema, no Greg, y, desde luego, no Sam.

En un intento de aligerar el ambiente, que cada vez se volvió más sombrío, añadí:

—Si consigo desentrañar esto, ¿cuál es el premio gordo?

Antes de responder, Faith se esforzó en dedicarme una sonrisa antes de retomar su expresión pensativa.

—Tú lo has dicho. Me asusta el compromiso. ¿Y si las cosas se complican y luego acabo con Greg? No solo le estaría haciendo daño a él, ¿verdad?

Me apreté más la chaqueta para protegerme de la brisa fresca del lago.

—Ah. Ahora empezamos a entendernos. —Le di un codazo juguetón en el brazo—. Así que, después de todo, la Reina del Hielo tiene corazón.

Faith sacó la lengua y me dio un codazo.

—Por eso no llamé a Greg. Empecé a pensar que, si las cosas se ponían serias y me echaba atrás, podría ser que no solo le hiciese daño a él, sino también a Sam. —Juntó sus labios brillantes en una línea—. Me sentiría tan culpable...

La miré y le dije:

—Entonces, ¿Greg fue sincero contigo desde el principio y te dijo que tenía un hijo?

—Sí, más o menos a mitad de la noche de nuestra primera cita. Al principio, no le di demasiada importancia, pero luego, en nuestra segunda cita, se olvidó la cartera y tuvo que volver a su casa a recogerla. —Faith se encogió de hombros—. La madre de Greg estaba de canguro y vi a Sam un momento saludando desde la ventana. Y ahora lo he visto por primera vez de cerca...

—¿No crees que te estás anticipando un poco?

Tras una pausa, Faith se dio la vuelta en el banco.

—Greg me gusta de verdad. No es como muchos de los otros hombres con los que he salido. Habla de pájaros y árboles silvestres y tiene un gran sentido del humor. —Sus ojos se nublaron—. Y quiere mucho a Sam. Ya veo por qué. Es adorable.

Al final, lo comprendí. ¿Quién lo iba a decir?

Faith Robertson, la mujer fatal que dejaba destrozados a los hombres a su paso, por fin había conocido a un hombre que la había atrapado. Pero esta vez llevaba botas de agua con forma de rana y cantaba canciones sobre crías de tiburón.

—Le das demasiadas vueltas a las cosas —le dije, y le di unas palmaditas en la mano—. ¿Por qué no le das una oportunidad? Llama a Greg esta noche y arréglalo para volver a verlo. ¿Tal vez incluso podrías sugerirle que los dos llevéis a Sam a algún sitio?

Fruncí el ceño cuando Faith se puso en pie y cambió de tema para pasar a hablar de mí. Eso era lo que hacía siempre que se sentía en peligro de que la descubrieran.

Decidí que volvería a hablarle de Greg. Faith no podía dejar escapar esta oportunidad de ser feliz, solo porque hubiera sido precavida en el pasado.

Me levanté y la seguí por el camino.

—Layla. ¡Layla! ¿Me estás escuchando?

Parpadeé.

—Sí, perdona —respondí.

Enderezó los hombros.

—Creo que cometerías un grave error si te marcharas —anunció a toda prisa, sin poder evitarlo—. Y, por si sirve de algo, también creo que estás siendo testaruda y estúpida al no coger ese dinero.

Me detuve. Casi se me resbala del hombro mi bolso acolchado blanco.

—Ah. Aquí está. Me preguntaba cuándo volverías a sacar el tema —respondí.

—Bueno, ¿cómo puedes culparme de ello? Creo que es lo mínimo que te mereces.

—Me merecía una relación en condiciones. Me merecía saber la verdad. —Nos detuvimos y nos apartamos bruscamente. Me quedé mirando el paisaje—. Estábamos prometidos —dije al cabo de un momento—. Estaba preparada para casarme con él y ni siquiera sabía que tenía una dolencia cardiaca, y mucho menos que se acostaba con Hannah. ¿Qué dice eso de la relación que teníamos?

El pecho de Faith subió y bajó bajo su chaqueta vaquera.

—Mira, no sé por qué Mac no te habló de su enfermedad. Debía de tener sus razones, por estúpidas que fueran. —Moví la cabeza con desesperación—. Pero ese dinero que te ha dejado, si no lo coges, Hannah intentará echarle el guante.

—Pues que le aproveche.

—Pero, en el futuro, puede que no lo veas así, y entonces podría ser demasiado tarde. —Su voz se suavizó—. Una vez que hayas digerido todo esto, podrías arrepentirte de no haberlo aceptado y de no haber hecho algo positivo con ello.

—¿Como qué?

Faith agitó sus uñas rosa bebé en el aire.

—No sé. ¿Tal vez un club de baile erótico para los pensionistas de Loch Harris?

Hice un sonido chirriante y ella se rio.

Comenzamos a andar de nuevo, el camino de esquisto se abría a montículos de lomas cubiertas de hierba.

—No dejes que Mac te robe tu futuro —me aconsejó Faith—. No eres responsable de su comportamiento.

—No —vacilé—, es verdad. Pero soy responsable de mi propia vida. —Me metí las manos en los bolsillos del pantalón—. Y por eso dejar Loch Harris y no coger ese dinero es tan importante. Sería un nuevo comienzo para mí en todos los frentes. —La boca de Faith se aplanó—. Ahora, déjame invitarte a una copa.

Se esforzó por sonreír, con los hombros caídos.

—Vale, vamos —convino.

Estábamos rodeando la orilla del lago, con sus rítmicas olas acariciando las piedras, cuando Faith alargó la mano y se agarró a mi brazo.

—¿Has oído eso? —preguntó.

—¿Que si he oído qué?

—Unos golpes.

Nos paramos un momento y ladeé la cabeza. Se oía un martilleo rítmico cada vez más fuerte, que resonaba entre los árboles.

—Espero que no sea alguien enterrando un cadáver —murmuró Faith. Luego se sonrojó—. ¡Oh, mierda! Lo siento, Layla. Yo y mi pie del 38.

—No te preocupes.

Caminamos por el sendero que bordeaba el lago.

Los pájaros seguían revoloteando entre las ramas y se oía el susurro de las hojas revueltas.

—Tengo mi lima de uñas, así que podríamos hacerle la manicura hasta matarlo —bromeó Faith sin demasiado entusiasmo.

Puse los ojos en blanco.

—Vamos, Lara Croft.

La franja de bosque se abrió y reveló el antiguo cobertizo para botes, donde Norrie Erskine, un anciano robusto de Loch Harris, tenía su negocio de pesca con caña.

Era un lugar impresionante, con las aguas del lago Loch Harris ondulando al final del embarcadero y árboles meciéndose, que parecían encaramados a palos de piruleta, salpicando el horizonte.

Descubrimos que el martilleo entusiasta procedía de Victor Prentice, el agente inmobiliario local, que estaba clavando un cartel de SE VENDE en la hierba junto a la escalinata del cobertizo para botes.

Nos oyó acercarnos y sonrió.

—Buenas tardes, señoras —saludó.

—Buenas tardes, Victor —dijo Faith, y señaló el cartel de venta azul y blanco—. ¿Qué es esto?

Me volví y eché un vistazo al interior del cobertizo a través de la chirriante puerta que se abría.

—Norrie se ha cansado y ha decidido vender —explicó Victor, resoplando un poco—. El fin de una era —observó con tristeza—. Llevo viniendo aquí por mi equipo de pesca desde que Julio César era un muchacho.

Me fijé en el aviejado tejado de pizarra azul hielo y las polvorientas ventanas.

El cobertizo para botes estaba en un largo embarcadero de tablas y tenía unas vistas espectaculares del lago. Había rocas moldeadas y majestuosos bosques a su alrededor.

—No sabía que Norrie iba a vender —le dije a Victor—. Papá no me ha dicho nada.

Victor movió su cabeza calva hacia el cobertizo para botes.

—Todo ha sido bastante repentino, muchacha. Acaba de decidirse —respondió. Bajó la voz una octava, antes de mirar a su alrededor. No sé quién esperaba que estuviera escuchando. Estábamos en un bosquecillo y no había nadie más a la vista—. Norrie quiere tomarse las cosas con más calma, pero ninguno de sus dos hijos está interesado en continuar con el negocio. —A Victor se le veía apenado—. A partir de ahora vamos a tener que ir a la ciudad para conseguir todos nuestros bártulos de pesca con caña. —Negros pensamientos le nublaron sus pequeños ojos, oscuros como botones—. No me apetece tener que enfrentarme a malditos atracadores y grafiteros, solo para comprar mi 3D Twitch Minnow. —Faith y yo tuvimos que aguantarnos la sonrisa—. Les digo, señoras —anunció Victor, enganchándose los pulgares en su chaleco acolchado—, que tenemos que inyectar algo de vida a este lugar; de lo contrario, Loch Harris acabará siendo una morgue.

—No, cuando tenemos la respuesta de Loch Harris a Tom Jones —dijo Faith con cara seria.

Victor estaba confuso.

—¿Quién? —preguntó.

—Creo que se refiere a Big Bob and The Bobcats —dije.

—Oh, claro.

Mientras Faith y Victor discutían sobre el desvío temporal e infructuoso de Big Bob hacia la interpretación de versiones de Ed Sheeran en los *pubs* locales, se produjo un repentino estallido de gaitas que venía de algún lugar cerca de la orilla.

—Es el joven Hector Fleming —dijo Victor, anticipándose a mi pregunta—. A menudo viene aquí al lago a tocar. Pobre desgraciado, no puede ir a ninguno de los *pubs* a tocar. —Se apoyó en el cartel de SE VENDE—. Os lo digo: si las cosas siguen así, pronto no reconoceréis Loch Harris. Habrá malditas plantas rodadoras soplando a lo largo de la calle principal.

—Oh, no digas eso, Victor —respondí, y traté de sonreír.

Victor levantó una ceja, escéptico.

—La señora McNab habla incluso de prejubilarse y cerrar —nos contó.

La tienda de loza de la señora McNab era un establecimiento arraigado en la historia de Loch Harris. Sus bisabuelos habían regentado ese negocio, y sus abuelos y luego sus padres habían continuado la tradición.

Me quedé con la boca abierta y me volví hacia Faith, alarmada.

—No puede hacer eso. El Crockery Rockery es toda una institución aquí —declaré.

Victor se encogió de hombros.

—Me dijo —explicó— que solía vender a los turistas muchos juegos de té inspirados en Loch Harris y la cascada de Galen, así como esas tazas de temática escocesa que tiene en el escaparate, pero desde que ha bajado el número de visitantes...

Un abatimiento se instaló en mi estómago. Santo cielo. Sabía que Loch Harris podía estar más concurrido, pero no me había dado cuenta de que las cosas fueran tan graves.

Yo había nacido y crecido aquí. Si hubiera algo que se pudiera hacer para devolver un poco de vida a la zona. Seguro que alguien con algo de dinero sería capaz de ver el potencial de Loch Harris...

Me puse rígida, me estaban pasando por la cabeza pensamientos extraños que me pillaron desprevenida.

Me vino la imagen de Loch Harris desierto, con sus baratijas de la tienda de regalos sin vender en los escaparates, sus salones de té cerrados y sus diminutos alojamientos de tipo *bed and breakfast* con carteles desesperados de HAY HABITACIONES.

Examiné el cobertizo para botes, salpicado por la somnolienta luz del sol. Entonces me encontré dando unos pasos vacilantes hacia la puerta chirriante. «¿En qué demonios estaba pensando? ¿Qué estaba haciendo?».

Iba a mudarme. Iba a vender la casa de campo y dejar atrás los fantasmas que Loch Harris cargaba para mí. Iba a empezar de nuevo en otro lugar.

—Victor, ¿te importaría si echo un vistazo rápido dentro? —le pregunté.

—En absoluto, muchacha. Adelante. Tengo que llamar a Diane y decirle que llegaré a casa un poco más tarde, antes de cerrar el lugar.

Faith se acercó y me miró entornando los ojos.

—¿Por qué estás así? ¿Qué pasa? —dijo.

No le contesté. Entré, con el eco de mis pasos sobre el suelo de madera como única compañía.

El interior del cobertizo para botes parecía largo y se extendía bastante hacia el agua debido al embarcadero. Tenía el color de un guijarro deslavado.

A través de las dos ventanas de la pared y de una ventana más grande situada en el extremo opuesto se filtraban espirales de la luz tenue del atardecer. Era como un cascarón vacío y polvoriento.

Había un gran armario de almacenamiento en la parte trasera, con un armario más pequeño a su lado. A la derecha había un cuarto de baño bastante grande.

Por las paredes había ganchos de cuando Norrie tenía expuesto su arsenal de cañas y equipos de pesca, y había un mostrador semicircular de formica en el centro.

Fuera, el paisaje se extendía ante mí, tejiéndose y sumergiéndose en una alfombra de agua plateada y escarpadas laderas.

Por encima de mi hombro, aún podía oír el latido de la gaita de Hector. En mi mente resonaban los comentarios de Victor sobre la dificultad de Hector para conseguir una actuación.

Volví a disfrutar de las vistas del agua y el cielo. ¿En qué demonios estaba pensando? ¿De dónde venían esos pensamientos? Ni siquiera podía echar la culpa a una visita al pub, ya que aún no habíamos llegado a ir.

Faith se materializó a mi lado y me sobresalté.

—Ostras. Casi me salen canas del susto —le dije.

—¿Qué estás tramando? —me preguntó con los ojos entornados—. Veo que hay engranajes girando en tu cabeza. —Miró fijamente alrededor—. No me digas que eres una obsesa en secreto de la pesca con caña.

Forcé una sonrisa, nerviosa.

—Oh, ya me conoces. Solo cotilleaba.

Faith se dirigió a la puerta, aparentemente satisfecha con mi explicación.

—Vamos, entonces. ¿Estás lista para esa copa?

No respondí. Estaba demasiado embelesada por el lago que se extendía al final del largo embarcadero de madera y por la forma en que el viejo cobertizo para botes lo observaba.

—Nunca me di cuenta de que este lugar tenía una vista tan fantástica —dije.

—Sí, no está mal, ¿verdad? —concordó Faith. Apoyó una mano en mi hombro—. Supongo que no aprecias tanto las cosas cuando las ves todo el tiempo.

Asentí con la cabeza.

Le dimos las buenas noches a Victor, a continuación Faith me abrazó de nuevo y empezó a alejarme del cobertizo para botes.

—¿Estás bien? —me preguntó, mientras volvíamos por el sendero de esquisto.

Sin embargo, no dije nada.

Estaba demasiado ocupado con el torbellino de ideas locas que corrían por mi cabeza.

12

Yacía en la cama de la habitación de invitados aquella noche, como una estrella de mar agitada.

Aún no podía enfrentarme a volver a mi cama, a nuestra cama.

Ahora todo me parecía tan falso y artificioso. No dejaba de recordarme tumbada junto a Mac, riéndonos de nuestros planes de boda y viendo sus ojos azules brillar en la oscuridad. Luego estaba su cabello canoso, recortado contra la almohada.

Era seguro y fuerte...

Me detuve. Las cortinas de rayas rosas eran demasiado finas. Ya se veían las briznas del amanecer abriéndose paso sobre la funda del edredón.

En el rincón derecho de la habitación estaban el escritorio y la silla giratoria de Mac, como si estuvieran esperando a que regresara.

Estaba acostumbrada a verla llena de bolígrafos y cuadernos. Junto a su ordenador portátil había una cafetera y un aluvión de pósits con flechas dibujadas en ellos que indicaban giros argumentales para su última novela.

Ahora se hallaba vacía, salvo por la llovizna de luz temprana que golpeaba su superficie.

Desvié la mirada. Hablaría con Lois sobre lo que quería hacer con él. Prefería no quedármelo. Seguía siendo un recuerdo demasiado doloroso, y estaba segura de que Lois estaría más que encantada de heredarlo.

Me revolví bajo el edredón y dejé escapar un suspiro.

¿Qué me pasaba en la cabeza? Había decidido seguir adelante. Iba a dejar Loch Harris y a empezar de cero.

Pero, si estaba tan segura de mis siguientes pasos, ¿por qué ese gran armatoste de viejo cobertizo para botes me daba codazos en los rincones de la mente? No se iba.

Me pasé una mano frustrada por el pelo y me lo aparté de la cara.

Los comentarios de Faith acerca de que Loch Harris necesitaba urgentemente una inyección de algo nuevo revolotearon dentro de mi cabeza.

¿Podría simplemente alejarme de la zona, cuando existía la posibilidad de que pudiera hacer algo? ¿Y si existiera la posibilidad de que pudiera ayudar?

Furiosa con Mac por haberme puesto en esta situación, eché hacia atrás las sábanas con un irritado:

—¡Que le den!

Aunque las cinco de la mañana acababan de aparecer en el neón rojo de mi despertador, me metí en la ducha y me lavé el pelo.

Intenté concentrarme en las agujas calientes de agua que me golpeaban el cuerpo, pero fue inútil. Las imágenes de Mac y del cobertizo para botes se disputaban la posición.

Me recogí el pelo mojado en una coleta alta y me fui a la cocina. No tenía hambre, pero me tomé un modesto tazón de cereales y un vaso de zumo de naranja natural antes de encender el ordenador y revisar los correos.

La casa de mi padre estaba a solo diez minutos a pie, así que salí a paso tranquilo, con la única compañía del canto de los pájaros.

Como era domingo por la mañana, las campanas de la iglesia no tardarían en resonar por el lago y las copas de los árboles circundantes.

Cuando era pequeña, me encantaba rodar por las colinas y dar tumbos entre los matorrales de brezo, y a papá le encantaba preparar modestos pero apetitosos almuerzos que nos llevábamos a nuestras aventuras.

Nos los metíamos en la mochila y nos íbamos por los senderos con las botas puestas. Se había convertido en un experto en hacerme coletas y, mientras me rozaban en los hombros, yo miraba a ese oso de hombre, con sus camisetas de música *rock* y su sonrisa, y pensaba en lo mucho que le quería.

Normalmente, en un día como este, me hubiera deleitado con los espesos setos y los artesanales muros de piedra seca; sin embargo, esta mañana lo único que quería era hablar con mi padre.

La casa de mis abuelos asomaba al doblar la esquina. Ante mis ojos se agolpaban visiones mías correteando por su jardín delantero, comiendo fresas de la zona y entrando y saliendo del porche enrejado. Sonreí para mis adentros.

La casita estaba un poco apartada de la carretera. Era blanca, con tejado negro y doble chimenea. Papá había cultivado la rocalla lateral, que añadía un toque extra de color en forma de arbustos robustos y frondosos.

Había pintado la puerta de entrada y la carpintería circundante de azul cielo, de modo que resultaba mucho más vibrante y acogedora que el gris marengo liso por el que habían optado mis abuelos.

Iba a llamar a la puerta cuando oí un ruido metálico en el jardín trasero.

Abrí con cuidado la verja lateral de hierro negro y vi un atisbo de las piernas de papá disparadas hacia delante.

Había una taza de café humeando suavemente sobre la mesa de hierro forjado y restos de tostadas en un plato. Tenía la cabeza inclinada sobre uno de los periódicos dominicales. Podía distinguirle la barbilla prominente detrás de aquella cortina de pelo.

Cuando sintió movimiento, levantó la cabeza.

—¡Layla, pequeña! —Se miró el aparatoso reloj de pulsera—. Maldita sea. Aún no son las siete y media. Te has levantado temprano.

Se acercó y me envolvió en sus brazos bronceados.

—Buenos días, papá. —Sonreí mientras me besaba la mejilla—. No podía dormir. —Le devolví el beso y lo estudié—. Ahí sentado, sigues pareciendo una estrella de *rock* de los setenta más que un paisajista.

Esbozó una amplia sonrisa.

—Uno hace lo que puede. —Señaló su café—. ¿Quieres uno o prefieres una de esas infusiones que has empezado a tomar?

—Oh, un poco de infusión de hierbas estaría genial, gracias.

Puso los ojos en blanco y desapareció por la puerta trasera, que estaba abierta.

Me sentí como si acabara de cerrar los ojos y levantara la cara al sol al amanecer cuando papá volvió a aparecer con una de sus tazas de cerámica para mí y un café recién hecho para él.

—¿Te gusta la manzanilla?

—Perfecto. Gracias.

Papá se sentó en la silla de jardín de enfrente.

—Adelante. Suéltalo. —Me metí la mano en el bolsillo de la camiseta y saqué las gafas de sol. Fue un alivio refugiarme tras ellas, y no solo por el resplandor mañanero. Papá frunció las cejas—. Venga. Vamos. Estás desordenándome el jardín.

Yo estaba perdiendo valor. Tal vez todos aquellos pensamientos locos eran el resultado de un *shock* retardado o causado por la pena.

—¿Soltar el qué?

Papá empujó el periódico arrugado hacia la mesa.

—¿Por qué has venido tan temprano un domingo por la mañana?

—Ya te lo he dicho, papá. No podía dormir. —Hundí la cara en el aroma a flores de mi infusión. Ahora mismo, necesitaba toda la manzanilla relajante que pudiera conseguir—. Oh, solo estoy siendo estúpida —solté—. Todavía estoy un poco desorientada.

—¿Por lo de Mac, quieres decir?
Me moví en la silla con el sol somnoliento subiéndome por los brazos.
—Sí. No. Bueno, un poco —dije.
—Bueno, es comprensible —respondió papá—. Lo que te ha hecho ese cabrón... —Debió de notar que se me desencajaba la mandíbula, porque se detuvo—. Lo siento, cariño. Sé que no debería hablar mal de los muertos, pero mi lealtad es hacia ti.
—Lo sé.
—Eras demasiado buena para él —afirmó.
—No es que seas parcial ni nada.
La boca de papá se torció en una extremo.
—Claro que no. —Luego se acercó a la mesa para sostener su taza—. Pero te da que pensar. Mac era solo un año más joven que yo. —Le miré mientras daba un sorbo a su café—. Entonces, ¿me vas a decir qué pasa? —volvió a preguntar—, ¿o tengo que adivinarlo?
Bebí un poco de infusión y volví a dejar la taza con cuidado sobre la mesa.
—Quizá creía que sabía lo que quería. O quizá solo intentaba convencerme de que lo sabía —empecé a explicar.
—Layla, lo que dices no tiene sentido, pequeña. —Papá se inclinó hacia delante—. Sabes que puedes contarme lo que sea.
Admití mi derrota, me quité las gafas de sol y me las puse encima de la cabeza.
—Probablemente estoy cometiendo un gran error otra vez, pero no creo que me vaya de Loch Harris después de todo —respondí.
La cara de papá rompió en una sonrisa.
—Oh, cariño. Me alegra oír eso. —Entonces, papá se reprimió un poco—. Sé que puede sonar egoísta, pero sinceramente creo que estabas tomando una gran decisión demasiado pronto... y eso es comprensible.

Papá deslizó la mano por la mesa y apretó la mía. A lo lejos se oía el débil sonido del ganado en los campos y el zumbido del motor de un coche en la carretera.

—Al final, creo que te alegrarás de no haberte ido. —Se reclinó en su silla y sus ojos grises llenos de arrugas bailaron de alegría—. Esto merece una celebración. —Apoyó las manos en el borde de la mesa—. Ya verás como tus artículos *freelance* repuntarán y las cosas se arreglarán solas.

Me armé de valor para contarle mi absurda idea. Ni yo misma estaba segura de estar haciendo lo correcto, pero mi corazón tenía otras ideas.

—No pienso dedicar tanto tiempo a mi trabajo como *freelance*, papá. Al menos, si las cosas salen como espero, probablemente no tendré tiempo.

—¿No?

Apreté los labios. Incluso cuando empecé a pronunciar las palabras, no podía creer que fuera yo quien hablaba.

—He estado pensando mucho y, al final, he decidido aceptar el dinero de Mac.

Mi padre asintió fuertemente con la cabeza.

—Bien hecho, Layla. Me parece sensato. ¿Qué te ha hecho cambiar de opinión? —Juntó las manos—. Será un buen colchón para que inviertas en el futuro.

Me aclaré la garganta y bebí un poco de infusión.

—No pienso invertir el dinero, papá.

Sus cejas marrones se alzaron.

—Oh —dijo—, ¿qué planes tienes entonces, si no te importa que te pregunte? —Esbozó una sonrisa—. ¿Estás pensando en irte de viaje? Sabes, creo que deberías irte de vacaciones a algún lugar exótico unas semanas.

El estómago se me llenó de adrenalina.

—No. No estoy planeando unas vacaciones.

—Oh, ahora me tienes intrigado.

Levanté la barbilla y esbocé una sonrisa. La emoción y la inquietud se agitaban en mi interior.

—He decidido que voy a comprar el viejo cobertizo para botes de Norrie y a convertirlo en un local de música en directo.

Creo que nunca he visto a mi padre tan sorprendido.

13

La única respuesta que obtuve fue un silencio tenso.

—¿Papá? Pensé que estarías contento.

—Lo estoy —afirmó, sin parecer convencido—. Estoy encantado de que no te vayas. Es que montar tu propio local de música es un trabajo muy duro.

Lo estudié desde el otro lado de la mesa, con la luz del sol del domingo por la mañana reflejando los ángulos de su cara.

—Y eso lo dice un batería de *rock*.

—Exacto. Mira, cariño, cuando yo estaba en Battalion, vimos de primera mano las largas horas y el compromiso que se tenía que poner en esos lugares.

Cogí mi infusión y la aguanté entre mis manos.

—¿Así que crees que no estoy a la altura? —pregunté.

—Deja de poner palabras en mi boca, Layla.

Di un sorbo a mi infusión, enfurruñada.

—Entonces, ¿qué estás tratando de decir?

Papá resopló.

—No quiero aguarte la fiesta, cariño, pero Loch Harris no es Nashville.

—Soy consciente de ello, pero hace falta algo que dé un impulso a la zona y atraiga a más turistas. —Seguí con la idea y me incliné hacia delante—. No competiría con la Ópera de Sídney. Lo que tenía en mente era un salón de música en directo, acogedor e íntimo. Sería un lugar donde las bandas y los cantantes pudieran conectar de verdad con su público.

—Sonreí al pensar en la deslumbrante vista del lago con la que contaba el negocio de Norrie—. Y ese viejo cobertizo para botes está en un lugar tan impresionante...

Papá apuró lo que quedaba de café.

—No dudo ni por un momento de tu entusiasmo, y sé que heredaste de mí tu amor por la música. Pero muchos de esos músicos... —Su voz ronca se apagó.

Jugueteé con mis zapatillas bajo la mesa del jardín.

—Papá, tú eres uno de esos músicos.

Intentó no sonreír y contestó:

—A eso me refería.

Entonces, me di cuenta de que estaba en modo padre protector.

—Oh, no me digas que esta es tu forma de advertirme para que no me rompa el corazón un donjuán de pelo largo —repliqué. Me imaginé a Mac y Hannah y enderecé los hombros—. Lo último que necesito es empezar una nueva relación. —Sonreí a mi padre—. Pensé que estarías encantado. Esto significa que me quedaré en Loch Harris.

—No seas tonta, muchacha. Sabes que no quiero que te vayas.

Tragué lo que quedaba de infusión y dejé la taza con un golpe seco y decidido.

—Voy a dar buen uso a ese dinero. Y esta aventura musical será buena para Loch Harris —resolví.

Una llamarada de determinación me cogió desprevenida y me puse en pie de un salto.

—¿Adónde vas ahora? Pensé que podríamos ir al Fiddler's Rest a desayunar. Invito yo —propuso papá.

Corrí hacia donde estaba sentado y le eché los brazos al cuello.

—¿Podríamos hacerlo otro día? Voy a ver a Norrie por lo del cobertizo para botes y, de camino, llamaré a David Murray.

14

Norrie Erskine vivía en un edificio de ladrillos grises y contraventanas rojas, a diez minutos de la casa de papá.

Me detuve en el arcén y le dejé a David Murray un mensaje confuso en el móvil, un mensaje en el que le explicaba que había cambiado de opinión y que ahora aceptaría el dinero de Mac para invertirlo en un nuevo negocio.

Aunque era domingo, sabía que los abogados casi nunca se toman el día libre, así que le pedí que me llamara en cuanto pudiera.

Mis zapatillas se deslizaban por la carretera desierta. Se acercaban las ocho y media de la mañana y esperaba que Norrie se hubiera levantado ya.

Al acercarme a su casa, me metí las gafas de sol en el bolsillo trasero de los vaqueros. Entré por la robusta verja roja y me acerqué a la puerta principal. En el centro de la puerta había una vidriera al estilo de Charles Rennie Mackintosh, detrás de la cual distinguí dos dedos borrosos que se movían hacia delante y hacia atrás.

Mi mano flotaba en el aire delante del timbre dorado de la puerta. «¿De verdad sabía lo que estaba haciendo? ¿En qué me estaba metiendo?». Era una escritora *freelance*, por el amor de Dios, no una incondicional de la industria musical.

Pero lo que me faltaba en conocimientos prácticos lo compensaba con creces con mi amor por la música, mi entusiasmo y los valiosos contactos que había acumulado a lo largo de los años gracias a mis colaboraciones como *freelance*. Papá también tenía contactos musicales de su época de Battalion.

Se me quedó la mano como congelada en el aire, con la pulsera de oro rosa suspendida de la muñeca. A pesar de que estuviese preocupado, sabía que papá acabaría ayudándome. Seguía en contacto con muchos de sus antiguos compañeros de *rock*.

Luego estaba Faith.

Dios sabe cuál sería su reacción ante mi descabellada idea, pero era un alma tan práctica y positiva que estaba segura de que estaría encantada de apoyarme. Dado que mi alocada y emocionante aventura significaría que me quedaría en Loch Harris, seguramente le encantaría tanto como a mi padre.

Negándome a dudar más, ladeé la barbilla y llamé a la puerta.

—Así que, muchacha, ¿dices que quieres comprar mi negocio y convertirlo en una tienda de música? —me preguntó.

—No sería una tienda de música —aclaré, y miré a Clem, la mujer de Norrie, que entraba a toda prisa con una bandeja con té, a pesar de que... yo había declinado su amable oferta—. Me gustaría convertirlo en un local de música en vivo.

La mano de Clem salió disparada y agarró el asa de la tetera.

—Dios mío, Layla, no sería de ese rap de gánsteres, ¿verdad? —dijo.

¿Rap de gánsteres?

Me impresionó mucho que la septuagenaria esposa de Norrie, empleada de la oficina de correos de Loch Harris ya jubilada, conociera dicho género musical.

Apreté los labios para no reírme.

—En absoluto, Clem. Puedo asegurarte que no habría nada de eso.

Su rostro regordete se dulcificó de alivio y sirvió el té en tres tazas con rosas.

Norrie se sentó frente a mí en su silla de terciopelo verde botella, como la de un curioso gnomo.

Se alisó un mechón de pelo blanco con su mano plana hacia abajo.

—No sé si necesitamos otro local de música en Loch Harris —comentó. Se encogió de hombros—. Dos veces por semana tenemos las actuaciones de Big Bob and The Bobcats en el Fiddler's Rest.

Oh, santo cielo.

Sabía que posiblemente me estaba adelantando un poco, pero tenía planes más ambiciosos en mente que el cuarteto de violines de Big Bob. Eran un grupo con talento, pero tendían a tocar en bucle sus favoritas de siempre: «Rock Around the Clock», «Mona Lisa» y «Sweet Caroline».

Aunque todavía estaba llena de la manzanilla que papá me dio, acepté el ofrecimiento de Clem de una taza y le di unos sorbos cortésmente.

—Mi idea sería tener un local de música totalmente distinto a lo que ofrece el Fiddler's Rest —dije. Clem y Norrie se miraron con preocupación y me sentí obligada a explicarme—: Sé que va a costar mucho trabajo y esfuerzo, pero creo que podríamos convertir el viejo cobertizo para botes en un lugar donde quieran actuar cantantes y bandas. —Recorrí con la mirada el salón de la pareja de ancianos, repleto de muebles de cretona y fotografías de Norrie sosteniendo con orgullo sus diversas capturas a lo largo de los años. También había fotos de sus dos hijos, de aspecto robusto, y de los vástagos de estos—. Quiero crear un ambiente acogedor e íntimo para los verdaderos aficionados a la música. Tiene unas vistas tan espectaculares de Loch Harris que ¿quién no querría venir a verlo con sus propios ojos?

Norrie se echó hacia atrás en su sillón y me observó desde debajo de sus cejas de oruga.

—¿No te estás adelantando un poco, muchacha? —dijo—. A lo mejor he tenido muchas otras ofertas por el local.

Me sonrojé ante mi efusivo entusiasmo. Vaya. Mis ideas me habían ocupado tanto que ni siquiera había pensado que podría haber otras personas interesadas. «¡Mierda! Tal vez había metido la pata, por no desplegar tácticas más sutiles».

—¿Las ha tenido? —pregunté en voz baja.

—¿He tenido qué? —contestó Norrie.

—¿Ha tenido alguna otra oferta por el cobertizo para botes?

Ahora era el turno de Norrie. Se aclaró la garganta.

—No —respondió.

Clem frunció el ceño mientras se hundía en el sofá, junto a Norrie, y le daba un manotazo en el brazo.

—¡Ay, mujer! ¿Por qué me das?

—Por burlarte de la pobre muchacha. —Clem dejó su taza de té y su plato sobre la mesita. Estaba adornada con un mantel de algodón naranja quemado que me recordaba a un semáforo ámbar—. No hemos recibido ninguna otra oferta y nadie ha preguntado por el cobertizo. Ni siquiera ha salido a la venta.

Norrie la evaluó con ojos avellana indignados.

—No es un ninguna vieja escombrera. No entiendo por qué ni Ross ni Scott quisieron seguir adelante.

Clem entornó sus claros ojos azules y se miró su mechón de pelo blanco.

—Tienen sus propias vidas y ninguno de ellos vive en la localidad —comentó.

Hubo una pausa de unos segundos antes de que Norrie estallara:

—No quiero parecer entrometido, Layla…

—Pero, aun así, te vas a meter —le interrumpió Clem, irritada.

—… Pero ¿cómo vas a pagar todo esto? Quiero decir, nos hemos enterado del fallecimiento de Mac. Sentimos mucho su pérdida. Y había rumores de que te había dejado…

Clem le dio a Norrie un fuerte golpe en la pernera del pantalón con su zapatilla rosa.

—¿Quieres meterte en tus asuntos, hombre? —le recriminó Clem.

Norrie se revolvió en el asiento, convenientemente reprendido.

—No debería haber dicho nada, jovencita. Te pido disculpas. Es que montar un negocio en mis tiempos ya era bastante difícil. Hoy, las dificultades de financiación son aún mayores.

Una imagen vacilante de Mac amenazó con alterarme. Le di a mi cerebro una sacudida mental.

—Digamos que el testamento de Mac contenía una sorpresa económica para mí.

Clem no insistió más, pero, cuando Norrie volvió a abrir la boca para interrogarme, le puso delante de las narices un plato de galletas de mantequilla.

—¿Bizcocho, Norrie? —le ofreció.

Este no se atrevió a negarse.

Intercambiamos apretones de manos. Norrie dijo que se pondría en contacto con Victor el día siguiente a primera hora de la mañana, y yo le prometí que me ocuparía de todo con David Murray con carácter prioritario.

Luego volví corriendo por el carril con la emoción en las piernas, aún conmocionada por lo que acababa de hacer.

Pasé por casa de papá para contárselo. Me sentía como si hubiera estado despierta durante horas —en realidad, así era— y fue justo después de las 10:30 de la mañana cuando el cansancio y la expectación me nublaron.

Papá se había puesto su ropa de estar en el jardín que llevaba siempre, una camiseta deshilachada de color verde musgo y el peto, y estaba metiendo las manos enguantadas en la tierra color chocolate del jardín trasero.

Sonreí al ver la expresión de concentración en su rostro mientras arrancaba hierbajos y los arrojaba a una carretilla que tenía al lado.

—Papá, ahora estás viendo a tu hija, la dueña del negocio... Bueno, casi.

Al oír mi voz, levantó la cabeza. Se quitó uno de los guantes.

—¿Así que vas a seguir adelante con ello, entonces? —preguntó.

Mi boca se transformó en una sonrisa tembloroso.

—Sí —afirmé.

Su boca se curvó hacia arriba.

—Ven aquí y dale un abrazo a tu padre. —Me estrechó entre los brazos—. Buena suerte. Estoy muy orgulloso de ti.

Me aferré a él.

—Aún no he hecho nada —repuse.

—Oh, pero lo harás.

—Creía que no estabas muy entusiasmado con la idea esta mañana.

Papá arqueó las cejas.

—Yo no, pero me di cuenta de lo entusiasmada que estabas con ello. Vislumbré a la antigua Layla, cuando estaba rebosante y llena de entusiasmo por algo. Creo que es la primera sonrisa que te veo desde que murió Mac. —Se agachó un poco para que sus ojos gris humo quedaran a la altura de los míos—. Cuando te fuiste esta mañana, me puse a pensar en tus planes. Debería estar encantado de que te apasione la música tanto como a mí.

Sonreí.

—Definitivamente lo llevo en los genes.

—Y estás siendo muy valiente con todo —añadió—. Es genial que intentes seguir adelante y que seas positiva, después de lo que ha pasado.

Se me quebró la voz.

—Gracias, papá.

—Te ayudaré en lo que pueda.

Le apreté fuerte. Una oleada de amor invadió mi pecho.

—Sé que lo harás. —Di una palmada—. Bueno, viejo roquero, deja los guantes de jardinería. Te invito a almorzar para celebrarlo.

Papá me sonrió.

—Ya que vas a pagar tú, jovencita, optaré por ignorar que has empleado la palabra «viejo».

15

Las tres semanas siguientes se esfumaron en un aluvión de papeleo.

Me di cuenta de que, aunque Norrie, Clem y muchos otros habitantes de Loch Harris pensaban que yo no estaba en plenas facultades, me sentía llena de energía y ocupada. Eso era lo que necesitaba.

Me concentré en mi trabajo como *freelance*, presenté varias ideas a mis contactos de revistas y periódicos, y las cosas avanzaban a un ritmo impresionante con respecto a la venta del cobertizo para botes, lo que me ayudó.

En cuanto tomé la decisión de aceptar el dinero que Mac me había legado, llamé a Lois y se lo conté. Se sorprendió y se alegró de que hubiera cambiado de opinión, y afirmó que a su hermano mayor le habría entusiasmado mi idea de abrir un local de música.

No estaba del todo segura, ya que los gustos musicales de Mac siempre habían sido opuestos a los míos, pero aprecié el sentimiento de Lois.

—Hemos tenido mucha suerte —nos explicó Norrie una húmeda tarde de finales de mayo, cuando mi padre y yo nos reunimos con él durante un paseo casual por el camino—. Creíamos que el cobertizo para botes iba a permanecer inactivo durante mucho tiempo antes de que nadie se interesara por él. —Me hizo un gesto brusco con la cabeza—. Ah, sí. Estamos tan aliviados de haber conseguido un comprador tan rápido, especialmente una chica tan dulce como Layla. —Luego bajó la voz y se inclinó más hacia mi padre—. Incluso aunque ella vaya a tratar de convertirlo en una especie de discoteca.

—¿Una discoteca? —resoplé a papá, una vez que Norrie hubo desaparecido en lo alto de la colina—. ¿De dónde demonios ha sacado esa idea?

—Dios sabe. Norrie es un gran tipo, pero nunca ha estado al día. Todavía piensa que el *thrash metal* es un elemento de la tabla periódica. —Me reí y me metí las manos en los bolsillos del chubasquero.

Entonces, mis pensamientos se desviaron hacia mi lista de tareas pendientes. Se me borró la sonrisa de la cara. La voz de papá interrumpió mi repaso mental de todas las cosas que quería hacer.

—¿No te importa que sea honesto contigo, pequeña?

Volví a centrar la atención en papá.

—No, claro que no.

—¿No crees que esta aventura musical ha sido un acto reflejo por la muerte de Mac?

Reflexioné sobre la pregunta.

—Estaba tan dolida y enfadada por lo que hizo, por que no me contara lo de su enfermedad cardiaca y luego por enterarme de lo de él y Hannah. —De repente me asaltó otro pensamiento—. ¿Y si he cogido su dinero solo para fastidiarle? Quizá sea mi forma de levantarle el dedo a mi prometido muerto y tramposo.

—Escúchame —advirtió papá, deteniéndose de repente—. Sé que tienes tus defectos, como todo el mundo, pero ser rencorosa no es uno de ellos. —Me lo quedé mirando—. Podrías haber sido una interesada —continuó—. Podrías haberte lanzado a por ese dinero, jugar la carta de que casi estabais casados e intentar sacar aún más de su patrimonio, pero no lo hiciste. —Le ofrecí a mi padre una pequeña sonrisa de agradecimiento—. Te dejó ese dinero por una razón. Vale, puede que en parte fuera por su sentimiento de culpa, pero ahora has decidido hacer algo positivo y constructivo con él.

Aspiré el olor húmedo de la hierba mojada.

—Espero que ayude a este lugar y que Loch Harris se recupere.

—Precisamente. Ahora deja de psicoanalizarlo todo y disfruta del viaje.

Sonreí.

—Gracias, papá. Sabes que te quiero, ¿verdad?

—Reconozcámoslo, ¿cómo podrías no hacerlo?

Me reí. Nos cogimos del brazo y caminamos hacia su casa por el asfalto húmedo y resbaladizo.

—Faith viene esta noche y vamos a pensar en lo que hay que hacer —dije.

—Bueno, si alguien puede ayudar a organizarte, es ella. Y recuerda lo que te dije, ¿vale? Pediré algunos favores y hablaré con mis viejos amigos roqueros. Tendrás actuaciones de primera dentro de nada.

Le guiñé un ojo de forma traviesa.

—¿Quizá Battalion podría hacer alguna que otra actuación?

A papá se le borró la sonrisa de la cara y desenganchó suavemente su brazo del mío.

—No lo creo, cariño.

Me detuve un momento.

—¿Qué pasa? Creo que sería un gran reencuentro, papá. Todos los chicos juntos...

—¡He dicho que no!

Pestañeé, dolida.

—Lo siento. Lo siento. No creo que sea buena idea. —Suavizó sus rasgos encrespados—. A veces, es mejor dejar las cosas como están.

Y volvió a entrelazar su brazo con el mío.

16

—Me alegro de que cambiaras de opinión acerca de lo de aceptar el dinero de Mac —declaró Faith, y suspiró con las piernas estiradas en el sofá.

Se había acercado para ayudar a repasar la interminable lista de cosas que yo quería hacer, reservar, consultar e investigar.

—Entonces, ¿crees que estoy haciendo lo correcto?

Faith me miró desde detrás de sus pestañas puntiagudas.

—Estoy encantada de que te quedes.

—Eso no es lo que te he preguntado.

Dejó escapar una risa áspera.

—Vale. Cuando me dijiste por primera vez que ibas en serio con lo de comprar el negocio de Norrie, admito que me quedé un poco sorprendida.

—No fuiste la única. ¿Y ahora?

Faith rebuscó en la bolsa que había traído y me regaló una caja de mis galletas favoritas de chocolate blanco y macadamia.

—Ahora pienso que estás loca —contestó.

—¡Gracias!

—Es broma.

Entré en la cocina y cogí dos copas de vino del armario. Faith me siguió, con cara de modelo de catálogo bretona adormilada.

—Va a ser un trabajo muy duro, pero, si alguien puede hacerlo, eres tú. —Pasó sus manos cuidadas con manicura francesa por la encimera negra y de piedra de mi cocina—. A Loch Harris le vendría bien una patada en el culo, seamos sinceros. —Serví un poco de vino blanco en cada copa y Faith aceptó la suya—. Sé que muchos de los visitantes de aquí suelen ir a la ciudad a divertirse. —Una sonrisa traviesa se dibujó en sus labios rosados—. No puedo decir que les culpe. De alguna manera, no creo que el repertorio de Big Bob sea suficiente.

Me apoyé en la encimera de la cocina, y empecé a cruzar y descruzar distraídamente los pies.

—Tenía todo listo para irme —dije, después de tomar un trago del fresco vino—. Solo quería deshacerme de este lugar.

—Y ahora has decidido quedarte.

—No creo que sea exactamente que me quiera quedar —admití tras una pausa—. Es más bien que no me puedo ir. No cuando tengo la oportunidad de emprender algo tan desafiante y, con suerte, ayudar a la zona. Y así no tendré tiempo de darle vueltas a las cosas.

Volví a llevarme la copa de vino a los labios. Faith inclinó la cabeza. Sus ojos claros y con expresión de preocupación eran casi tan suaves como la seda de su blusa. Había venido directamente del trabajo, y sus pantalones de trabajo oscuros y ajustados crujían un poco al moverse. La miré a través del borde de mi copa de vino.

—Fui a visitarlo la otra semana. A Mac.

Faith dejó el vino a un lado en la barra del desayuno.

—No me lo habías dicho —dijo.

Me encogí de hombros.

—Sé que esto debe de sonar fatal, pero en realidad nunca tuve la intención de volver después del funeral. Simplemente sucedió. —El cielo del atardecer se entretejía de nubes frente a la ventana de mi cocina, y la ladera se fundía en manchas de ámbar y melocotón. Volví a beber un buen trago de vino—. Me sentí defraudada —le confié—. Allí de pie, delante de su tumba. Me sentí traicionada y herida.

—Es comprensible. Cualquiera se sentiría así.

—Pero ¿soy un fraude tan grande como él, Faith?

Mi mejor amiga arqueó las cejas.

—¿Qué quieres decir con eso? —preguntó.
Agité el vino de mi copa mientras hablaba:
—Al aceptar el dinero que me dejó. Dije que no lo iba a aceptar, en cambio luego lo hice.
Faith se acercó más a mí, su expresión rebosaba seguridad.
—Escúchame —me aclaró—. Lo que hizo Mac fue terrible. Estabais prometidos y creíais que teníais un futuro juntos aquí. —Me quitó la copa de vino de la mano y la volvió a dejar encima de la encimera de la cocina con un golpe decidido—. Tal vez te dejara dinero porque se sentía culpable, pero ¡¿qué más da?! —Me cogió las manos—. Mucha gente habría salido huyendo de aquí y se habría ido a lamerse las heridas y a revolcarse en la autocompasión. —Faith me apretó los dedos con ánimo—. Pero tú no has hecho eso. No solo has decidido quedarte, sino que incluso vas a hacer algo que te saca de tu zona de confort.
Incliné la cabeza hacia un lado.
—Pensé que se suponía que esto era una charla para animarme —dije.
—Y lo es. Estoy empezando.
—Oh. Vale.
Faith puso los ojos en blanco.
—No estás derrochando todo ese dinero en ti misma. Estás haciendo algo con él para ayudar a los demás.
—Bueno, ese es el plan —añadí con pesar.
El tiempo diría si lo conseguiría.
Faith tiró de recuerdos.
—Nunca olvidaré cómo corriste a ayudarme cuando era la nueva de la clase y rescataste mi estuche rosa esponjoso de Rachel Howson y Cara Wallace.
—Oh, tenía que ayudar a la recién llegada, ¿no? No podías evitarlo, al ser de uno del pueblo.
Resultaba irónico que la familia de Faith se hubiera trasladado de la costa oeste a Loch Harris cuando ella tenía once

años y hubiera acabado trabajando en nuestra Oficina de Información Turística.

La fascinación de Faith por la zona venía de largo y ello hacía que sus conocimientos locales fueran impresionantes.

Su sonrisa era enfática.

—Tendrás éxito. Sé que lo tendrás. Supongo que todo el papeleo y el dinero para comprar el cobertizo para botes van bien —añadió Faith.

—David Murray es un *crack* —le dije, y suspiré—. Me está cobrando a precio de amigo, y eso me ha quitado mucha presión.

—¿Ves? —dijo Faith, y mostró su brillante sonrisa—. Las cosas te empiezan a ir bien... ¡y ya era hora!

—Sin embargo, estoy un poco preocupada por mi padre.

Le indiqué que nos dejáramos caer en el sofá. Después de acomodarnos con los cojines y de rellenar las copas de vino, le conté a Faith la reacción de mi padre cuando le sugerí volver a juntarse con su antiguo grupo.

Faith agitó la mano.

—Oh, seguro que no es nada —me tranquilizó.

—Pero ya conoces a mi padre. Se lo toma todo con tanta calma... —Entorné los ojos—. Se me enfadó mucho. No parecía él.

Faith movió su copa de vino en el aire.

—Harry se habrá cansado. O tal vez Tina estaba muy encima y lo atosigaba por algo.

Se me tensó la espalda al oír el nombre de mi madre.

—De ser así, me lo habría dicho —respondí.

—Creo que le estás dando demasiada importancia —dijo Faith.

Saboreó otro sorbo de vino blanco. Me la quedé mirando. Yo no estaba tan segura.

—Entonces, ¿qué pasa con Greg? ¿Cómo te fue cuando le llamaste? —pregunté. Faith se puso pálida. Apartó la mirada—. ¡Por el amor de Dios! No le has llamado, ¿a que no?

—Sí le llamé —afirmó ella, y sonrojó.
—Entonces, ¿por qué tengo un presentimiento?
Faith se mordió el labio.
—Te prometo que le llamé la semana pasada, pero la conversación no fue muy bien —contestó.
Y puedo adivinar de quién fue la culpa, pensé para mis adentros. Después de quedarse un rato callada, con los brazos cruzados y las cejas arqueadas, cedió.
—Vale, vale. ¡Deja de mirarme como si fuera un villano de James Bond!
Hice una serie de aspavientos cuando Faith admitió que le había dicho a Greg que no se encontraba «en el momento adecuado» para volver a salir.
—¿Y cómo se lo tomó?
Faith se encogió.
—No muy bien. Dijo que yo solo ponía excusas porque él es padre soltero.
Me froté la frente.
—Bueno, no quiero ser borde, pero es normal que lo piense.
Faith agitó violentamente sus rizos desordenados.
—¡Pero eso no es verdad! Puedo ser muchas cosas, pero no soy superficial. —Suspiró—. Ya sabes cómo soy. Quiero decir, realmente me gusta Greg..., me gusta mucho.
—Entonces, ¿cuál es el problema? —enfaticé—. Ve a por él. Deja de darles vueltas a las cosas. Olvida que es padre por ahora, y...
—Pero esa es la cuestión. No puedo. Greg y Sam son una unidad.
—Así que tienes a dos hombres guapos por el precio de uno.
Esperaba al menos el amago de una sonrisa, pero Faith estaba demasiado distraída. Se estaba cerrando de nuevo.
—No puedo correr ese riesgo —dijo—. ¿Y si nos involucramos demasiado y todo se va al garete? Al niño también le afectaría.

Mi exasperación iba en aumento.

—Pero eso es como decir «¿Y si, al cruzar la calle, me atropella un autobús del número 82?».

Faith agitó las manos.

—No —contestó—. Es mejor no entrar ahí desde el primer momento.

Me estremecí al ver la tristeza que se le reflejaba en el rostro. «Maldita sea. A Faith realmente le gustaba ese tío».

—Pero míralo desde la perspectiva de Greg —argumenté—. Él está dispuesto a arriesgarse a conocerte mejor, y eso que es él quien tiene el niño, no tú.

Faith parecía perdida. Esbozó una sonrisa.

—No hablemos más de esto —me pidió. Forzó un tono jovial—. Bien, jovencita, tenemos un local de música que arreglar. ¡A por ello! —Abrí la boca para decir algo más, pero ella levantó una mano—. Venga —me engatusó—. ¿Dónde está tu lista de tareas pendientes? Tenemos trabajo.

17

—Malditos mosquitos —refunfuñó papá, mientras daba manotazos a un par de persistentes mosquitos que le revoloteaban junto a la cabeza—. Cuando abras, Layla, deberías suministrar repelente de insectos en los meses de verano.

Señalé el lago y su suave y rítmico chapoteo.

—Pensé que, al estar cerca del agua, podríamos salir bien parados.

Me volví hacia el cartel de VENDIDO que había en la puerta principal del cobertizo para botes. Una bola de excitación y tensión me revolvió el estómago.

Habían pasado tres días desde que papá me había regañado por sugerir que Battalion se volviera a juntar. Seguía sospechando que había algo que no me estaba contando, pero decidí elegir el momento para volver a abordar el tema. Una nublada tarde de jueves a principios de junio en que esperábamos a un carpintero que ya llevaba quince minutos de retraso no era el momento adecuado.

Como si hubiera detectado mi irritación, Alec Carruthers, uno de los viejos amigos de papá desde el colegio, se acercó por la carretera en su Land Rover verde botella salpicado de barro.

—Bonita noche para esto —sonrió, salió del coche y se acercó a nosotros. Alec se echó la gorra gris hacia atrás y observó el cobertizo para botes—. Entonces, ¿es verdad? ¿Layla Devlin es la nueva propietaria?

Como para enfatizar lo que acababa de decir, levantó un dedo y señaló el lugar.

—Culpable de los cargos —respondí.

Papá arqueó una ceja y le preguntó a Alec:

—¿Estás listo para entrar ahí?

Alec hizo una graciosa reverencia.

—Las damas primero —contestó.

Poniendo los ojos en blanco, papá me hizo subir los escalones del porche. Introduje la llave en la puerta y la abrí. Una corriente de aire mohoso salió del interior.

Mientras Alec recorría el cobertizo vacío pisando con sus botas de leñador el suelo de madera, papá me dedicó una sonrisa alentadora.

—No te preocupes —me tranquilizó—. Alec es el mejor. Sé que parece como si no fuera capaz de encontrar el camino hasta el final de la carretera, pero es un puñetero buen carpintero.

Me contuve de expresar las dudas que tenía acerca de ello y hablé con Alec de las estanterías que queríamos detrás de la barra y de los suelos de madera rotos que había que reparar. Mientras deambulábamos, los dorados rayos de luz entraban por las ventanas y se acumulaban a nuestros pies. Lo único que se oía eran los sensuales susurros del agua del lago.

Pronto habría música en directo, guirnaldas de luces colgadas del porche que recorrerían todo el embarcadero, además de mesas y sillas colocadas en el exterior con vistas a los bosques.

Habría pequeños cuencos esmerilados con velas en cada mesa, tanto en las de dentro como en las de fuera, asientos acolchados, gruesas cortinas para dar al interior un aire hogareño, una chimenea en la que crepitarían leños, un pequeño escenario no muy lejos de la barra —para que los artistas se sintieran cerca del público—, una selección de fuertes licores locales que rascarían hasta el fondo de la garganta y derretirían el frío, y una selección de aperitivos y productos autóctonos de la zona. Sin embargo, todo giraría en torno al ambiente: un paraíso para los amantes de la música, donde los grupos y los cantantes se sintieran apreciados.

—¡Eh! ¡Layla!

Moví con fuerza la cabeza y, al hacerlo, la mitad del pelo me tapó los ojos.

—¡Oh! Lo siento, Alec.

Papá y él se sonrieron.

—¿Soñando despierta con tu pequeño imperio? —bromeó.

Me subió el color en las mejillas.

—Solo... hacía planes —admití.

Asintieron con la cabeza.

—Bueno, los chicos y yo nos pondremos manos a la obra mañana a las 08:30 en punto y, si todo va bien, a mediados de la semana que viene deberíamos poder entregarle el trabajo a los pintores y decoradores.

Aplaudí con entusiasmo.

—Oh, si lo consiguieras, sería maravilloso —dije.

—Haremos lo que podamos por ti. —Los tres empezamos a arrastrar los pies hacia la puerta—. ¿Tienes alguna idea de a quién vas a presentar aquí? —añadió Alec, y balanceó el lápiz que llevaba detrás de la oreja.

—Bueno, estaría bien tener una mezcla ecléctica de artistas: folk, *rock, grunge*...

—Sería un verdadero éxito para ti si pudieras conseguir a ese tal Mask que se rumorea que se ha mudado aquí.

—¿Quién? —pregunté, desconcertada—. Nunca he oído hablar de él.

Alec hinchó el pecho con prepotencia.

—Oh, mi hija, Heather, me ha hablado de él. Es un nuevo cantautor anónimo.

—¿Anónimo? —preguntó papá—. ¿Cómo es eso?

Alec levantó sus ojos caídos.

—Según la fuente de todo conocimiento que es mi hija de dieciséis años —explicó—, no se deja identificar. El tipo lleva una enorme sudadera con capucha y una máscara negra, de ahí el nombre. —Alec movió la cabeza con fingida exasperación—. Ojalá mi hija mostrara tanto entusiasmo por sus malditos estudios como por ese tal Mask. Sabe recitar sus letras al revés, pero, si le preguntas por Roberto I de Escocia, se pierde.

Mi curiosidad aumentó. Un músico como él sería un sueño para el *marketing*.

—Siento cortarte, Alec —dije—. Presiento una posible oportunidad de relaciones públicas. ¿Qué sabes de ese tal Mask?

—Bueno, Heather ha estado poniendo su música sin parar la última semana. Dice que empezó subiendo sus canciones a internet y que está empezando a ponerse de moda. Tiene una gran voz. —Alec salió. El sol poniente proyectaba un efecto de halo alrededor de su corpulento cuerpo—. Se rumorea que es australiano. No para de decir que tiene unos ojos increíbles. Hijas adolescentes, ¿eh? —Cuando se sentó en el asiento del conductor, se giró para mirarme por encima del hombro—. Según los cotilleos locales, ha comprado el local del viejo Tavish McArthur.

Papá se quedó boquiabierto.

—¿No será esa casa destartalada que hay junto a la cascada de Galen? —preguntó.

—La misma —respondió Alec.

Papá arqueó las cejas.

—¡Maldita sea! Sin faltar al respeto al viejo Tavish, que en paz descanse, su jardín trasero parecía sacado de una película de terror. En más de una ocasión le ofrecí echarle una mano al viejo testarudo para arreglarlo, pero no quiso.

—Por lo que he oído, ahora podría competir con el Jardín Botánico de Glasgow —dijo Alec.

Papá se rio.

—Estás de broma.

Alec hablaba en serio.

—Te lo digo en serio, amigo. Uno de mis contactos del sector de la fontanería pasó por Coorie Cottage la otra noche. Dijo que el jardín estaba lleno de flores de colores brillantes y de árboles que se mecían. «Como un cuadro de una galería de arte», fueron sus palabras. —Levantó una mano—. ¡Adiós! —se despidió.

Una idea me asaltó al verle marcharse.

En cuanto Alec se perdió a lo lejos, me dirigí a papá con el entusiasmo a flor de piel:

—Tengo que hablar con Heather sobre ese músico. Si pudiéramos tener a alguien que esté de moda, como él, la noche de apertura...

Papá parecía pesimista.

—Cariño, ¿no has oído lo que acaba de decir Alec? ¡El chico lleva una máscara! Es obvio que no quiere que lo identifiquen, así que no creo que la idea de presentarse ante el público le vaya a gustar. —Escuché a papá, que siguió diciendo—: Y, si los rumores son ciertos y ha comprado la vieja casa de McArthur, no se puede estar más aislado en ella. Tal vez por eso se ha mudado aquí, para tener un poco de paz.

Fruncí el ceño y traté de mantener el optimismo.

—Pero podría considerarlo, porque es un local pequeño y nuevo cerca de donde tiene una casa. Sería una oportunidad para conocer a la comunidad local... —Una lenta sonrisa se dibujaba en mi cara—. Al menos, tengo que intentarlo. —Ante mí destellaban imágenes de artículos publicitarios y noticias—. Investigaré sobre ese artista y luego veré si Heather quiere ayudarme.

Un escalofrío de excitación me recorrió la espalda. Estaba acostumbrada a entrevistar y a tratar con personajes incómodos. ¿Tan difícil iba a ser?

18

Junté los dedos detrás de la cabeza y me desplomé en el sofá, frustrada.

¡Caramba! Este tal Mask era tan escurridizo como el abominable hombre de las nieves.

Tecleé en el portátil y volví a desplazarme por la pantalla hacia abajo, pero solo ofrecía la misma información limitada sobre él: que había salido de la nada para convertirse en ese cantante y compositor de éxito emergente, pero que nadie sabía nada de él ni de su verdadera identidad, aparte del hecho de que era australiano.

Ni siquiera había una fotografía suya en las redes sociales. Siempre aparecían las mismas imágenes de una figura alta con los rasgos ocultos por una capucha oscura y holgada y una máscara negra.

Cogí la taza de té y bebí. Realmente había que felicitarle. En los tiempos que corren, Dios sabe cómo se las arreglaba para seguir siendo tan escurridizo. Debe de tener un gran equipo de relaciones públicas y de gestión.

Recorrí varios foros de fans sobre él, en los que se hablaba desde la especulación de que era hijo de algún conde y trataba desesperadamente de rebelarse contra su aristocrática familia hasta la teoría de que no era una sola persona, sino una banda de músicos descontentos que buscaban vengarse de la industria discográfica que les había rechazado.

Recordando lo que Alec había dicho de él aquel mismo día, entré en YouTube y puse «Mask Music» en las búsquedas.

Apareció una serie de imágenes de sus ojos, que miraban fijamente desde detrás de la máscara. Eran de un marrón oscuro intenso.

Puse una de sus canciones, «Deliverance». De repente, mi casa se llenó del sonido de una conmovedora guitarra eléctrica. Al principio era lenta, pero de repente se aceleró.

Luego, su voz profunda y grave, de fumador, se superpuso a la música de la guitarra.

Me eché hacia atrás para asimilar las dolorosas inflexiones de su voz. Alec tenía razón. Era un cantante maravilloso.

Cuando la canción acabó, salté hacia delante, ansiosa por escuchar otra.

Hice clic al azar en otro de sus temas, uno llamado «All Shadows», y esta vez me encontré con una melodía más suave acerca de los sueños.

No se podía negar que Mask era un músico único y de gran talento.

Con el cielo de verano de aquel jueves por la tarde dando paso rápidamente a parches de carbón de nubes, que se veía a través de la ventana de la sala de estar, reanudé en vano la búsqueda para tratar de encontrar más información sobre él.

¿Qué había dicho Alec sobre los rumores de que había comprado aquella casita aislada junto a la cascada de Galen?

Mis pensamientos viajaron a nuestros inviernos, a menudo duros, cuando la nieve y el hielo se adherían con determinación a todo y hacían intransitables muchos de los sinuosos arcenes y carreteras de la zona de Loch Harris. Si lo que decía Alec era cierto y Mask se había instalado allí, estaba claro que no le importaba demasiado quedarse aislado si el tiempo se ponía feo.

Volví a mi búsqueda. Había algunos artículos similares sobre sus canciones, que empezaban a tener repercusión en las listas de éxitos, y otros sobre la cantidad de visitas que recibía su música en las redes sociales.

Eh. ¡Un momento!

Mis dedos se detuvieron en un breve artículo de una revista de música independiente. Decía:

La información es muy imprecisa y no tenemos forma de confirmarla, pero se rumorea que el escurridizo cantante y compositor Mask está buscando casa en la zona escocesa de Strathlevin/Loch Harris...

Los ojos se me abrieron de par en par. Entonces, ¿era verdad? Seguí leyendo con impaciencia.

Como siempre ocurre con este misterioso intérprete, no hemos podido confirmar ni desmentir este rumor con su agente, Buccaneer, con quien, una vez más, no hemos podido contactar.

Cogí la taza de té de la mesa y golpeé las uñas contra ella. No estaría de más plantearle a Mask una posible actuación en mi nuevo local de música. Vale, podía ser una pérdida de tiempo, pero ¿qué perdía por intentarlo?
Volví a mirar la pantalla del portátil. Una imagen de los desafiantes ojos oscuros de Mask me devolvió la mirada.
Sería todo un éxito para mí y para Loch Harris si pudiéramos contratar a alguien como él. Luché contra la persistente duda de que conseguir que un músico reacio a la publicidad diera literalmente la cara iba a ser casi imposible.
Merecía la pena intentarlo.
Alec y los chicos empezaban a trabajar en la carpintería del cobertizo a primera hora de la mañana. Si pudiera convencer a su hija, Heather, para que me ayudara a localizar a Mask, probablemente tendría más posibilidades.
Después de todo, parecía que ella era su fan número uno. Entonces, mis pensamientos volvieron a Faith.

Seguramente debía de haber algo que pudiera hacer para que viera lo obstinada y tonta que estaba siendo con Greg.

Me hormigueaban las yemas de los dedos cuando volví a centrar mi atención en el portátil y busqué la web de la Comisión Forestal de Loch Harris.

Era una página toda verde musgo, salvia y esmeralda, con imágenes de los numerosos paseos arbolados y senderos boscosos que se entrelazaban como fondo de pantalla.

Busqué la sección «Quiénes somos» y escribí «Greg McBride».

Casi de inmediato, la atractiva cara sonriente de Greg apareció en la pantalla.

Me incliné y leí que Greg y dos de sus colegas tenían su base en las oficinas de la cabaña de troncos, a las afueras de Loch Harris, mientras que los demás miembros del equipo estaban repartidos entre Finton y North Spey, otra localidad algo mayor situada a unos kilómetros de nosotros.

Cogí un pósit amarillo que había junto al portátil y anoté la dirección de la casa. Había decidido que iría directamente allí al día siguiente, después de pasar por el cobertizo para botes.

La mañana siguiente nos regaló un batiburrillo de entusiastas rayos solares de limón de principios de verano.

Después de ducharme y desayunar cereales a toda prisa, me preparé para salir. Quería pillar a Alec pronto, antes de que empezara a estar cansado y un poco gruñón. Luego, iría a visitar a Greg McBride. Si no estaba en ese turno, le dejaría un mensaje y esperaría a que se pusiera en contacto conmigo.

Que mi relación hubiera terminado como una tragedia griega no significaba que la de Faith tuviera que hacerlo. No podía permitir que ella renunciara a la posibilidad de algo bueno sin siquiera intentarlo primero.

Dentro de mi cabeza se agitaban ideas contradictorias. Quiero decir, tal vez podría darle un empujoncito en la dirección correcta a la relación que tenían ella y Greg.

Eso no era interferir, me aseguré. Eso era simplemente... interferir.

Maldita sea.

Después de mi desgarradora experiencia con Mac, imaginaba que ya estaría harta de los temas sentimentales. En cambio, al ver a mi mejor amiga tan abatida y como parecía que no iba a reaccionar me animé a pasar a la acción.

Quizá estuviera interfiriendo, pero tenía que elegir entre lo que iba a hacer, y no hacer nada y ver cómo se sentía desgraciada. No podía elegir la segunda opción.

Recorrí el camino rural en mi coche, pasando por delante de la casa de papá, con el entusiasmo zumbándome en los oídos. Encendí la radio para intentar distraerme. Hacía mucho que no me sentía con tanta energía. Perder a Mac de la forma en que lo había perdido había sido como si explosionara una bomba de mortero en mi mundo.

Intenté despejar la mente mientras sorteaba las curvas y baches que serpenteaban por el bosque y las laderas.

Loch Harris se extendía como un espejo deslumbrante conforme fui avanzando a la derecha y subí hacia el cobertizo para botes.

Aparqué en el merendero para turistas y crucé por la hierba, una hierba salpicada de margaritas que parecían minirrayos de sol alrededor de mis pies. Los árboles brillaban con las gotas de la lluvia.

Inspiré, saboreando el aroma picante de la maleza húmeda. Oía unas voces débiles que venían del cobertizo para botes y, cuando salí de entre los árboles, el golpeteo de los martillos se hizo más fuerte.

La furgoneta de Alec con el nombre de su empresa, Carpintería Tip Top, estaba aparcada a la izquierda del cobertizo con las puertas traseras abiertas de par en par. Del interior salía el sonido de una radio.

Subí corriendo los escalones del porche y me detuve un momento a admirar las vistas. Sabía que nunca me cansaría de ellas.

—¡Hola, Alec! —grité asomando la cabeza por la puerta. Tuve que alzar la voz por encima del ruido de los golpes y el ritmo discotequero que retumbaba en la radio—. ¿Ya te has puesto manos a la obra?

Alec se levantó de donde estaba, agachado junto a uno de los zócalos.

—Buenos días, Layla. Joder, qué temprano te has levantado.

Sonreí a dos de sus empleados, jóvenes en uniforme de combate, que rebuscaban en una enorme caja de herramientas de hierro.

—Lo mismo puedo decir de ti —contesté. Di un paso adelante—. ¿Podrías darme el número de móvil de Heather?

Alec asintió con su brillante y calva cabeza.

—Claro que sí.

Dudé un momento, antes de llegar a la conclusión de que tenía que decirle para qué lo quería.

—Es que necesito que Heather me hable de ese músico, el chico que se hace llamar Mask.

Alec estaba a punto de sacarse el móvil del peto. Me frunció un poco el ceño.

—Ah, ¿sí? —dijo.

—Voy a escribir un artículo sobre él para una revista de música, y como ella parece tan entusiasmada con él...

Intenté disimular el rubor de mis mejillas, que me delataba. No podía contarle a Alec la verdadera razón. Si revelara que esperaba convencer a ese músico para que se actuara aquí cuando abriéramos, la noticia se extendería por Loch Harris más rápido que un brote de gripe.

Alec me miró un momento.

—Es solo que ella está loca por él, y no quiero que parezca que soy un padre victoriano, pero si ella aplicara la mitad de energía a sus estudios de la que emplea a la música de ese chico...

Levanté una mano.

—No la distraeré mucho tiempo. Te lo prometo. —Me encogí de hombros—. Incluso podría charlar un poco con ella, si quieres. Sobre sus estudios.

Alec sonrió y asintió con la cabeza. Me dio el número de Heather.

—Eso estaría genial, Layla. Sin duda se fiará más de ti que en el viejo chocho de su padre.

Me reí y marqué el número de Heather en mi teléfono.

—Gracias. Y no eres un viejo chocho.

Alec no parecía convencido.

—Desde que Pam y yo nos separamos, ha sido un caso de poli bueno, poli malo, y creo que podrás adivinar cuál soy yo.

Volvió al trabajo y yo me quedé unos instantes más mirando a los tres hombres que clavaban tablones de madera blanqueada. El rico aroma de las virutas era brumoso y hogareño.

Entonces, la enormidad de lo que estaba emprendiendo me golpeó en las costillas. Me quedé mirando el espacio vacío, con sus tablas del suelo, su mostrador de formica y las vistas de Loch Harris que asomaban por las ventanas. Volví a bajar las escaleras del cobertizo y me tomé un momento para serenarme. «Claro que podía hacerlo. No era más que un momento de duda».

Cogí una gran bocanada de aire e intenté distraerme encontrando un lugar donde hubiera la suficiente cobertura como para llamar a Heather.

Oí su voz ligera y que mostraba interés y, después de intercambiar unas palabras de cortesía, le expliqué el motivo de mi llamada, mientras el lago susurraba alrededor.

Supe que mi oído derecho tardaría un par de días en recuperarse de su estremecedor chillido.

Dejé atrás los golpes y martillazos intermitentes sobre el crepitar de la radio portátil y me alejé del cobertizo en dirección a la cabaña de la Comisión Forestal de Loch Harris, que estaba al otro lado del lago.

No sabía qué decirle, suponiendo que trabajara aquella mañana. Ya había decidido que, si resultaba que había desperdiciado un viaje y él tenía el día libre, le dejaría una nota a uno de sus compañeros explicándole quién era y pidiéndole que me llamara.

Le di vueltas mientras conducía hacia allí, intentando encontrar algo coherente pero persuasivo que pudiera decirle sobre Faith.

Tenía que hacerle entender que a ella le gustaba de verdad, pero que estaba acostumbrada a controlar las situaciones y, extraoficialmente, se resistía a involucrarse en su relación con él porque se había sentido atraída por él muy rápido.

Sí. Eso sonaba bien y era un resumen bastante exacto de la situación.

El paisaje iba pasando por la ventanilla mientras me dirigía, bajo los rayos del sol, a la recepción. Más adelante en el serpenteante tramo de la carretera, había un cartel de madera con letras verdes que anunciaba COMISIÓN FORESTAL DE LOCH HARRIS en el lado izquierdo.

Puse el intermitente y dejé que un tractor me adelantara, antes de desviarme por un camino oscuro y lleno de gravilla. Los árboles se agrupaban como cabezas chismosas, inclinadas en una conversación.

La grava cedió y me abrí paso a una generosa zona de aparcamiento acolchada con corteza.

Aparqué junto a otros cuatro vehículos y cogí mi bolso del asiento del copiloto. El aire se agitaba con el sonido del susurro de la maleza.

La cabaña de madera que hacía las veces de recepción era robusta y oscura. Me recordaba un poco a la cabaña de *Hansel y Gretel*, sin la puerta de bastón de caramelo ni el tejado de mazapán.

A la entrada, vi una pizarra de corcho con varios anuncios sobre planificación paisajística, estudios de árboles y un calendario de paseos por el bosque. También había un felpudo marrón de cerdas y un soporte plateado que albergaba paraguas de repuesto.

Entré y me encontré con una puerta interior acristalada. Cuando la crucé, me recibió un hombre mayor, grande y sonriente, con chaleco de piel. Estaba sentado detrás de un escritorio lleno de papeles.

Todo el interior tenía un aire de cabaña acogedora, con estampas de paisajes en blanco y negro salpicando las paredes y un suelo de madera oscura decorado con un par de alfombras de arpillera de vivos colores. Había otros dos escritorios, ambos desocupados.

—Hola. ¿En qué puedo ayudarla?

Le pregunté si Greg McBride trabajaba hoy y, para mi alivio, me dijo que sí.

—Acaba de salir a hablar con nuestro guarda forestal de ciervos rojos. Solo tardará unos minutos.

Le expliqué quién era y le dije que le agradecería si pudiera hablar un momento con él. El hombre fornido asintió con la cabeza.

—Dame un segundo y le avisaré por radio de que estás aquí.

Vi cómo cogía de su mesa un gran aparato de radio y hablaba por él. Hubo una serie de chisporroteos antes de oír la respuesta vacilante de Greg:

—De todas formas, ya estoy volviendo.

—No lo retendré mucho tiempo —insistí.

No quería ocasionarle a Greg problemas en el trabajo.

El hombre, cuya insignia del chaleco le anunciaba como Colin Agnew, me dedicó una sonrisa desenfadada.

—Oh, no te preocupes por eso, muchacha. El gran jefe no vendrá hasta la hora de comer —dijo. Señaló el escritorio de roble más grande del rincón—. Ese de ahí es su reino.

Me reí, sin dejar de pensar lo que iba a decirle a Greg cuando lo viera.

Sin duda pensaría que soy una entrometida, pero peor sería no intentar ayudar a Faith y a él a solucionar las cosas.

Sabía que, si yo estuviera en el lugar de Faith, ella sería la primera en involucrarse, lo quisiera yo o no.

Tragué saliva cuando la puerta interior de cristal se abrió con un chirrido y apareció Greg.

Me estudió durante un segundo, con un brillo de reconocimiento en sus ojos color avellana.

—Hola —me saludó.

Colin cogió una taza de café cargado de encima de una pila de papeles que tenía sobre la mesa.

—Os dejo solos un rato.

Dejó caer su calva cabeza y salió, cerrando la puerta tras de sí.

Greg habló de inmediato:

—Si se trata de Faith, estás perdiendo el tiempo.

Me enganché más fuerte el bolso al hombro.

—¿Por qué dices eso?

—Por lo que ella me dijo en términos inequívocos.

Intenté sonreír.

—Sea lo que sea lo que te dijo, no lo hizo en serio. Le gustas de verdad —le expliqué.

Greg levantó sus cálidos ojos hacia el techo de madera.

—Bueno, tiene una forma muy extraña de demostrarlo —repuso.

Le vi acercarse a grandes zancadas a la otra mesa vacía, más pequeña. Había una fotografía de él y Sam en un marco de plata maciza.

Greg movió la cabeza hacia la foto.

—Faith no quiere tener una relación con un padre soltero.

Se hundió, abatido, en su silla giratoria negra.

—No, no es eso en absoluto. Hasta ahora, Faith ha tenido serios problemas con el compromiso. —Greg parecía pensativo. Me indicó que me sentara en la silla de enfrente. Esperaba haberme expresado con suficiente claridad—. Por eso está actuando de una manera un poco rara con todo esto —continué—. Es porque le gustas de verdad. Está preocupada por si las cosas van mal entre vosotros y Sam también sale herido.

Greg se rascó la barbilla bien afeitada.

—Me parece un montón de excusas —se sinceró.

—No lo es —insistí—. Desde que dejó de verte, Faith no ha sido ella misma. —Mis dedos buscaron mi pulsera mientras seguía hablando—. Ha estado mucho más apagada y triste desde que terminasteis.

Greg me miró a través del escritorio.

—Yo no terminé nada, Layla. Ha sido ella. —Movió su cabeza rubia, lo que hizo temblar su flequillo—. Creo que es mejor dejar las cosas como están.

—¿Aunque ella también te guste de verdad a ti?

Se le desencajó la mandíbula.

—Sam y yo somos un equipo —contestó.

—Y Faith lo sabe —recalqué. Me puse en pie, abatida. ¿Merecía la pena intentarlo una vez más? Me acerqué a la puerta. El suelo de madera crujía bajo mis zapatillas—. Quizá deberías haberle recalcado a Faith que no solo tú estás dispuesto a arriesgarte con ella.

Greg me miró con el ceño fruncido.

—¿Qué quieres decir? —preguntó.

Señalé con la cabeza la fotografía sonriente y soleada de Greg y Sam.

—Sois un equipo, ¿recuerdas? —Abrí la puerta y vacilé un momento en el umbral antes de añadir—: Gracias por recibirme.

19

Heather salió de su casa y se dirigió a mi coche a la mañana siguiente, como un precioso cachorro adolescente hasta arriba de esteroides.

Llevaba el pelo, rubio claro, recogido en una trenza francesa y unos vaqueros recortados, adornados con brillantes. Sin embargo, lo que me hizo sonreír fue la camiseta blanca de cuello de pico en la que se leía la palabra MASK y tenía dibujados un par de ojos debajo.

Heather abrió de un tirón la puerta del pasajero.

—¿Te gusta? —exclamó, señalando con una uña rosa su camiseta—. La hice imprimir en Glasgow.

Se acomodó en el asiento con impaciencia.

—Espero que no te lleves una decepción —le advertí—. Lo de que vive en la casita del viejo Tavish puede que solo sea un rumor.

Me giré en el asiento del conductor y sonreí amablemente.

Heather negó con la cabeza con tanta fuerza que pensé que le iba a provocar una migraña. Se abrochó el cinturón.

—Amy, de mi clase de inglés, bueno, su padre es agente inmobiliario de esa firma pija de la ciudad —me explicó—. Él no pudo decírselo a Amy con seguridad por algo relacionado con la confidencialidad, pero tampoco lo negó. —Agitó las manos—. Amy solo me lo ha contado a mí y hemos tratado de mantenerlo en secreto; de lo contrario, Loch Harris será invadido por los fans de Mask.

Saqué el coche de la hilera de casas de campo.

—¡Estoy TAN emocionada! —exclamó—. ¡Qué manera de pasar la mañana del sábado! ¿Me queda bien el pelo? ¿Crees que podremos hablar con él? No estaba segura de estas zapas...

Movió los pies.

Los recuerdos de mi desgarrador enamoramiento de Johnny Depp a aquella misma tierna edad me invadieron. La angustia adolescente y las emociones fluctuantes de desesperación en un momento al darme cuenta de que nunca lo conocería, seguidas de una gran admiración al siguiente.

—Estás guapísima —le aseguré—. Pero no tengo que decirte que, si lo que dicen es cierto, Mask no nos va a invitar a una taza de té y un trozo de tarta.

Heather pareció desanimarse.

—No. Supongo que tienes razón.

Puse el intermitente a la izquierda, pasamos Loch Harris y salimos a la sinuosa carretera que conducía a la cascada de Galen.

Aquel sábado por la mañana el cielo estaba azul como un huevo de pato y el día prometía volverse más cálido y soleado.

Heather apenas podía contenerse.

—¿Qué le vamos a decir, Layla? ¿Sobre tu local de música, quiero decir?

Miré por el retrovisor.

—Eso, suponiendo que esté en casa, aunque no creo que vaya a andar paseándose por la tienda de la señora Fraser con una capucha y una máscara, preguntando por el precio de las bolsitas de té. —Heather sonrió ante la imagen—. Creo que voy a tratar de señalarle los beneficios mutuos que tendría su actuación: no solo se ganaría el cariño de la comunidad, sino que beneficiaría de verdad a la zona.

—¿Ya has decidido cómo vas a llamar al club?

—No, pero lo estoy pensando.

Los grandes ojos azules de Heather contemplaron el campo, que parecía un edredón acolchado de olivo y jade. Luego la boca se le curvó hacia abajo.

—No va a aceptar actuar, ¿verdad?

Solté un suspiro que rozó el pesimismo.

—Probablemente no, si lo que he leído en internet es verdad. —Nos detuvimos en un semáforo—. Pero creo que al menos deberíamos intentarlo.

Heather volvió a animarse momentáneamente.

La cascada de Galen se deslizaba por la ladera mientras cogimos la curva. Parecía un brillante vestido plateado que se deslizaba por las resbaladizas rocas.

Heather y yo intercambiamos miradas cargadas cuando apareció la casa victoriana de Tavish.

—Ahora o nunca —dije, y respiré hondo.

20

El nombre que Tavish le había puesto a la casa apenas se veía bajo una maraña de hiedra. En una descolorida placa blanca, ponía COORIE en negro.

—«Coorie» —repitió Heather, frunciendo el ceño.

—Significa «abrazar» o «acurrucarse» en escocés antiguo —le expliqué—. ¿Es que los jóvenes no sabéis nada de vuestra herencia escocesa?

Heather me devolvió la sonrisa.

—Escúchate. Cualquiera pensaría que eres vieja. No eres tan vieja, Layla.

—Vaya, muy amable por tu parte.

La casa era una combinación de piedra gris y vainilla con ventanas angulares de marco blanco y un tejado inclinado de pizarra gris fantasma. Tres estrechos escalones conducían a la maciza puerta blanca. El cristal estaba esmerilado, lo que impedía ver el interior. Parecía recién pintada.

Heather estaba inquieta a mi lado. Saltaba de un pie al otro tanto que me pregunté si necesitaba hacer una visita urgente al baño.

—¡Estoy tan emocionada! —chilló—. ¿Crees que estará dentro?

Dirigí mi atención a las ventanas de guillotina, pero era imposible saber si había alguien en casa. Las persianas venecianas blancas estaban demasiado bajadas como para distinguir formas en movimiento en el interior. Heather se acercó a un lado de la casa y apuntó con un dedo frenético.

—Hay una camioneta aparcada ahí abajo, junto a la valla.

Me acerqué y seguí su mirada y su rostro sonrojado. Efectivamente, había una discreta camioneta negra allí aparcada. La carrocería relucía y luego se difuminaba bajo los rayos de sol.

—Mask debe de estar dentro —afirmó Heather.

—Bueno, solo hay una manera de averiguarlo.

Volvimos a la entrada de la casa y subimos los escalones hasta la puerta principal. Levanté la mano con recelo y golpeé en la ranura de latón para el correo de la puerta. Se hizo el silencio.

—No está, ¿verdad? —se enfurruñó después de que nos quedáramos allí esperando unos instantes.

Retrocedí unos pasos y contemplé las relucientes capas de pintura blanca sobre la puerta y los marcos de las ventanas.

—No lo parece, aunque, si es tan solitario como la gente dice que es...

Di en la ranura del correo un segundo toque más fuerte. Aun así, la casa estaba envuelta en el silencio, y el único ruido que conseguíamos oír era algún que otro coche que circulaba detrás de nosotros por la carretera y el insistente chapoteo de la cascada de Galen. Me encogí de hombros.

—Bueno, supongo que eso es todo entonces.

Heather gimió y se señaló la camiseta.

—Esto ha sido una maldita pérdida de tiempo —se quejó—. Podría haberme gastado el dinero que he pagado por esto en unas zapatillas nuevas.

Intentando deshacerme de mi decepción (aunque, para ser sincera, no estaba muy segura de lo que esperaba), empecé a andar hacia mi coche, con Heather caminando a trompicones detrás de mí.

—¡Dios mío! ¡Layla, ven a ver esto! —Me giré y vi a Heather señalando la parte trasera de la casa—. El amigo de papá tenía razón en lo que dijo del jardín. Es precioso.

Me metí las llaves del coche en el bolsillo trasero y la seguí.

—Oye, tal vez deberíamos irnos. Si está dentro, no va a quedar muy bien si ve a dos desconocidas merodeando... —Me acerqué por detrás de Heather y me quedé con la boca abierta—. Guau.

Era difícil saber dónde mirar primero. Como una paleta de pintura brillante, había peonías de color rosa bebé y una magnolia con flores de pétalos de color caramelo.

Junto a ellas, flores de meconopsis del tono azul empolvado más bonito se extendían desde los cuidados parterres. Eran como amapolas eléctricas, con grandes pétalos en forma de platito.

A la derecha de una mata de narcisos de color amarillo sorbete había una parte de terreno con mirto de pantano, que, cuando se aplasta, desprende un delicioso aroma cítrico.

Mis ojos abrumados se fijaron en el parterre de enfrente, donde un racimo de cornejos enanos blancos y negros agitaba sus hojas veteadas. Los acompañaba un cojín de clavel rastrero lila claro que me recordaba a las mariposas.

Dos árboles se alzaban más allá del césped verde lima recién cortado.

—Ese es un roble sésil, como el roble de Birnam —le expliqué a Heather, señalando sus largas ramas tentaculares, que se extendían hacia fuera—, y el de enfrente es un sicomoro. —Me di la vuelta—. «Hasta el gran bosque de Birnam por la alta colina de Dunsinane...».

Heather frunció el ceño.

—¿Qué? —preguntó.

—Es una cita de *Macbeth*. Ya sabes, William Shakespeare.

—Ah, sí. Claro.

Puse los ojos en blanco.

Detrás de los dos árboles había un borde herbáceo en el que gemían malvarrosas rojas como la sangre y dedaleras blancas. Las rodeaba un mar de helenios de colores dorado y mandarina con pétalos aterciopelados que recordaban a las margaritas.

Era una clase magistral de formas, colores y texturas yuxtapuestas, que llegaban a su clímax a lo largo de un corto camino de piedra gris. Era como si un niño hubiera juntado todos los matices del arcoíris y los hubiera mezclado al azar.

—Parece sacado de un cuadro —suspiró Heather con admiración.

Podía oler el aroma picante y dulce del orégano y a regaliz amargo del hinojo, mezclados con el perfume fragante de las flores.

—Es precioso —reconocí—. Todo. —Me volví hacia Heather e hice un gesto con la cabeza—. Mira, yo también podría quedarme aquí todo el día, pero no creo que sea buena idea. ¿Qué tal si volvemos otro día? Con suerte, habrá alguien en casa.

La trenza rubia de Heather se sacudió con frustración. La boca se le torció hacia abajo en las comisuras.

—Vale. Vámonos.

Volvimos al coche. Estaba abriendo la puerta cuando una voz grave nos detuvo; retumbaba a través de la puerta principal.

—¿Quiénes demonios sois? ¿Y por qué estabais merodeando por mi jardín?

Heather y yo nos quedamos paralizadas un momento al darnos cuenta de que, al final, había alguien en la casa. Nos giramos a la vez.

A través del cristal esmerilado se veía una silueta alta.

Enderecé la espalda y esbocé una sonrisa rígida. Me sentía como una niña a la que han pillado con la mano en un bote de gominolas.

—Siento haberle molestado, pero estábamos buscando...

Mis palabras se vieron interrumpidas por entusiasmo desbordante de Heather, que exclamó:

—Estamos buscando al músico Mask. —Saltó hacia la figura sombría y oscura que había detrás de la puerta—. ¿Eres tú?

Hubo una pausa que pareció durar una eternidad.

—Sí —contestó—. Pero ¿qué quieres? —gruñó con acento australiano.

Heather soltó un grito y se agarró a mi brazo. Se puso a saltar arriba y abajo, como si estuviera en un palo de pogo.

—¡Shhh! —le susurré—. Intenta calmarte un poco hasta que hayamos hablado con él. —Me aclaré la garganta—. Voy a abrir un local de música en vivo en Loch Harris y me preguntaba si querrías hacer una actuación...

Entorné los ojos a través de los cristales de la puerta. Al darse cuenta de que yo hacía todo lo posible por verle mejor, levantó el brazo y se cubrió las facciones con una capucha. Ahora era imposible distinguirlo.

¡Maldita sea!

—No hago actuaciones en público —se limitó a responder desde el otro lado de la puerta—. Creía que eso lo sabía todo el mundo. Y aún no me habéis dicho por qué os paseabais por mi jardín.

Pero Heather estaba demasiado abrumada para darse cuenta de la irritación de Mask.

—Tu música es maravillosa, Mask —dijo Heather, suspiró y se dio una palmada en el corazón—. Me encanta la letra de «Refuse Me Nothing». Es mi favorita.

Su tono se suavizó momentáneamente.

—Eh..., gracias —respondió.

—Heather. Mi nombre es Heather.

—Gracias, Heather. Eres muy amable.

Le tiré del brazo desnudo mientras ella saltaba en el acto.

—¡Dios mío! ¡Acaba de decir mi nombre! ¿Has oído a Mask decir mi nombre, Layla?

—Sí, le he oído —siseé por la comisura de los labios—. Pero necesito hablar con él...

—Oigo cada palabra que decís —ladró, su actitud tras la puerta era como un escalofrío invernal—. Lo siento, pero la respuesta sigue siendo no. Dejo que mi música hable por mí y no necesito pavonearme en un escenario para hacerlo.

Mi cerebro se revolvía en busca de algo persuasivo que decir. No podía rendirme aún.

—Entiendo lo que dices, pero esto sería en apoyo de un local de música nuevo... Podría instalar una pantalla para que no te vieran.

La figura encapuchada se inclinó un poco más hacia el cristal.

Heather y yo intercambiamos miradas cargadas y me encontré dando un paso atrás.

—¿Cómo te llamas? —preguntó.

—Layla Devlin.

—Bueno, señora Devlin, no soy una marioneta que se tambalea de vez en cuando.

Mi optimismo estaba cayendo en picado. La cosa no iba nada bien.

—Oye, siento mucho que nos hayamos metido en tu jardín sin que nos invitaran, pero es impresionante y no pudimos resistirnos a echar un vistazo más de cerca.

—Gracias. —Su voz destilaba sarcasmo—. Me honra que apruebe mis habilidades hortícolas, pero la respuesta sigue siendo no. No actuaré en directo en su local. Ahora, si me disculpa.

Vi cómo se evaporaba su silueta.

Heather dejó escapar un gemido frustrado.

—Oh, eso es genial. ¿Y ahora qué?

—No sé si hay algo más que podamos hacer —admití—. Ya has oído lo que ha dicho. —Volví la cabeza hacia la puerta principal de la casa—. Es una lástima. Escuché algunas de sus canciones la otra noche y son preciosas.

Heather suspiró al aire.

—Es un verdadero artista —afirmó.

Eché un vistazo a la cascada del otro lado de la carretera y luego al banco de nubes que se cernía sobre mí.

—Su música habría encajado perfectamente con lo que quiero: algo un poco diferente, pero con mucho corazón. —Levanté las manos sin poder hacer nada y las dejé caer a los lados—. Puede que cambie de opinión, pero lo dudo mucho. Creo que el que nos viera en su jardín no ayudó.

Heather se cruzó de brazos. Al hacerlo, tintineó su ristra de pulseras.

—Qué pena —se lamentó.

Volvimos a mi coche.

—Sí —concedí al abrir la puerta del coche—. No creo que sea consciente del talento que tiene.

Estaba demasiado ocupada alejando mi coche de Coorie Cottage para darme cuenta de que Mask había permanecido de pie un poco más adelante en su pasillo y había oído cada palabra que decíamos.

En el coche, mientras llevaba a Heather de vuelta a casa, se respiraba un ambiente pesimista.

—Bueno, al menos lo hemos intentado —dije y encendí la radio del coche.

Heather miró por la ventanilla del acompañante.

—Habría sido increíble —imaginó—. No entiendo por qué estaba tan en contra. —Me miró con el ceño fruncido—. ¿Crees que Mask podría cambiar de opinión?

—No lo creo. Por la forma en que hablaba, preferiría arrancarse un diente.

Al recordar lo que Alec había dicho sobre el entusiasmo de Heather por Mask, más que por sus estudios, me aclaré la garganta. Le había prometido que se lo mencionaría. Heather me miró a través de aquellos ojos suyos, azules como la porcelana, mientras le hablaba de la preocupación de su padre por sus deberes escolares.

—No voy a decirte lo que tienes que hacer con tu vida, pero, créeme, Heather, no seguirás teniendo dieciséis años durante mucho tiempo.

Arrugó su nariz de botón.

—No me importaría trabajar en la industria musical. Quizá como relaciones públicas —confesó.

—Bien dicho. —Miré por el retrovisor—. Seguro que lo harías muy bien, pero es como muchas profesiones del mundo del espectáculo. Es muy competitiva. —Heather abrió la boca para hablar, pero luego la cerró—. No intento disuadirte. Lo único que digo es que, si te esfuerzas al máximo y sigues estudiando, tendrás muchas más posibilidades de entrar en el mundo laboral, ¿vale? —Traté de sonreírle de forma alentadora—. Nadie puede pedirte más que eso. —Puse el intermitente derecho. Las laderas pasaban a toda velocidad por delante de las ventanillas del coche—. Se acabó el sermón, ¿vale?

—Vale —aceptó—. Entiendo.

Nos detuvimos frente a la casa de piedra gris de Heather, con su valla pintada de rojo y sus cestas colgantes rebosantes de pensamientos de colores añil y amarillo limón.

Se bajó y volvió a meter su rubia cabeza por la ventanilla.

—Si decides volver a hablar con Mask, ¿puedo ir contigo?

—Claro. No creo que vuelva a pedírselo, pero puedes venir conmigo a que nos agredan verbalmente si pierdo el juicio y cambio de opinión. —La paré con una mirada significativa—. Pero solo con una condición.

—¿Cuál?

—Que me prometas intentarlo en el colegio. —Me reí ante su mirada de aceptación a regañadientes—. Hasta luego.

Volví a casa de mi padre dándole vueltas a qué grupos y artistas podía contactar. Sería un bonito detalle que papá accediera a que Battalion se volviera a juntar, aunque solo fuera para mi inauguración.

Al pensar en mi padre, el eco de un nombre para mi local de música revoloteó en mi mente.

Cuando era pequeña, a papá y a mí nos encantaba ir a la costa. Paseábamos por la playa de vainilla, salpicada de rocas y tachonada de una franja de conchas de colores pastel que me recordaban a los colores de los helados: blanco níveo, ranúnculo, melocotón tenue.

Papá me cogía de la mano, yo me agachaba y las sacaba de la arena mojada con mis deditos decididos. Las caracolas eran mis favoritas. Me encantaba su forma retorcida.

Me imaginaba que las utilizaba como instrumento musical para llamar a las sirenas para que vinieran a la orilla.

La variedad de concha también era muy ornamentada y colorida, como una trufa laminada.

La concha de caballo seguía siendo la que más me gustaba. Sus ondulaciones y tonos suaves eran tan bonitos. Parecían las enaguas de un suntuoso vestido.

—El Conch Club —dije en voz alta.

El sonido de mi propia voz, sola en el coche, me sobresaltó un momento. Cogí aire y lo repetí.

Me detuve delante de la casa de papá y el motor del coche se apagó lentamente.

Le hablaría de Battalion, le contaría la situación de Mask (aunque no parecía que fuera a actuar) y le ofrecería tomar una copa de celebración, ahora que había encontrado el nombre del negocio.

Cerré el coche y subí por el camino con entusiasmo.

Al entrar en la casa, había una quietud que me hizo pararme.

Mi padre era incapaz de estar sin música por la casa. O bien tocaba una sesión improvisada con su batería, o bien sonaban canciones en la radio. Otras veces, estaba sentado como Buda en el centro de su salón, maravillado una vez más de su extensa colección de discos.

Sin embargo, hoy había una inquietante tranquilidad.

Un nudo de preocupación empezó a crecer.

—Papá. ¿Papá? ¿Estás ahí? —Solté un suspiro de alivio cuando vi a papá con su camiseta de Harley Davidson, sentado en su sillón—. ¿Estás bien? Tengo muchas cosas que contarte. ¿Qué tal si salimos a comer algo? —Mis ojos se entornaron ante la expresión rígida de papá—. ¿Papá? ¿Qué pasa?

Movió la cabeza hacia un lado.

De la cocina salía una figura envuelta en un chal oscuro con flecos y un traje pantalón negro.

Me recordaba a un vampiro.
Mi madre me dedicó una de sus sonrisas indescifrables.
—Hola, Layla —me saludó.

21

Sentí que las facciones se me endurecían.
—¿Qué coño está haciendo ella aquí? —dije.
Papá se levantó de un salto de la silla.
—Dice que necesita hablar contigo —respondió.
—¿Puedes dejar de hablar de mí como si no estuviera aquí? —trinó ella con su falso acento londinense.
Me crucé de brazos para protegerme.
—Es la costumbre. Has estado desaparecida los últimos veinte años, Tina.
Subrayé su nombre con todo el desdén que pude.
Tina se echó el pelo hacia atrás por detrás de los hombros.
—No he venido a discutir —repuso.
—Bueno, esta sería la primera vez —gruñó papá.
Tina le dirigió una mirada de desaprobación.
—¿No se me permite venir a visitar a mi propia hija?
—Oh, no. Otra vez no. Dejé de ser tu hija el día que te fuiste, ¿recuerdas?
A Tina le temblaron sus marcados pómulos.
—No volvamos con todo eso otra vez —pidió.
Papá y yo intercambiamos miradas de complicidad.
Sin que nadie la invitara, se sentó en el sofá beis de papá. Sus ojos azules, de pestañas tupidas, recorrieron la sala de estar, las paredes de madera de magnolia y las fotos en blanco y negro de papá cuando era batería, de joven.
—Esas son de antes de que le clavaras las garras —solté, y me puse de pie junto al sillón de papá.
Tina frunció sus labios pintados de rubí.
—Éramos felices, ¿verdad, Harry?

Papá parpadeó.

—¿En serio? ¿Cuándo fue eso, Tina? ¿Un jueves a las dos y cuarto de la tarde?

Resoplé por detrás, lo que hizo que Tina frunciera el ceño a través de su flequillo.

—¿Qué quieres, Tina? —preguntó papá con aire de hastío—. Dijiste que necesitabas hablar con Layla, y aquí está.

Mi madre se incorporó hacia delante en el sofá y entrelazó los dedos sobre su bolso de mano con borlas.

—Un pajarito me ha dicho que vas a ser empresaria.

Pisé fuerte con mi zapatilla de deporte la alfombra rojiza de papá.

—Y ahí lo tenemos. Esa es la razón por la que ha venido corriendo —dije. Di un par de pasos hacia ella y se puso nerviosa—. ¿Qué pasa, Tina? ¿Ramon se ha hartado de firmarte cheques en blanco?

Los dedos de mi madre hurgaban en las borlas beis que goteaban de su bolso.

—En absoluto. Simplemente pensé que podrías beneficiarte de alguna ayuda.

Papá dijo que no con la cabeza, asombrado.

—A Layla le habría venido bien tener a su madre cerca —le recriminó.

Me brillaron un par de lágrimas resentidas y cálidas a punto de brotar, pero me las contuve. De ninguna manera iba a permitir que me viera llorar.

—Ya sabes lo complicadas que eran las cosas —insistió Tina, retorciéndose—. De todos modos, no estoy aquí para remover el pasado. Quiero ayudar a Layla.

«¿Hablaba en serio? ¿Hasta qué punto se engañaba?». La fulminé con la mirada, tratando de contener mi temperamento.

—¿Quién te ha dicho que voy a montar mi propio negocio?

Se rio, lo que me enfureció aún más.

—Apuesto a que fue esa vieja chismosa de Susan Mayhew, ¿verdad?

—Solo pensó que debía saberlo —contestó.

Papá puso sus grises ojos en blanco.

—Y supongo que te quedarás en casa de Susan mientras estés aquí —respondió papá.

Mi madre pareció horrorizada.

—¡Dios mío, no! Tengo una *suite* en ese hotelucho del pueblo de al lado. El del puente levadizo. Anoche dormí de maravilla allí —respondió.

Palidecí.

—¿Te alojas en The Linear? Pero si tiene un precio desorbitado —dije.

Tina descartó mi afirmación con un aleteo de su mano.

—Mira, invertir en tu sala de conciertos... —empezó a argumentar.

—No es una sala de conciertos. Es un local de música íntima —la interrumpí.

Mi madre esbozó una sonrisa indulgente.

—Bueno —prosiguió—, sea lo que sea, me gustaría ayudarte económicamente. Puedo permitírmelo.

—Quieres decir que Ramon puede —murmuró papá.

Le lancé a Tina una mirada escalofriante.

—No necesito ayuda —repliqué—. Mac me ha dejado dinero en su testamento.

Los ojos empañados de beis de Tina se abrieron de par en par en su cara puntiaguda.

—Entonces, ¿es verdad?

Papá y yo no contestamos.

—Fuiste muy amable al venir al funeral de Mac —dije tras una incómoda pausa.

A Tina se le hinchó el pecho.

—Hubiera venido, pero Ramon y yo estábamos muy ocupados con su nuevo restaurante de Covent Garden.

—Bueno, sea como sea, ya está —contestó papá.

Tina se levantó sobre sus tacones negros de punta.

—¿Así que eso es todo? Queréis que me vaya.

Me acerqué a la puerta del salón de papá y la abrí de un tirón.

—Te llamaré un taxi —concluí.

Mi madre nos miró a las dos.

—No importa lo que haga ahora, ¿verdad? —Enarqué las cejas hasta el nacimiento del pelo y vi cómo se metía el bolso bajo el brazo derecho—. Una unidad muy acogedora, la vuestra.

Papá se unió a mí en la puerta y me puso una mano protectora en el hombro.

—Tuvimos que serlo.

Algo brilló en los ojos de Tina.

Empezó a caminar por el pasillo de papá, una figura desconocida que pasaba por delante del montón de botas de montaña, impermeables y fotos en las que aparecíamos juntos. Se detuvo tambaleándose ante una foto en la que aparecíamos los dos con el rostro rubicundo y riendo en una de las laderas de Loch Harris.

Dirigió una mirada insondable a mi padre, pero sus palabras iban dirigidas a mí:

—Tú y tu padre deberíais tener una charla.

Papá se sonrojó. Dio un paso con brusquedad.

—Cállate, Tina —le ordenó.

Moví la cabeza entre la pareja rota de mis padres.

—¿Qué pasa? ¿De qué habla?

Tina abrió de un tirón la puerta de entrada. Me miró por encima del hombro.

—Tienes que hablar con tu... padre.

La aguda inflexión con la que escupió la palabra «padre» me provocó un extraño escalofrío en el estómago.

—¡Llamaré a mi propio taxi! —gritó cuando avanzó un poco más.

Le cerré la puerta en las narices, me mordí los labios y me giré para mirar a papá.

—Parece que tenemos que hablar.

Papá miró con desprecio la puerta cerrada.

—Eso puede esperar.
Me sentí repentinamente inquieta.
—No, algo me dice que no puede.
Parecía cansado de golpe. Tenía manchas de cansancio bajo los ojos.
—Papá, sea cual sea el veneno que Tina ha estado escupiendo esta vez, quiero saberlo.
Resopló y se frotó la cara.
—Venga. Vamos a sentarnos —convino.
Me senté en el sofá, apartando uno de sus cojines a rayas, y papá se sentó a mi lado. Estudié su mano mientras la colocaba suavemente sobre la mía, el contraste de sus nudosos dedos de baterista y jardinero que resaltaban contra los míos, pálidos.
—No quiero creer lo que tu madre acaba de decirme.
Observé que el rostro, habitualmente abierto y sonriente, se le tensaba.
—Papá, me estás preocupando. ¿Qué te pasa? ¿Qué ha dicho ahora?
Me había acostumbrado a que mi madre soltara alguna que otra bomba emocional contra papá y contra mí —estaba segura de que estaba alimentada por los celos—, pero resultó que en esta ocasión se había superado a sí misma.
Papá soltó una carcajada seca, como si intentara tranquilizarse. Sus ojos buscaron los míos. Tardó tanto en hablar que parecía como si sus palabras se arrastraran por melaza.
—Tu madre acaba de decirme que quizá no sea tu padre biológico.
Curvé el labio.
—¿Que ha dicho qué? —pregunté. No podía entender cómo podía ser tan mala—. En verdad es lo peor —escupí—. Siempre sospeché que a Tina le comían los celos de lo unidos que estamos, pero esto es despreciable, incluso tratándose de ella.
La voz se me quedó en la garganta cuando miré a papá,

sentado a mi lado. Una expresión extraña y torturada se había apoderado de su rostro. Nunca lo había visto así.

Sentí que el miedo y la furia estaban a punto de asfixiarme. Apreté su mano, con lágrimas de sorpresa brotándome en los ojos. Luchaban por bajar por mis mejillas, pero me mordí el labio.

—¿No me digas que la crees? ¿Papá? —le pregunté.

Abrió la boca y volvió a cerrarla.

No. No. No me lo creía. Ni una palabra. Ella estaba mintiendo.

Solo tenía que volver a mirar las facciones de mi padre para ver las mías. Teníamos el mismo tono de pelo castaño y la misma boca.

Me levanté del sofá y recorrí el pasillo hacia la puerta principal.

—¡Layla! ¡Layla! ¿A dónde vas?

Tiré de la manilla de la puerta principal y se abrió con un tirón feroz.

Solo alcancé a ver apenas un destello del tacón de charol de mi madre, que entraba ya en un taxi que la esperaba.

Quería agarrarla. Quería sacudir la verdad de su huesudo cuerpo. Me imaginé hundiendo mis dedos en las mangas de su camisa de diseño y exigiendo saber por qué era una bruja tan rencorosa.

Corrí por el camino, con mis zapatillas brillando al pisar las piedras.

—¡¿Qué te pasa?! —le grité mientras corría—. ¿Por qué mientes? —Ladeó su peinada cabeza y se asomó por la ventanilla del taxi—. ¡Él es mi padre! —grité, y metí aire ardiente en los pulmones—. ¡Harry es mi padre, y tú eres una zorra malvada por decir lo contrario!

22

Desde algún lugar detrás de mí, oí a papá gritar desde la puerta.

—Layla. ¡Layla!

Me quedé allí, encorvada y confusa.

A mi alrededor, los mirlos chisporroteaban como champán fino y se percibía el cálido aroma de la madreselva.

Todo era como debía ser y, sin embargo, mi madre acababa de hacer implosionar todo lo que yo creía verdadero.

No. Es una mentirosa. Una mentirosa compulsiva y rencorosa. Me giré para mirar a papá.

Parecía confuso. Arrastré los pies por el sendero y caí en sus brazos. No quería soltarle nunca.

—No la creo —dije—. No me creo ni una palabra.

Esperé a que papá me dijera que estaba de acuerdo conmigo, pero no lo hizo. Me abrazó más fuerte. Di un tirón hacia atrás, liberándome de sus brazos.

—Crees que está diciendo la verdad, ¿no?

Llenó el vano de la puerta abierta y se pasó la mano por el pelo.

—No.

Era como si mamá hubiera plantado una semilla en la mente de mi padre, y él luchara por arrancarla. Sentí como si me hubieran dado un puñetazo en el pecho.

—Oh, mierda. Tú sí. Sospechas que puede estar diciendo la verdad. —La claridad se impuso en mi mente. Recordé la reacción de papá cuando le sugerí que volviera a juntar su banda y actuara en mi club. Me dio un brinco el estómago—. ¿Por eso no querías que Battalion se volviera a juntar? —Empecé a mover las piezas del rompecabezas—. ¿Qué es lo que no me estás contando?

Me asaltó otro pensamiento. Estaba desesperada por saber la verdad. Por desgracia, la verdad parecía estar ausente en mi vida últimamente.

—¿Papá?

Tras una pausa glacial, escuché a mi padre admitir que siempre había albergado sospechas sobre mamá y Ed, otro de los miembros de Battalion.

—Entonces, ¿estás tratando de decirme que mamá y Ed tuvieron una aventura?

Papá parpadeó varias veces. No quería rememorar aquellos recuerdos.

—Sí —admitió.

La frustración brilló en su interior.

Todas las dudas, preguntas y suposiciones parecían corroerme por dentro.

Ahogué la furia mientras el sol tenue caía en cascada sobre los planos de su rostro. Creía saber la respuesta a mi siguiente pregunta, pero tuve el ardiente escrúpulo de formularla de todos modos.

—¿Era Ed quien ella insinuó que podría ser mi padre biológico?

La agonía de papá era evidente.

—Layla... —empezó a decir.

Negué con la cabeza. ¿Por qué la gente a la que quería no podía ser sincera conmigo? Mac, mi madre y ahora mi propio padre.

—Sí —respondió tras una pausa angustiante—. Ella insinuó que también podría ser él.

Se me desencajó la mandíbula al pensar en Ed Stockton, el hosco bajista de la banda.

Parpadeé, esforzándome por asimilar los olores y sonidos de la campiña escocesa que me rodeaban en el jardín de papá.

—¿Y tú la crees?

Papá se mordisqueó el interior de la mejilla mientras consideraba mi pregunta.

—La aventura que tuvieron ocurrió poco después de que tu madre y yo nos casáramos. Sospeché que podía haber algo entre ella y Ed en aquel momento, pero no quise aceptarlo.

—¿Por qué nunca se lo dijiste a mamá y a Ed?

Se encogió de hombros resignado.

—¿Qué puedo decir? —contestó—. No quería enfrentarme a la posibilidad de que fuera cierto. Yo la quería. —Extendió sus manos grandes y hábiles y me hizo señas para que me acercara a él antes de empezar a explicar que por eso era reacio a que Battalion volviera a juntarse—. No hace falta que te diga cómo pueden ser las formaciones de las bandas. Hablando de puertas giratorias. —Asentí con la cabeza—. Los chicos y yo hemos tenido nuestras peleas a lo largo de los años, como la mayoría de los grupos, pero, cuando Ed montó en cólera porque las letras de sus canciones fueron calificadas de inferiores y abandonó la banda hace tantos años, me sentí aliviado. —Papá esbozó una sonrisa triste que me desgarró por dentro. Parecía tan incongruente, de pie ahí fuera, con los pájaros aleteando desenfadadamente entre las copas de los árboles—. Creía (mejor dicho, esperaba) que no volvería a saber nada de él, sobre todo cuando reclutamos a un nuevo bajista.

A mi confuso cerebro le vino la imagen del sustituto de Ed.

—¿Gary? —pregunté.

—Así es —dijo papá—. Gary McDermott. Era un tipo encantador y mucho más complaciente que Ed. Por desgracia, no estaba a la altura de Ed en el bajo.

—¿Y por eso Ed volvió a Battalion?

Papá se quedó boquiabierto.

—Sí. Podría entenderlo desde el punto de vista musical, pero personalmente..., bueno..., me opuse a que volviera.

Pensé en el resto de los miembros de la banda de papá. Un oscuro pensamiento me golpeó.

—¿Alguno de los otros chicos de la banda sabía lo de mamá y Ed?

Papá me miró fijamente. Una brisa repentina le levantó las capas de pelo.

—No. Nunca les conté mis sospechas. Todo iba a empezar de verdad en aquel momento. —Casi sonrió al recordarlo—. Ya éramos un grupo volátil; no había necesidad de añadir eso a la mezcla.

La historia fragmentada en mi cabeza estaba casi completa ahora. Con razón papá se resistía a que la banda tocara en la inauguración. No quería ver a Ed Stockton. Giré mi anillo de ámbar y jade alrededor de mi dedo.

—Pero, aunque sea cierto lo que dijo tu madre; es decir, que yo podría no ser tu padre biológico, tú eres mi hija, Layla, y siempre lo serás.

Un estremecimiento me recorrió. No podía ni empezar a procesar esa idea. Esto no era suficiente para mí.

—Llámala —le ordené—. Quiero que llames a Tina. Necesito hablar con ella.

—Layla... —Papá se detuvo al ver mi expresión dura —. De acuerdo.

Le seguí hasta el interior de la casa y le vi buscar el número de mi madre en su móvil. Se distinguía el débil timbre al otro lado de la línea. Pareció durar una eternidad.

—No contesta —dijo papá.

—Bueno, entonces probemos en The Linear.

Saqué el móvil del bolsillo trasero y busqué los datos del hotel en las redes sociales. Me dio un vuelco el corazón cuando la recepcionista me informó de que mi madre se había marchado hacía unos diez minutos. Dejé el teléfono de golpe sobre la mesa de caoba del recibidor de papá.

—Se ha ido.

Luego volví a cogerlo y me lo metí en el bolsillo. Necesitaba alejarme. Mi cabeza nadaba contra una marea que parecía que me iba a hundir.

—Layla, ¿qué estás haciendo? ¿Adónde vas? —Empezó a bajar las escaleras detrás de mí hacia mi coche—. No estás en condiciones de conducir.

—Necesito pensar, papá. —La palabra me supo diferente en la boca al decírsela a él... y odié a mi madre por eso. Me pasé una mano por la cara—. Luego te llamo.

Hice girar el coche automáticamente por el carril iluminado por el sol. Mi interior parecía una lavadora fuera de control. No me reconocía a mí misma. Los ojos que me miraban por el retrovisor eran de pánico.

Entré en el aparcamiento que había junto al cobertizo para botes y eché el freno de mano con una fuerza inesperada.

Después de apoyar la frente en el volante durante unos instantes, reuní la energía suficiente para salir del coche y acercarme al cobertizo para botes.

El Conch Club.

Su nuevo nombre dio vueltas en mi mente, junto con la venenosa revelación de Tina de que mi padre podría no ser Harry, ¡sino el maldito bajista de la banda!

Forcé un pie delante del otro hasta llegar al porche cubierto de virutas de madera.

Alec y sus colegas se habían marchado y el Conch Club emitía una serie intermitente de crujidos.

Bajé por el embarcadero y me senté en el borde. Las aguas del lago se agitaban abajo, frías y azul marino, a pesar de estar en junio.

Y fue entonces cuando dejé escapar el miedo y el dolor. Un sollozo frustrado salió desde el fondo de mi garganta. ¿Iba a ser otra mentira que desconocía, pero con la que iba a tener que lidiar?

«Está mintiendo —susurró una voz insistente—. Siempre miente».

Pero ¿y si en realidad no sabía quién era mi verdadero padre, si Harry o Ed? ¿Y si Harry no era mi padre al final?

Bajé la cabeza y vislumbré mi pálido rostro reflejado en los remolinos del lago.

Una lágrima se me deslizó por la mejilla mientras permanecía allí sentada, con las zapatillas colgando sobre el agua, sin saber que me observaba un hombre con capucha negra que se sentía tan confundido con su vida como yo con la mía.

23

No sé cuánto tiempo estuve allí sentada, viendo cómo el cielo de verano se fundía en un caleidoscopio de colores rosa bebé y mandarina.

Las colinas de Loch Harris se transformaban en la promesa de una silueta de tinta.

Papá había intentado llamarme docenas de veces, pero yo había apagado el móvil. Lo único que quería era estar sola con los pies colgando del borde del embarcadero.

«Harry es mi padre. Lo es», me aseguré. Tina solo estaba jugando a sus habituales juegos mentales rencorosos.

Ahora se levantaba una brisa en el lago que hacía que la superficie, antes tranquila, se agitara en pequeñas crestas batidas.

Me puse en pie y me abracé con más fuerza. Ojalá hubiera traído una chaqueta. Lo cierto es que no había pensado en eso cuando salí corriendo de casa de mi padre.

Me sentí agotada e insignificante mientras me abría paso por entre el Conch Club, como lo llamaba ahora. Repetí su nombre una y otra vez, intentando distraerme de la inminente oscuridad.

Estaba tan entusiasmada con la dirección que finalmente estaba tomando mi vida.

Los pensamientos sobre Mac y su engaño seguían escociendo, pero al menos había habido un atisbo de un nuevo comienzo.

Y ahora esto.

Evoqué una imagen de Ed Stockton. Él no tenía el encanto fácil de mi padre, ni su fanfarronería confiada.

Por lo que recordaba de cuando era más joven, llevaba el mismo pelo de roquero, pero su actitud siempre era vacilante.

¿Nos estaba diciendo ahora mi madre que se había acostado con los dos en el momento en que me concibieron y que, por tanto, no estaba segura de cuál de ellos era mi verdadero padre? Eso parecía.

Me detuve frente al Conch Club, oscuro y cerrado, y me metí las manos en los bolsillos de los vaqueros.

El miedo a no ser mi verdadero padre debió de arder en el fondo de la mente de Harry durante años.

Siempre pensé que tan solo se trataba de la difícil logística de ser padre soltero y músico de carretera lo que había hecho que Battalion pasara a un segundo plano en su vida.

Sin embargo, ahora resultaba que esa no era la razón. La verdadera razón era que temía que sus sospechas de hace tantos años fueran ciertas.

¿Por qué no podía Tina dejar el pasado donde estaba?

¿Por qué no podía dejar que papá y yo siguiéramos con... nuestras vidas con normalidad? Supuse que, cuando vio por sí misma que ninguno de los dos la necesitaba ni la quería, había decidido volver a soltar su veneno.

La vida siempre había girado en torno a papá y a mí.

Éramos un equipo y nada podría destruirlo.

Llegué al coche, subí y me senté un momento, intentando luchar contra el nudo que se me formaba en la garganta. No podía dejar que Tina lo destruyera todo. Tal vez dijera la verdad o tal vez no, pero no iba a permitir que tomara el control de la vida de papá o de la mía como una especie de venganza por habernos arreglado bien sin ella.

Me limpié una lágrima con el dorso de la mano y encendí el motor.

Volví a entrar en casa de papá y vi cómo mis faros se deslizaban por sus ventanas. Vi su silueta levantarse de la silla del salón.

—¿Dónde demonios has estado? —gritó, acercándose a zancadas al lado del pasajero de mi coche.

Me bajé, avergonzada.

—Lo siento, papá, pero necesitaba alejarme un poco.

Me cogió la cara con sus manos curtidas. La ira y el alivio le iluminaban los ojos.

—Te he estado llamando. —Dio un paso atrás y me evaluó—. Tienes frío. Y estás cansada. Vamos, prepararé una taza de té.

Caminó de nuevo hacia la casa; la puerta abierta permitió que un torrente de luz anaranjada bajara por los escalones.

Sentí que el pecho me subía y me bajaba y empecé a seguirle. La extraña estrella parecía fragmentos de cristal, que emergían ahora del cielo color arándano.

Me apoyé en la encimera de la cocina de papá mientras él se afanaba en sacar dos tazas del armario.

Me daba la espalda.

—Necesitamos una prueba de ADN —dijo. Se giró—. He estado pensando en ello todo el rato que has estado fuera, y, no sé tú, pero yo no quiero que esta nube nos siga.

Oírselo decir a papá confirmó lo que yo también había estado pensando mientras miraba las olas del lago. No podía seguir con normalidad hasta que esto se resolviera. Sería una fuerza tácita e inamovible entre nosotros. Lo empañaría todo, aunque fingiéramos que podíamos ignorarlo.

—Pero ¿y si el resultado no es el que esperamos?

Papá dejó las tazas y me abrazó.

—Sea cual sea el resultado, eres mi hija. Punto final. Pero no puedo vivir con esta incógnita. ¿Y tú?

Me eché hacia atrás y negué con la cabeza.

—La idea de averiguarlo..., bueno..., ya sabes... —dije.

—Lo sé.

Enderecé la espalda.

—Nos haremos la prueba de ADN. Tienes razón. No hay otra manera. —Vi cómo papá llenaba la tetera con un chorro de agua plateada del grifo de la cocina—. Me acerqué al lago y me quedé allí sentada. Había tanta paz. —Me preparé para su reacción—. Yo también estuve pensando mucho, papá, mientras estuve allí arriba. —Mi voz sonaba incorpórea, como si no me perteneciera—. Y me pregunté si podrías hacerme un favor, por favor.

—Por supuesto. ¿De qué se trata?

Apreté los labios y me recompuse. Sabía que lo que iba a decir no sería bien recibido. Respiré hondo.

—Me gustaría que propusieras una reunión con Battalion, para que toques en la noche de la inauguración del Conch Club.

Papá frunció las cejas. Se quedó inmóvil.

—¿Estás de broma? —Creo que por mi expresión solemne se dio cuenta de que no—. Pero ¿por qué, cariño?

—Por varias razones. Por nosotros, por las respuestas, para lanzarle una bola curva a Tina, porque Battalion era una gran banda...

Mi padre parecía aún más un oso grande y ancho cuando la oscuridad lo inundó todo. Encendió una de las luces de debajo de los armarios de la cocina:

—Pero, cariño, ¿y si no se consigue nada de eso? ¿Has escuchado todo lo que te he dicho? ¿Y si Ed es realmente tu padre?

Levanté la barbilla y luché por mantener la voz firme.

—Puede que él sea mi padre biológico, pero tú siempre serás mi padre. —Su extravagante boca se hundió en las comisuras e hizo que se me hundiera el estómago—. Papá —repetí—. Papá, por favor, hazlo por mí. Por nosotros. —Mis ojos suplicaron a los suyos—. No podemos dejar las cosas así. Tú mismo lo dijiste. Eso es lo que Tina quiere. Ella quiere caos. Nos quiere en medio de otro drama.

Papá se frotó la barbilla.

—Llamé a su casa de Londres y su ama de llaves dijo que llegó hace una hora y que luego ella y Ramon se fueron a Gatwick para hacer una escapada de última hora a Italia.

—¿Entiendes lo que quiero decir? —dije, siguiendo a papá hasta el acogedor resplandor de su sala de estar mientras sujetaba nuestras tazas de té—. Esto es lo que quiere. Puede que tú estés dispuesto a dejar que gane, pero yo no.

Papá me miró fijamente.

—¿Quieres decir que la desenmascaremos?

—Exactamente. Hagamos las cosas a nuestra manera, no a la suya. Hacemos una prueba de ADN y Battalion toca en el Conch Club la noche de inauguración.

Mi padre echó la cabeza hacia atrás y pareció buscar inspiración en el techo del salón.

—Así que ese es tu plan, ¿no? ¿Juntar a un grupo de viejos roqueros peleados?

—Es una oportunidad para seguir adelante, papá —imploré. Pensé en mi madre y se me contrajo el estómago—. Esto le hará ver a Tina que, nos eche lo que nos eche, le haremos frente.

Una de las cejas de papá se alzó y en la suavidad de sus ojos vi que empezaba a estar de acuerdo conmigo.

—Y así es como se va a llamar el cobertizo para botes, ¿no? El Conch Club —preguntó.

—Sí. Nuestras sesiones de recogida de conchas me dieron la idea.

Papá me dedicó una pequeña sonrisa.

—Me gusta. Me gusta mucho. —Suspiró—. Vale. Tú ganas. Mañana a primera hora me pondré en contacto con los chicos. No puedo prometer nada, pero...

—Está bien, papá. Gracias. Y pediré un kit de ADN.

Mientras me sentaba frente a él y daba un sorbo a mi té, me alegré de que nos enfrentáramos a toda aquella caótica situación en lugar de dejar que Tina dictara las normas.

Papá acunó su taza entre las manos.

—Entonces, ¿esto significa que has renunciado a tratar de conseguir a ese tal Mask?

Asentí con la cabeza, pensando en la negativa del cantante a considerar siquiera mi invitación.

—Puedo decir, sin temor a equivocarme, que es inviable.

24

Me desperté a la mañana siguiente con una oleada de emociones agitándose en mi interior.

Cuando estaba con Mac, pasábamos las mañanas de los domingos tumbados en la cama, sin parar de beber tazas de café y en una maraña de miembros calientes.

Intenté no mirar fijamente la almohada blanda que estaba vacía a mi lado. Entonces, volvió a surgir la revelación de mi madre sobre papá y Ed.

Una parte de mí se había aferrado a la esperanza de que en realidad lo hubiera imaginado todo o de que hubiera sido una pesadilla lúcida.

Los recuerdos de la noche anterior, incluida la preocupación y el dolor en los ojos de papá, me decían lo contrario.

Me acurruqué más en las sábanas. No me parecía en nada a Ed Stockton. Él tenía rasgos puntiagudos y hostiles, mientras que yo me parecía a mi padre; compartíamos muchas similitudes, especialmente la misma boca de apariencia desconcertada.

O tal vez eso era lo que yo estaba eligiendo ver.

Apreté las rodillas bajo las sábanas rosas y blancas y me entregué a otro momento de autocompasión, antes de encender el móvil y navegar por la vertiginosa variedad de kits de ADN a la venta.

Había uno un poco más caro que los demás, pero con excelentes críticas. Mis dedos se posaron sobre el botón que decía «Comprar ahora». Me negué a perder más tiempo, introduje los datos de mi tarjeta de crédito y me informaron de que me llegaría en unos días.

Luego volví a dejar el teléfono encima de la cama y me dirigí a la ducha.

El mes de junio transcurrió en un frenesí de carpintería y llamadas a proveedores de pintura y muebles.

Alec y su equipo habían reparado las grietas y rozaduras de los zócalos del cobertizo, habían instalado nuevas estanterías y habían sustituido el viejo mostrador de la tienda de Norrie por otro de una madera rubia preciosa.

También sustituyeron parte del ajado suelo de madera dorada y lo combinaron con la madera de roble.

Una vez terminado todo esto, se pusieron manos a la obra para construir un escenario semicircular con el mismo roble dorado de los suelos.

El escenario sobresaldría de la pared lateral derecha y proporcionaría una experiencia íntima al público; al menos, eso era lo que yo esperaba.

Alec también me recomendó a un ingeniero de calefacción amigo suyo, que se puso manos a la obra para instalar la preciosa chimenea de piedra caliza de estilo gótico que yo había conseguido encontrar a buen precio en internet.

Mientras ellos daban los últimos retoques a todo aquello, yo me metí de lleno con las muestras de las paletas de colores.

Quería que el Conch Club fuera acogedor, pero también que reflejara su espectacular entorno en medio del bosque.

Al final, decidí inspirarme en la naturaleza y opté por una paleta de colores en gris sal claro, un sutil verde agua y un azul pavo real. Esperaba que estos tonos, con toques de azul marino en el mobiliario, evocaran la belleza cristalina del lago y los bosques que nos rodeaban.

También me decidí por cortinas cortas de cuadros de las Highlands con efecto de lana cepillada para las seis ventanas.

En consonancia con la atmósfera que quería crear, elegí sillas rústicas de roble macizo y respaldo alto y mesas circulares para agruparlas por el espacio y alrededor del escenario.

Para el embarcadero de atrás, que se extendía hacia el lago como una sonrisa gigante de madera, Alec me aconsejó muebles de secuoya de crecimiento lento, protegidos con una pintura a base de aceite.

—Eso repele el agua y protege —me dijo—. Eso significa que no tendrás problemas si dejas los muebles a la intemperie.

También sugirió que, para mantener el mobiliario exterior en perfectas condiciones, lo mejor era añadir una capa más del protector cada doce meses para mantener su aspecto.

—Te recomendaré una o dos de las marcas realmente buenas.

Siguiendo la sugerencia de Alec, pedí seis juegos de seis mesas para dos, con dos sillas, bancos de dos plazas y mesas rectangulares que llevaban incorporado un agujero para colocar una sombrilla.

Papá me sonrió cuando se lo señalé.

—¿Un agujero para una sombrilla? —preguntó—. ¿Olvidas que vivimos en Escocia?

También estuve hablando con mis contactos musicales de varios periódicos y revistas sobre grupos y artistas que podrían estar interesados en actuar en el Conch Club en el futuro.

La experiencia de Faith en publicidad y *marketing* en la oficina de turismo fue inestimable, y puso en práctica todos sus conocimientos y contactos para que pudiéramos planificar una campaña publicitaria y convencer a los comercios locales de que repartieran los folletos que estábamos diseñando. El boca a boca también desempeñaría un papel muy importante en el éxito del club.

Tal como iban las cosas, preveía que nuestra noche de inauguración sería a mediados o finales de agosto.

Había apartado de mi mente cualquier otro pensamiento sobre Mask después de que me acerqué a él para proponerle que actuara, y él hubiera rechazado.

No era asunto mío si quería dar vueltas por Coorie Cottage él solo, con la cascada como única compañía. Aun así, era una pena. Tenía una voz fantástica y sus letras eran hipnotizantes.

El clima escocés trajo consigo frecuentes chaparrones, seguidos de fragmentos de sol de mantequilla.

Un modesto grupo de autobuses llegó a Loch Harris. Todos los pasajeros iban bien preparados para el impredecible clima, ataviados con impermeables ligeros y robustas botas de montaña.

Estaba en la escalinata del cobertizo para botes, acurrucada en mi chaqueta con capucha y charlando con Rory, mi pintor y decorador, cuando el solitario autobús metálico entró chirriando en el merendero y desembarcó a sus pasajeros.

Reconocí a Stuart, el conductor del autobús, uno de los viejos amigos de papá desde la escuela.

Se acercó y se puso la capucha de su chaqueta de esquí.

—Tenía que ponerse a llover a cántaros precisamente hoy —se lamentó.

Señalé a los turistas, que empuñaban sus cámaras y apuntaban al lago y al paisaje escarpado que lo acunaba.

—Parece que hoy estaréis ocupados —observé.

Stuart puso mala cara.

—Es un cambio. Las cosas han estado muy tranquilas. —Luego sonrió al cobertizo para botes, con la puerta entreabierta y el resplandor de una luz pálida que emanaba del exterior—. Esperemos que tu nueva aventura haga que los aficionados vuelvan a Loch Harris en masa. —Una de las cejas oscuras de Rory se alzó—. Sin presiones entonces, ¿eh, Layla?

Abrí la boca para responder, pero me llamó la atención ver a mi padre avanzando por el sendero de esquisto. Saludó distraídamente a Rory y a Stuart.

—¿Podríamos hablar un momento, Layla?

Me excusé con Rory, que volvió corriendo al cobertizo con la paleta de colores que le había marcado, y Stuart se marchó a reunir a sus turistas.

Examiné la expresión pensativa de mi padre y se me hizo un nudo en el estómago.

—¿Qué ha pasado? Oh, Dios, ¿qué ha hecho Tina ahora?

Papá negó con la cabeza.

—Esta vez no tiene nada que ver con tu madre. Bueno, en cierto modo, eso no es exactamente cierto.

Guie a papá pasado el merendero, donde el ajado surtido gris de bancos y mesas estaba manchado por las últimas gotas de lluvia.

—¿Papá?

—Hice lo que querías —explicó tras una pausa—. Me las arreglé para hacerme con los otros cuatro tíos de Battalion.

Mi corazón titubeó en mi pecho. Esto era lo que yo quería que hiciera mi padre. Le había suplicado. Le había asegurado que necesitábamos averiguarlo y que lo mejor sería ir de farol con Tina.

Y, sin embargo, ahora...

Tuve que tragar una bola de aprensión.

—¿Todos? ¿Incluso Ed? —pregunté. Papá asintió con la cabeza. Tenía una extraña expresión en los ojos—. ¿Y ahora qué? —dije.

—Les expliqué lo del Conch Club y que te apetecía que Battalion tocara la noche de la inauguración.

Subí y bajé las manos por las mangas de mi chaqueta.

—Supongo que no le dijiste nada a Ed Stockton de mí.

El ceño fruncido de papá me dio la respuesta.

—Claro que no, Layla. Ed nunca ha mencionado nada en todos estos años desde que le conozco y desde luego no dijo nada cuando hablé con él ayer. —Bajó la voz—. Está claro que no tiene ni idea de lo que Tina nos contó.

Levanté la vista hacia el cielo acerado, emborronado con las ramas de los árboles.

—¿Y cuál ha sido la respuesta?

Papá se metió las manos en los bolsillos de su chaqueta verde oliva.

—Los cuatro han aceptado tocar conmigo en tu inauguración.

Me invadieron estremecimientos de expectación e inquietud.

—¿Y? —insistí.

—Llegarán todos este viernes a Loch Harris para pasar el fin de semana. Mikey ha sugerido que lo convirtamos en una especie de reencuentro de la banda.

Me quedé en silencio, como si de pronto recordara lo que guardaba en el bolsillo de la chaqueta. Parpadeé y miré a papá antes de meter la mano y sacar el paquete azul y blanco.

—Ha llegado esta mañana —dije.

Dirigió una expresión de preocupación hacia el kit de ADN, luego hacia mí.

—Todo pasará, ¿verdad? —dijo.

25

Intenté ignorar el crujido de las chaquetas impermeables de los turistas que volvían por el sendero hacia su autobús.

Se oyó el traqueteo final y el chasquido de los botones de las cámaras y los teléfonos móviles.

—¿Seguro que vienen todos? —volví a preguntar, y me guardé el kit de ADN en el bolsillo e intenté calmar el tono dubitativo de mi voz.

—Sí. Los cuatro.

—¿Dónde se van a alojar?

Papá se metió las manos en los bolsillos de los pantalones.

—Jack, Mikey y Stan acaban de mandarme un mensaje en el que dicen que han conseguido reservar en el *bed and breakfast* de la señora Clover.

—¿Y Ed?

Papá apretó los labios.

—Insistí en que se quedara en mi casa.

Me quedé mirando a mi padre mientras otro chaparrón colgaba de los árboles como si fuera Navidad.

—¿Crees que es buena idea, papá? Quiero decir...

Todo iba muy deprisa. Quería saber con certeza quién era mi padre biológico; sin embargo, ahora que parecía que tendría que abordar la situación tan rápidamente, la perspectiva me formaba un nudo en el estómago.

Papá se encogió de hombros.

—Eso me dará la oportunidad de hablar con él sin que estén los otros chicos delante, y averiguar por fin después de todos estos años si hubo algo entre él y tu madre. —Me observó la cara—. Pensé que querías cerrar esto también, cariño.

—Y así es. De verdad. Es solo que... ahora que parece que puede pasar, no estoy tan segura.

Percibí lágrimas de miedo agolpándose en los ojos. Papá me dio un fuerte abrazo. Me mordí el labio.

—Tenemos que averiguarlo. No tiene sentido posponerlo. Tenemos que hacer esa prueba de ADN —dijo. Tenía razón. Yo sabía que la tenía—. Oh, quería preguntarte: ¿Faith está bien?

—¿Por qué lo preguntas?

—No estoy seguro. Las dos veces que he hablado con ella aquí arriba, no parecía tan charlatana como suele ser. —Suspiré. Papá frunció el ceño—. Tienes esa mirada, Layla.

—¿Qué mirada?

—La que dice que estás tramando y planeando algo que podría tener consecuencias nefastas para la persona o personas implicadas.

—Vaya, gracias por creer en mí, papá.

—¡Ah! Entonces, estoy en lo cierto.

Mi padre me conocía mejor que yo misma a veces.

Me metí las manos en los bolsillos de los vaqueros y le revelé que a Faith le gustaba mucho Greg, que era padre soltero, pero que los conocidos problemas de compromiso de mi amiga se interponían en su propia felicidad.

—Está cometiendo un gran error, papá. Creo que está tratando de inventarse excusas para no involucrarse, a pesar de que admite que le gusta de verdad.

—¿Y está usando al niño como pretexto también?

—Creo que sí, pero ella no lo va a admitir, por supuesto. No quiere sentirse culpable por decepcionar o confundir a Sam si las cosas salen mal. Yo no iba a hacer nada —protesté—, pero incluso tú te has dado cuenta de lo baja de ánimo que está. No podía dejar las cosas así.

Papá me miró y enarcó una ceja.

—Ya has interferido, ¿no?

—A ella realmente le gusta él, y a él le gusta ella de verdad. Es tan evidente.

Papá movió la cabeza de lado a lado con resignación.

—Lo que es evidente es que mi hija intenta interferir. ¿Por qué no viniste a hablar con el sabio y viejo de tu padre antes de hacer nada?

Arrugué mi pecosa nariz.

—Probablemente porque sabía que me dirías que no lo hiciera. Pero, solo porque yo sea nefasta en las relaciones, no significa que tenga que quedarme sentada a esperar que Faith convierta su vida amorosa en un desastre.

Papá no estaba de acuerdo conmigo.

—Layla, no eres nefasta en las relaciones. Lo que sucede es que las eliges mal, como yo.

—Lo mismo —murmuré.

Papá resopló.

—Sigue mi consejo, pequeña. No te metas. Mejor deja las cosas como están.

—Pero es mi mejor amiga y nunca la había visto así. Normalmente está muy relajada y controla todo este tipo de cosas, pero esto es diferente.

—Razón de más para no involucrarse —me advirtió papá—. Ahora, ¿qué tal si, cuando terminemos con esto, me preparas uno de tus especiales de chocolate caliente? Y no te cortes con los malvaviscos.

Me pareció bien su propuesta.

Papá notó que mi mano se deslizaba hacia la prueba de ADN que guardaba en el bolsillo.

—Volvamos a mi tema —conseguí decir—. Cuanto antes hagamos esta prueba, mejor será para los dos.

Negué con la cabeza al oír a Rory llamarme para que fuera al cobertizo porque quería preguntarme qué prefería, mate o brillo.

—Claro que sí —respondió papá a lo que yo le acababa de decir—. No tiene sentido posponerlo.

El chocolate caliente sabía como siempre, a noches de invierno, pero ni papá ni yo lo disfrutamos. La presencia del kit de ADN sobre la mesa del recibidor nos consumía por completo.

Finalmente, no pudimos aplazarlo más.

Papá se metió en el cuarto de baño con su kit y yo cogí mi bastoncillo con la mano. Lo levanté y me lo pasé por dentro de la boca, en el lado de la mejilla derecha, durante varios segundos.

Ya estaba.

Lo metí en el contenedor y cogí el kit de prueba. Su caja azul oscuro y blanca me aceleró el corazón, parecía tan inocua.

Papá regresó y, descartando cualquier otra reflexión acerca de lo que estábamos haciendo y del posible resultado, metí los dos tubos en el sobre acolchado, junto con nuestras firmas de consentimiento.

Habíamos completado nuestra parte del proceso. Ahora, lo único que quería era que ese sobre y su contenido se evaporaran.

Cogí la chaqueta con capucha que colgaba de un gancho del pasillo. Sabía que la segunda recogida postal del día tenía lugar a las cuatro de la tarde.

Eran las dos y media pasadas, así que me daba tiempo de sobra.

Me encogí de hombros, me puse la chaqueta y cogí el móvil de la mesa del salón. Me lo metí en el bolsillo y corrí a la puerta.

—¡Voy al buzón! —le grité a papá, agitando el sobre en la mano.

Papá asintió con la cabeza, pero no dijo nada.

El buzón estaba al final de la calle, justo antes de llegar a la plaza principal, que se extendía como un libro desplegable.

Caminé a paso ligero por el húmedo arcén de hierba. Había caído un fuerte chaparrón y los charcos de la carretera brillaban.

Me acurruqué un poco más dentro de la chaqueta. Sentí alivio cuando vi el buzón rojo brillante.

Cuando llegué, levanté el sobre acolchado de tamaño A5. Mi mano flotó un instante mientras lo acercaba a la boca negra y abierta del buzón. Solté los dedos y el sobre se deslizó, haciendo un ruido sordo y satisfactorio al aterrizar entre los demás objetos de correo.

Me metí las manos, ahora vacías, en los bolsillos de la chaqueta. Fue como experimentar la liberación de algo, aunque fuera solo temporal. El siguiente reto vendría cuando me entregaran los resultados, dentro de unas semanas. Pero decidí no pensar en ello por el momento.

No podía.

Aceleré el paso para volver con papá.

No tenía muchas ganas de ver a Ed Stockton por razones obvias, pero papá insistió en que me reuniera con él y el resto de los chicos de Battalion el viernes por la noche para comer algo en el otro de los dos *pubs* de Loch Harris, el Merry Maid.

Rory había terminado de decorar el cobertizo, que ahora era un mar de paredes azul pavo real y verde agua, con paneles de color gris sal detrás del mostrador.

Me encantaba.

Cerré y me subí cansada al coche para volver a casa y darme una ducha rápida y cambiarme.

La idea de ver a Ed hizo que empezara a acelerárseme el corazón. No había vuelto a verle desde la fiesta de mi vigésimo primer cumpleaños junto al lago. Fue una noche de verano con barbacoa, fogatas y una banda de *cèilidh*. ¡Oh, esto era ridículo! Estaba haciendo demasiadas suposiciones.

Todo podría ser una gigantesca mentira fabricada por mi madre, que buscaba llamar la atención.

Me imaginé a Ed en la fiesta de hacía ocho años, cuando sonrió por algo que dijo mi padre mientras sujetaba una reluciente botella de cerveza. Parecía un hombre bastante decente, pero no era tan carismático como mi padre.

Mirando la situación desde el punto de vista de Ed, iba a ser un *shock* tremendo para él descubrir que a lo mejor tenía una hija de veintinueve años. La palabra «posiblemente» me rondaba en la cabeza. Me aferré a esa esperanza.

Mientras me ponía un poco de sombra de ojos, respiré hondo. Realmente no conocía a Ed. Nunca había sido tan abierto y gregario como los otros chicos. Pero, al pensar en él en las fotos de papá de hacía tantos años, cuando Battalion daba muchos conciertos, me imaginé sus rizos apretados y sus chalecos vaqueros; eso hacía que se transformara en otra persona. Ese hombre, me gustara o no, podría tener un papel más importante en mi vida.

Eso en caso de que fuera mi padre biológico. Incluso si lo era, tal vez no estaría interesado en tener una hija adulta.

Fruncí el ceño al ver mi reflejo en el espejo del baño. Ed y su mujer, Karen, tenían un par de hijos adultos. Si aquello era cierto y Ed era mi verdadero padre, ¿qué pensarían ellos de todo esto?

Me puse un poco de mi pintalabios favorito y se me cayeron los hombros. Tenía que intentar despejarme un poco.

Estaba tirando de unos tirabuzones de alrededor de la cara cuando me pareció oír el leve zumbido del motor de un coche fuera.

Cogí la chaqueta y el bolso de paja que guardaba en lo alto de la cama y fui al pasillo a buscar mis botines de cuero.

Me di cuenta de que había un paquete pillado en medio de la ranura para el correo de la puerta.

Era un pequeño sobre marrón acolchado.

Giré corriendo hacia la derecha y entré en mi habitación. Me asomé a la ventana, pero no había ni rastro de nadie. Quienquiera que hubiera sido parecía que ya se había marchado.

Me acerqué a la puerta y saqué con cuidado el sobre de la ranura. No había nada escrito. Apreté el sobre con curiosidad. Me pareció voluminoso y anguloso.

Abrí la solapa del sobre, cerrada con cinta adhesiva marrón, y saqué lo que había dentro.

Mis ojos se abrieron de par en par.

Vaya. ¿Qué le había hecho hacer eso? No me lo esperaba en absoluto.

26

En el interior del sobre había dos CD en estuches de plástico. No había fundas, solo una nota en un pósit pegado en el interior del primer estuche que decía:

Nuevas canciones exclusivas para que las pongas en el Conch Club.

No actuaré, pero espero que esto al menos sirva de compensación.

Buena suerte con todo,

M

Volví a leer la nota dos veces más antes de abrir de un tirón la puerta principal. Sabía que Mask no seguiría allí. Había sonado como si su camioneta hubiera salido disparada desde la entrada y regresado por el carril, y aun así me quedé rondando unos instantes en la puerta.

Cogí los CD y miré alrededor antes de estudiar fijamente el reloj. Si salía ahora hacia Coorie Cottage, aún podría estar de vuelta en el Merry Maid a las 18:30 para encontrarme con papá y el resto de la banda.

Me subí al coche y arranqué. Me detuve un momento al final del camino de acceso para poner el primer CD que Mask me había enviado.

¿Por qué me sentía obligada a ir a su casa? Miré el otro CD que yacía en el asiento del copiloto, plateado y brillante.

Me había sorprendido, me había desconcertado, pero me había encantado.

De acuerdo, había dejado claro que no se iba a subir al escenario (lo cual no me sorprendió en absoluto, si he de ser sincera), pero el hecho de que me hubiera dado un montón de su nuevo material exclusivo era un verdadero triunfo de relaciones públicas para el Conch Club, y yo estaba decidida a aprovecharlo.

Metí la segunda marcha mientras el reproductor de CD cobraba vida.

Mientras pasaba por el lago, que era como una lámina de cristal reluciente, la inquietante voz de Mask llenó mi coche.

El timbre de su tono era grave, como de fumador, cuando cantaba de la lucha por dejar atrás el pasado. Acompañaban su voz un par de guitarras que parecían llorar juntas.

Sus letras se me colaron en la mente y se quedaron ahí, y me hicieron preguntarme sobre la vida de Mask y si sus letras eran autobiográficas.

Me abrí paso entre setos y muros salpicados de musgo hasta que la cascada de Galen apareció al tomar una curva a la izquierda.

No entendía muy bien por qué tenía que subir a ver a Mask.

La segunda pieza había dado lugar a la tercera, esta titulada «Finding It». La voz de Mask empezó suave al principio, antes de lanzarse a una cacofonía de tambores y guitarras. Fue increíble.

Me tomé mi tiempo aparcando el coche justo al lado de Coorie Cottage para poder escuchar la canción entera. Admiré su derroche de jardinería mientras dejaba que el motor se apagara y la canción llegara a su fin.

Eché los hombros hacia atrás y me acerqué a la puerta principal, a sabiendas de que con una nota de agradecimiento cálida y agradecida en papel de carta bonito habría bastado.

Sin embargo, aquí estaba.

Llamé varias veces, pero no hubo respuesta. No estaba, o fingía que no estaba. ¿Quizá podría escribirle la nota de agradecimiento y enviarla por correo?

Apenas acababa de abrir la puerta del coche para salir de allí, cuando se oyó el ruido de una pala golpeando algo a la vuelta de la esquina de la casa.

Volví a cerrar la puerta del coche y me detuve.

—¿Hola? —saludé.

Me metí las llaves del coche en el bolsillo trasero de los vaqueros y bajé por el lateral de la casa.

La camioneta de Mask estaba aparcada en la grava, con su pintura negra metálica reluciente.

El sonido de la pala parecía provenir de más arriba del camino pavimentado, más allá del borde herbáceo.

—¿Hola?

Me armé de valor y me puse de puntillas sobre las piedras con las botas.

Justo delante de mí había una figura alta, paleando montones de tierra. A sus pies había una serie de arbustos nuevos que esperaban a ser plantados.

Vestía una camisa holgada de algodón azul marino y unos pantalones oscuros.

No podía distinguir sus rasgos desde donde estaba, pero su espeso pelo oscuro, que le llegaba por el cuello, se erizaba hacia arriba. Estaba concentrado en lo que hacía, y la pala brillaba y centelleaba mientras sacaba más tierra y se inclinaba para recoger un arbusto gordo y florido.

Le vi coger una botella de agua que había a su lado y beber un trago agradecido.

Esperé a que dejara la botella junto a sus botas Timberland.

—¿Mask? Perdona que te moleste, pero me preguntaba...

La figura giró en redondo con la alarma grabada en sus facciones. Tenía una mandíbula fuerte y unos ojos profundos y oscuros enmarcados por cejas negras arqueadas. También poseía una vívida cicatriz roja que corría como un río profundo por el lado derecho de su cara.

Me quedé helada de vergüenza cuando se cubrió las facciones con un brazo en un intento de taparse la cara. Su pala cayó con estrépito al suelo mientras rugía:

—¿Qué coño crees que estás haciendo?

27

Se me encendieron las mejillas.

—Oh. Mm... Lo siento mucho —balbuceé.

Mantuvo el brazo derecho colocado sobre el lado derecho de su cara.

—¿Siempre te acercas así a la gente? —preguntó.

—No estaba espiando —murmuré, tratando de no mirarle fijamente—. Llamé a la puerta principal, pero nadie contestaba.

Su pala brillaba a sus pies.

—¿Qué quiere, señora Devlin?

Oh. La formalidad había vuelto. Estaba molesto.

Di unos pasos tentativos hacia delante, lo que hizo que Mask hiciera exactamente lo contrario. Me miró con desconfianza.

Me detuve y doblé y alargué los dedos.

—Solo quería darte las gracias por los CD. Fue muy inesperado, pero muy amable por tu parte.

Mask giró la cara para apartarla de mí. Hizo una pausa.

—Discúlpame un minuto —dijo. Se alejó de mí, se metió en Coorie Cottage y volvió a salir momentos después con su máscara negra y su capucha. Mask me examinó—. ¿Y has venido hasta aquí solo para darme las gracias en persona?

Me encogí de hombros.

—No está tan lejos. Solo he tardado quince minutos, no hay mucho tráfico a estas horas de la noche... —Me oí hablar y me callé. Le caía un hilo de sangre de un corte de la muñeca—. Estás sangrando.

Mask siguió mis ojos.

—No es nada —me dijo—. He debido de pillarme la piel con ese arbusto de acebo cuando te acercaste sigilosamente.

¿«Acercaste sigilosamente»?

Mi expresión se tensó.

—No me he acercado sigilosamente. —Murmuró algo incomprensible—. ¿Tienes una tirita a mano? —le pregunté—. Deberías ponerte algo en ese corte.

Ahora le tocaba a Mask torcer la boca.

—No necesito una operación a corazón abierto. No es nada —contestó.

Vi cómo le caía otro hilo de sangre por la muñeca y me acerqué al coche. Rebusqué en la guantera y encontré un tubo de crema antiséptica y un par de tiritas.

Consciente de que Mask me observaba, arranqué una de las tiritas y me acerqué a él.

—¿Qué haces? —preguntó.

Señalé su muñeca.

—Toma. Ponte un poco de esto y luego la tirita.

Los ojos oscuros de Mask se clavaron en los míos.

—¿No eres solo una mujer de negocios, sino también una médico general cualificada?

Apreté los labios ante su sarcasmo y le tendí la tirita y el tubo de crema antiséptica.

—No tengo nada para la rudeza por desgracia, pero esto te ayudará a que se cure esa herida.

Mask pestañeó antes de emitir un irritado suspiro y esforzarse por quitarse el otro guante de jardinería.

—Déjame ayudarte.

Su gruñido australiano fue seco.

—Puedo arreglármelas —soltó.

Con el rico perfume del jardín de Mask envolviéndome, puse los ojos en blanco y le cogí la muñeca.

—Sí, ya lo veo. Trae. —Me miró con curiosidad mientras le untaba el antiséptico en el corte—. No te preocupes, tengo las manos limpias. Acabo de salir de la ducha.

El calor me subió por el cuello cuando me di cuenta de lo que acababa de decir. Estoy segura de que vi un leve gesto de diversión en su boca. Clavé los ojos en la muñeca de Mask y le pedí que se quedara quieto mientras le ponía la tirita sobre la herida.

—No requería cuidados —protestó de nuevo—, pero gracias.

Me esforcé por mirarle, todavía algo cohibida por mi comentario de «la ducha».

—De nada.

Movió su oscura cabeza ante mi atuendo.

—¿Ibas a salir?

Me miré los vaqueros brillantes y la camisa rosa y asentí con la cabeza.

Un mechón de pelo negro se le había escapado de debajo de la capucha y le caía sobre la frente.

Se acercó más a mí. Fue suficiente para hacer que me encogiese un poco con su mirada fija.

—Así que, como iba diciendo, me he pasado para darte las gracias por tus CD. Ha sido muy considerado de tu parte.

Se encogió de hombros.

—De nada.

Jugueteé con la correa del reloj mientras el sol sobre nuestras cabezas se ocultaba tras la maraña de árboles.

—He escuchado un par de canciones de camino aquí. Las letras son maravillosas.

Su mandíbula apretada se suavizó un poco.

—Gracias. —Su acento era melódico.

—Me impresiona que hayas encontrado mi dirección.

Mask se cruzó de brazos.

—Tengo mis recursos —respondió.

Se podía cortar el silencio.

—Bien —exclamé, y di una palmada—, será mejor que me vaya. —Por alguna razón inexplicable, empecé a caminar hacia atrás para volver al coche—. Gracias de nuevo por los CD. Definitivamente están en la lista de reproducción para la noche de la inauguración. —Me di cuenta de que debía de parecer que tenía algún tipo de problema médico y recapacité—. Eres más que bienvenido. Salvo que haya algún contratiempo, la inauguración está prevista para el sábado, 29 de agosto.

Mask me miró.

—No creo que vaya, pero muchas gracias de todos modos por la invitación. —Luego señaló con la cabeza mi atuendo—. Rosa para hacer guiñar el ojo a los chicos.

Tardé unos instantes en comprender.

—Ah, sí. He quedado con mi padre y sus compañeros de banda para comer algo. Es una especie de reencuentro.

Se metió las manos en los bolsillos del pantalón.

—¿Tu padre es músico?

—Lo era. Tocaba la batería en una exitosa banda de *rock* de los setenta llamada Battalion.

Mask inclinó la cabeza.

—¿No tuvieron un par de éxitos entre los veinte primeros en su día? —preguntó.

—Así es. Les fue bastante bien durante un tiempo y luego llegaron los hijos y las esposas, y las cosas empezaron a irles un poco mal.

—Un reencuentro, ¿eh? Será divertido.

«No cuando tengo que enfrentarme a la posibilidad de que mi padre no sea mi padre, sino el bajista de la banda».

Esbocé una sonrisa tensa.

—Ese sería un modo de describirlo. —Sus ojos se entornaron tras su máscara negra—. De todos modos, será mejor que me vaya. Adiós y gracias de nuevo.

Fui deprisa al coche, recordando el relámpago rojo que recorría el costado de la mejilla derecha de Mask y que había visto accidentalmente al llegar.

Me pregunté cómo se lo habría hecho. Bueno, fuera como fuera, estaba claro que no quería que nadie se lo viera. En mi opinión, no estaba tan mal, aunque para mí era fácil decirlo: no era yo quien tenía que verlo cuando se miraba al espejo cada día.

Me abroché el cinturón de seguridad, consciente de que Mask había abandonado el sendero del jardín y volvía a pasear por el césped. Se le levantaba suavemente la capucha con la brisa vespertina.

Siguió allí de pie mientras yo salía dando marcha atrás de Coorie Cottage para regresar a Loch Harris.

Encendí el reproductor de CD y su rica y ronca voz volvió a sonar a través de los altavoces.

Mientras conducía por las escarpadas laderas de las montañas, intenté no pensar en el resultado de la prueba de ADN ni en la llegada de Ed Stockton.

28

De camino al Merry Maid, no dejaba de visualizar a Mask y su cicatriz facial.

Entré en el aparcamiento del pub y dejé los brazos apoyados sobre el volante unos instantes.

Se me encendieron las mejillas al recordar la furia de Mask cuando le vi la cara, y mi vergonzoso comentario de que yo acababa de salir de la ducha.

Tal vez no debí haber subido a Coorie Cottage, pero estaba muy agradecida de que me diera esos CD.

Recordé cómo me había mirado cuando llegué y lo vi en el jardín. La forma en que se había pasado el brazo por la cicatriz y el destello de mal genio y miedo en sus ojos.

Me quedé mirando por la ventanilla del coche el Merry Maid. En el interior se veían luces acogedoras y por las puertas de cristal parcialmente abiertas se filtraba el rumor de la música y la conversación.

Alcancé mi bolso del asiento del copiloto y me lo colgué del hombro antes de cerrar la puerta del coche.

El Merry Maid era todo guijarros blancos y tejado de paja y se veían siluetas dentro.

Tragando una bola de aprensión, entré y escudriñé el mar de cabezas en busca de mi padre. Me invadió una sensación extraña y distante. Recordé todas las veces que había visto a papá con los chicos en el pasado, charlando e intercambiando historias del pasado, riéndose a carcajadas de las fechorías que habían cometido en sus años mozos, canturreando las letras de sus canciones favoritas.

Ahora vería a Ed desde una perspectiva totalmente diferente.

El interior del Merry Maid estaba formado por vigas negras de inspiración Tudor y sólidos pilares blancos que servían de tabiques para varios asientos reservados de cuero granate, con mesas y bancos de caoba pulida. Una vieja gramola emitía *rock* clásico de los setenta en el rincón del fondo (adiviné quién la había elegido).

La clientela del pub estaba formada principalmente por incondicionales de la comunidad de Loch Harris, que se agrupaban en torno a las mesas para intercambiar anécdotas de su juventud, quejarse de los excursionistas que aparcaban delante de la entrada a sus casas o retarse a largas partidas de ajedrez.

El Merry Maid era un momento capturado en el tiempo, pero la comida del bar era sabrosa y generosa.

Al ver a papá, me puse rígida. Estaba en un rincón, riendo por algo que alguien había dicho, y sus ojos se desviaron hacia arriba cuando me vio. Se levantó y me hizo un gesto para que me acercara.

Transformé mi expresión tensa en una sonrisa y fui caminando hasta donde estaban sentados él y el resto de los miembros de Battalion.

Papá vaciló, y una sonrisa orgullosa envolvió su rostro.

—Aquí está mi niña —dijo.

Nuestros ojos intercambiaron una mirada cómplice. Mikey, Stan y Jack se pusieron en pie de un salto y exclamaron lo bien que me veían, antes de ofrecerme sus condolencias por Mac. Todos iban vestidos con camisetas roqueras desteñidas y vaqueros. Stan seguía luciendo su característica gorra gris de panadero sobre su cabeza calva.

Después de repartir abrazos y besos en la mejilla a los tres, Ed se escurrió del extremo del banco. Me di cuenta de que la mesa ya estaba llena de vasos de cerveza medio vacíos.

Me lo quedé mirando fijamente, examinando cada rincón de la cara de Ed Stockton, desde la nitidez de su barbilla hasta la ligera protuberancia de la parte superior de la nariz. Seguía teniendo sus rizos castaños, pero ahora también tenía algunos tonos plateados.

No me parecía en nada a él. En absoluto. O tal vez sí y no quería reconocerlo.

Un nudo empezó a formarse en mi estómago.

Me puse rígida cuando Ed me dio un breve abrazo.

—¿Cómo va todo? —vacilé, intentando actuar con normalidad.

—Bien, Layla, gracias. Siento lo de Mac. Karen te manda saludos —contestó.

Las fotos de su apocada esposa se alzaron ante mí. Si lo que decía mi madre era cierto, gente inocente iba a quedar atrapada en todo aquel fuego cruzado.

Miré a papá, que nos observaba a ambos.

Mientras volvíamos a sentarnos y el resto de los chicos se apretaba para permitirme sentarme, me pregunté si hurgar en el pasado era tan buena idea, a fin de cuentas. Había vivido veintinueve años de felicidad ignorante. Harry me había criado, me había llevado a mis clases de baile cuando yo era toda tutú rosa y mi bolsa de *ballet* era más grande que yo, me había ayudado a superar las crisis de los exámenes, me había consolado cuando era un hervidero de hormonas adolescentes. Había llorado y sonreído durante mi graduación y me había enseñado a conducir su vieja camioneta Chevrolet.

Sonreí fugazmente al recordar cuando saltábamos por los viejos campos de la parte de atrás de la casa de campo de los abuelos. Yo hacía crujir los engranajes de la camioneta, y papá ponía los ojos en blanco y murmuraba:

—¡Por el amor de Dios, Layla, por favor, ten cuidado con ella!

Nada podría robarme aquellos momentos.

Aparté los ojos de los menús plastificados del pub que Jack había cogido del extremo de la mesa y nos había acercado a cada uno.

Papá se reía de algo que decía Stan, sentado a su lado. Tenía la cabeza inclinada hacia atrás y sus ojos grises se arrugaban en las comisuras.

Luego eché un vistazo a mi lado de la mesa, donde Mikey le contaba a Ed una historia sobre la vez que había encontrado a una fan de Battalion intentando escalar el primer piso del *bed and breakfast* en el que se alojaban en Aberdeen.

—Había bebido unas cuantas de más —se lamentó—, así que le di un café solo a la pobre chica y entonces empezó a hablarme de un chico del trabajo por el que estaba loca.

La boca de Ed se elevó con leve diversión.

—¿Qué vais a tomar cada uno? —pregunté, cambiando de tema de nuevo al menú.

Mikey me observó mientras me preparaba para anotar el pedido de comida.

—Esto es como en los viejos tiempos. Es genial.

Jack miró hacia la mesa y se cruzó de brazos.

—Creía que habías dicho que no querías volver a estar en una banda —dijo, y señaló con el dedo a Mikey—. ¿Sabes, Layla, que cinco minutos antes de que llegaras, este estaba diciendo que quiere que Battalion vuelva a ser algo habitual?

Sonreí y llamé la atención de papá.

—Tengo dos exmujeres que mantener —argumentó Mikey.

—Bueno, eso no es culpa nuestra, ¿no? —dijo Stan.

—Si pensarais con el cerebro en vez de con otra parte de vuestra anatomía, no tendríais que echar cada hora del día en esa tienda de música vuestra.

Mikey enarcó una ceja.

—No es culpa mía que sea irresistible para las mujeres —dijo.

—¿En qué universo paralelo estamos? —preguntó Jack, poniendo los ojos en blanco.

No pude evitar reírme de las ingeniosas bromas que rebotaban de un lado a otro como una pelota de tenis en una final de Wimbledon. Me ayudaba a distraerme un poco del problema paterno al que me enfrentaba.

Miré a Ed, que estaba sentado en la mesa mirando el móvil sin participar mucho en la conversación.

—¿No te unes entonces, Edward? —preguntó Mikey, al notar su silencio.

—Solo estoy enviando mensajes a Karen —confesó y blandió su móvil como prueba.

Mike puso cara cómica.

—Te han soltado la correa un par de días, tío. Aprovéchalo.

Ed levantó la cabeza de la pantalla.

—No todos somos como tú, Mikey —contestó.

¡Qué hipócrita!

Mikey levantó su vaso de cerveza y sonrió por encima de él.

—Puedes repetirlo.

Dirigí una mirada significativa a papá e, iba a abrir la boca, cuando él frunció el ceño e hizo un breve gesto de «shhh» con la boca.

Mientras los demás discutían qué cerveza tomarían con la comida, papá se inclinó hacia mí.

—No te preocupes —susurró—. Yo me encargo.

Mis labios se juntaron.

—¿Escuchaste ese comentario de Ed? Eso está muy bien viniendo de él. Tiene la desfachatez de meterse con Mikey cuando tuvo una aventura con mamá.

Papá se llevó un dedo a la boca.

—Arreglaremos esto. Te lo prometo.

Finalmente, asentí con la cabeza.

Papá se recostó contra el banco y esbozó una sonrisa mientras Mikey empezaba a hablarle de un músico de sesión que conocían de años atrás y que se había comprado un ostentoso Mazda nuevo y se había hecho un trasplante de pelo.

Salí de detrás de la mesa y me dirigí a la barra con nuestro pedido de comida garabateado.

Estaba terminando de charlar con la simpática estudiante de detrás de la barra cuando papá se materializó a mi lado.

—¿Estás bien? —susurró.

—Sí, supongo que sí. Aunque es todo muy raro.

Por encima del zumbido del tocadiscos, en el que una canción de los Beatles se apagaba y otra de los Rolling Stones tomaba el relevo, papá miró por encima del hombro a sus compañeros de banda.

Mikey estaba explicando algo sobre su registro vocal mientras Jack le señalaba alegremente su barba canosa.

—No sé qué le voy a decir a Ed sobre todo esto —admitió él después de una larga pausa—. Pero sé que no podemos dejar las cosas como están.

Asentí con la cabeza con resignación.

—Sé que tienes razón. Y, de todas formas, sería una estrategia demasiado arriesgada, con Cruella al acecho.

—Estás hablando de tu propia madre.

—Sí. ¿Y?

Papá sonrió brevemente y luego frunció el ceño.

—Esperaba que ella y Ramon se quedaran en Italia un poco más para darnos un respiro.

Le di las gracias a la dicharachera chica de detrás de la barra mientras colocaba nuestras bebidas en una bandeja.

—Sí, ¿por qué nunca hay una erupción volcánica cuando quieres una?

Una vez que las bebidas fueron recibidas con un coro de ruidos cordiales, y la variedad de sopas calientes y bacalao con patatas fritas fue entregada a nuestra mesa, comimos con gusto.

Bueno, el resto sí.

Papá y yo nos encontramos clavando los tenedores con nerviosismo en las rodajas de pescado empanado y las patatas fritas doradas.

No teníamos ni idea de cómo reaccionaría Ed a la noticia de que yo podría ser su hija. ¿Quizá simplemente intentaría reírse de ello y negar haber tenido una aventura con mi madre?

Conseguí tragar unos cuantos bocados más y empujé mi plato hacia el otro lado de la mesa. Los otros chicos ya habían devorado sus platos y estaban desplomados en sus asientos, dándose palmaditas en la barriga y proclamando que en sus tiempos mozos podían comer un festín de delicias cargadas de calorías y no engordar ni un gramo.

—Era por todas esas cabriolas que hacíamos en el escenario —reflexionaba Mikey con añoranza—. Era solo porque sudábamos la gota gorda.

—¿Que hacíamos cabriolas? —se hizo eco Stan—. Habla por ti, amigo. Vosotros los cantantes podéis hacer cabriolas, pero nosotros los guitarristas rítmicos, no.

Mikey soltó una serie de carcajadas y protestas, pero mi atención se centró en Norrie y Clem, que entraban a toda prisa por la puerta del pub.

—Todo está pasando aquí esta noche —exclamó Norrie.

Se quedó mirando lo abarrotado que estaba el pub y arrastró los pies hacia nosotros.

—Sí, es un viernes por la noche muy ajetreado —coincidió papá, y dio un trago a su vaso de cerveza.

—Oh, no estoy hablando del Marry Maid —dijo Norrie dándose importancia—. Me refiero a todo ese equipaje de mano que hay en casa del viejo Tavish, en el Coorie Cottage.

Volví la cabeza.

—¿Qué quieres decir? —pregunté.

Norrie se alisó las canas sobre la coronilla.

—He estado hablando con el joven Tom y su compañero policía en el aparcamiento hace unos minutos. Parece que se ha producido algún tipo de disturbio, y los han llamado para que suban.

29

Me giré en el asiento y la conversación en nuestra mesa paró.
—¿La policía ha subido a Coorie Cottage? —pregunté.
Papá frunció el ceño mientras daba un trago a su cerveza.
—¿Un robo?
Clem, que estaba junto a Norrie, se quitó la rebeca berenjena y se la puso sobre un brazo.
—Lo único que dijo Tom fue que parecía un tipo de disturbio.
En ese momento, mi imaginación empezó a funcionar a toda máquina. Imágenes de Mask golpeado en la cabeza por algún ladrón oportunista inundaron mi cabeza.
En una mesa cercana, dos granjeros locales cotilleaban.
—He oído que ahora vive allí un bicho raro recluso.
—Sí —coincidió Norrie—. Yo también lo he oído. Se supone que un músico se ha encerrado allí. —Se encogió de hombros desinteresadamente—. Es probable que se trate de unos adolescentes locales echándose unas risas, eso es todo.
Se me puso rígida la espalda y mi espíritu comunitario se encendió.
—¿Qué? Así que ¿está bien que un grupo de idiotas locales intimide a un recién llegado, Norrie? ¿Y que alguien sea tachado de bicho raro tan solo porque no quiera relacionarse con gente como tú, Ewan Tate? —repliqué.
Ewan sonrió complacido a su compañero de rostro rubicundo. Los ojos de Norrie se abrieron de par en par ante mi comentario.
—Layla —advirtió papá por encima de los vasos de cerveza vacíos.

Pero no respondí. En lugar de eso, pedí disculpas a Jack y Stan mientras me ponía en pie de un salto y me escurría entre sus piernas vestidas de vaqueros. Papá me miró fijamente.

—¿A dónde vas? —me preguntó.

Le miré con determinación.

—A Coorie Cottage. —Papá abrió la boca para decir algo, pero yo ya estaba agitando mi vaso medio vacío de zumo de naranja—. No he tomado nada de alcohol porque he venido en coche.

Podía sentir cómo los chicos de Battalion me miraban boquiabiertos mientras yo estaba allí de pie, todavía dolida por el comentario ignorante de Ewan Tate y el comentario fanfarrón de Norrie.

—Lo siento. —Les sonreí disculpándome. Busqué a tientas las llaves del coche en el bolso—. Volveré en cuanto pueda.

Papá estaba preocupado.

—Está oscureciendo, cariño —dijo.

—Estaré bien, papá. Conozco bien estas carreteras. Tuve un buen maestro, ¿recuerdas?

Mikey se inclinó cerca del hombro de papá y susurró teatralmente:

—No sé de dónde saca esa terquedad, Harry.

Sentí que mi atención se desviaba de mi padre a Ed, que estaba sentado en un rincón. Sus dedos se estrechaban arriba y abajo por su vaso de cerveza a medio terminar.

Volví a mirar a mi padre.

—¿Y qué piensas hacer cuando llegues allí? —argumentó papá.

Dejé que mis manos subieran y bajaran.

—No estoy segura. Yo solo... Mirad, os veré en un rato.

Salí a toda prisa por la puerta doble, dejando atrás el tintineo de los vasos y los acordes de una canción de Queen, cuando se oyó un alboroto detrás de mí.

—Espera, Layla —refunfuñó papá, tragándose el líquido ámbar de su pinta—. Voy contigo. —Hizo una mueca de disculpa a Ed, Mikey, Jack y Stan—. Que la gramola no se enfríe, muchachos. No tardaremos.

Papá se rio de las bromas sobre su ligereza y me siguió fuera del acogedor resplandor del pub.

—No tenías que venir, papá.

Se encogió de hombros con su chaqueta de cuero.

—Sé que no tenía que hacerlo. Para ser sincero, me cuesta seguir el ritmo de Mikey y Stan. Parecen malditos peces.

Esbocé una sonrisa.

—Bueno, no estabas haciendo una mala imitación desde donde yo estaba sentada.

Me metí en el asiento del conductor y esperé a que papá se abrochara el cinturón.

—Bien. Vamos entonces —instó—. Vamos a ver qué pasa con ese músico amigo tuyo.

Puse el intermitente a la derecha. Describir a Mask como amigo era un poco exagerado, pero no me molesté en corregirle.

30

Con los faros del coche se distinguían las siluetas de los setos y los penachos de los árboles mientras avanzábamos camino a Coorie Cottage.

Papá me lanzó una mirada curiosa desde el asiento del copiloto.

—¿Y por qué exactamente estás corriendo hasta aquí en tu corcel blanco, Layla?

Parpadeé.

—No sé a qué te refieres.

Papá apoyó un brazo en la ventana.

—Apenas conoces a ese tal Mask. Ni siquiera sabes qué es este alboroto y, sin embargo, vas corriendo a su casa.

Señalicé a la derecha, cogiendo la carretera más allá del oscuro resplandor de Loch Harris.

—Solo estoy siendo amable.

—¿Y?

La cascada de Galen apareció a la vista por la pared rocosa, en la negra noche.

Había un coche de policía delante de la casa. Tom y una compañera salían de él.

Papá seguía estudiándome, a la espera de una respuesta.

—Mask me ha dado dos CD con sus nuevas canciones exclusivas para que las ponga en la noche del lanzamiento del Conch Club. —Papá enarcó las cejas con sorpresa—. Supongo que también siento un poco de lástima por él, que vive aquí solo.

—Tal vez sea porque quiere.

Algo me inquietaba. Una voz dentro de mi cabeza no estaba convencida de ello. Cuando el motor se detuvo, papá sonrió.

—Siempre fuiste un alma de corazón blando, incluso de niña. Definitivamente no heredaste eso de tu madre.

Salimos del coche dando un portazo. Tom y su rubia compañera nos miraban mientras nos acercábamos.

—Hola, Layla —se extrañó Tom—. ¿Qué haces aquí arriba?

—Yo me preguntaba lo mismo —murmuró papá, y estrechó la mano de Tom y la de la oficial.

Metí los pulgares en los bolsillos de mis vaqueros brillantes.

—¿Va todo bien? Es que conozco a la persona que vive aquí ahora —expliqué.

—No has respondido a mi pregunta —centelleó Tom—. Y no es que vivas a la vuelta de la esquina.

—Bueno, supongo que nadie lo sabe —señalé—. Al menos, no en esta zona. El tipo que vive aquí está solo; pensé que debía asegurarme de que estaba bien.

La agente de policía iluminó el jardín con una linterna. Iluminó las ramas ondulantes de flores y hojas en diversas siluetas de forma y altura.

—Parece que alguien tiene un don para la jardinería —observó, escudriñando el oscuro jardín.

—Deberías verlo de día —le contesté—. Es impresionante.

La agente de policía apagó la linterna.

—Uno de nuestros compañeros de la estación recibió una llamada de un automovilista que pasaba para decir que parecía que había una especie de disturbio fuera de la casa.

—Bueno, oficiales, me temo que han tenido un viaje en vano.

Giramos la cabeza para mirar a Mask, que estaba parcialmente oculto por la puerta abierta.

Los cuatro nos acercamos, lo que hizo que él retrocediera detrás de la puerta. Una sombra le cubrió el rostro enmascarado y su espesa cabellera oscura. Esta vez no llevaba capucha.

Los ojos marrón chocolate de Mask se posaron en mí.

—¿Señora Devlin? —Inclinó la cabeza hacia un lado, con voz tensa—. Esto se está convirtiendo en una costumbre.

Dos olas de calor me subieron por las mejillas.

—Estaba en el pub local con mi padre cuando oí que había habido un incidente aquí arriba, así que pensé...

La boca de Mask dibujó una línea recta.

—¿Qué pensaba? ¿Que rompería la monotonía de una emocionante noche en la taberna local para echar otro vistazo?

La vergüenza se me encendió en el pecho. «Capullo sarcástico».

Tom me dirigió una mirada de compasión y le respondió:

—No hay necesidad de ser grosero, señor. La señora Devlin solo estaba siendo amable; eso es todo. Ahora, tenemos una llamada...

—Acabo de decírselo, oficial. Todo va bien. Quien denunció un incidente debió de pensar que vio algo cuando en realidad no había nada —le interrumpió Mask.

La agente rubia no parecía convencida y respondió a la insistencia de Mask con un cínico arqueo de cejas. Yo tampoco estaba convencida.

—Bueno, si me disculpan —añadió Mask con firmeza—. Que pasen una buena noche y, de nuevo, les pido disculpas por haberles hecho perder el tiempo.

Papá se asomó a mi hombro.

—Vamos, cariño. Falsa alarma —me dijo. Luego lanzó una mirada fulminante a Mask y añadió—: ¿Y puedo sugerirle, señor, que muestre más gratitud en el futuro, especialmente cuando alguien se preocupa por su bienestar?

Bajé la mirada.

—Ya está, papá. Por favor, déjalo.

Los ojos de Mask se clavaron en mí, antes de cerrar la puerta de un portazo.

Vi partir primero el coche de policía en un borrón verde lima y blanco.

Papá me miró por encima del techo del coche.

—¿Estás bien, cielo?

Me acomodé y esperé a que cerrara la puerta.

—Sí, papá. Estoy bien.

Puso mala cara.

—Si ese es el tipo de agradecimiento que recibes de ese hombre por mostrar preocupación, yo no me molestaría en el futuro.

Volví a mirar a Coorie Cottage.

—Tal vez tengas razón —repuse. Por el rabillo del ojo, vi la alta silueta de Mask moviéndose detrás de la puerta de su casa—. Sigo pensando que mentía. —Giré a la izquierda, la cola de la cascada de Galen desaparecía detrás de nosotros—. Creo que tuvo algún tipo de desacuerdo o altercado con alguien y está intentando encubrirlo.

Papá estiró las piernas.

—Lo único que sé es que no debería haber sido tan grosero con mi hija.

Sonreí por un instante.

—Ahora no pienses más en eso —le ordené, y miré por la ventanilla el paisaje de siluetas negras—. Concéntrate en el Conch Club.

Me miró desde el asiento del copiloto.

—Te ha dado esas canciones, así que úsalas para la inauguración. Pero yo no me relacionaría más con él, si puedes evitarlo.

En un momento, Mask me regalaba esas preciosas canciones que había escrito, y al siguiente me gruñía. Volví a sonrojarme al recordarlo.

Tal vez papá tenía razón y debería dejar que se pudriera en Coorie Cottage con la única compañía de las ardillas.

Sentí pena por las ardillas.

31

Aparqué fuera del Merry Maid de nuevo.

Una pareja se abrazó torpemente y compartió una risita de complicidad.

Papá me estudió.

—¿No vas a volver a entrar? —preguntó.

—No, en realidad preferiría dejarlo por hoy, si no te importa.

—No estarás pensando ahora en los comentarios de ese maleducado, ¿verdad? Cantante emergente o no, no tenía derecho a hablarte así, sobre todo cuando estabas siendo amable.

La verdad era que, a medida que nos acercábamos de nuevo al pub, me habían asaltado imágenes de Ed Stockton.

—No estoy de humor para volver a ver a Ed esta noche —admití—. No me malinterpretes; una parte de mí quiere saber la verdad...

—Pero otra parte de ti preferiría seguir en la dicha ignorante. —El perfil en sombras de papá a mi lado asintió con la cabeza—. Oh, lo entiendo, créeme. Yo siento lo mismo. —Acercó su mano y dio a mis dedos un apretón—. Pero ambos sabemos en el fondo que, hasta que esto se resuelva, siempre nos lo estaremos preguntando.

Me quedé mirando por el parabrisas el aparcamiento del pub, con sus cestas colgantes suspendidas de un par de farolas.

—Tienes razón. Sé que la tienes. —Luego me volví hacia él—. Puede sonar un poco estúpido, pero una parte de mí estaba casi agradecida a Mask esta noche. Al menos esa... cosa (lo que fuera) que pasó en Coorie Cottage proporcionó una distracción temporal.

Los ojos grises claros de papá se suavizaron en la oscuridad cuando me incliné hacia él y le di un abrazo incómodo.

—Te quiero, papá. —Luego parpadeé para contener una lágrima—. Vale. Anda, vete. Vuelve con tu pandilla de réprobos.

Papá sonrió.

—Veo que nos tienes calados.

Sonreí mientras se alejaba hacia la entrada del pub. Bajé la ventanilla del coche.

—Llámame más tarde si quieres que te lleve a casa —le dije.

Papá rechazó mi oferta. Al abrir la puerta, se oyó una carcajada estridente.

—Cogeremos un taxi —respondió.

Mi estómago dio un vuelco hacia delante.

—¿Cuándo vas a hablar con Ed?

—Mañana.

—Quiero estar allí, si te parece bien.

Se lo pensó un momento.

—Por supuesto que sí. Te avisaré para que vengas cuando vaya a hablar con él.

Y luego, con un pequeño gesto de la mano, desapareció de nuevo en el interior.

Acababa de envolverme en mi albornoz de toalla y mi pijama y de poner la tetera a hervir para prepararme un chocolate caliente, cuando mis ojos se fijaron en el calendario que había colgado en la pared de la cocina.

Debajo de la foto de junio de una librería de antigüedades de Edimburgo bañada por el sol, había un pequeño motivo en forma de corazón junto al 29.

Me invadió una sensación de hundimiento. El aniversario de cuando Mac y yo nos conocimos.

Había estado tan preocupada con el Conch Club y dándole vueltas a lo de Ed que la fecha se me había ido acercando sigilosamente y no me había dado cuenta hasta ahora.

Luché por ignorar los recuerdos de Mac y yo flirteando en el restaurante mientras intentaba entrevistarle. Recordé que mis intentos de hacerle preguntas sobre sus novelas se encontraron con insistentes peticiones de mi número de teléfono y su sonrisa ladeada.

Eché agua caliente de la tetera en la taza y la removí con fuerza. Luego me dirigí a la sala de estar.

Cogí el móvil de la mesita y busqué el número de Faith. Sabía que debería haberle contado mucho antes a mi mejor amiga lo de Ed Stockton, pero me había costado hacerme a la idea.

Estaba desesperada por desahogarme y contarle mis preocupaciones. Faith contestó y apenas había pronunciado una palabra cuando me lancé a narrarle la revelación de mamá.

—¿Por qué demonios no me has contado todo esto antes? —jadeó Faith en mi oído, una vez que le había abierto mi corazón—. Layla, las mejores amigas se lo cuentan todo, o al menos eso creía.

—Así es —insistí—. Siempre lo he hecho, pero esto surgió de repente. —Jugué con el cinturón de mi bata—. Te parecerá una tontería, pero pensé que, si no hablaba de ello, podría no suceder realmente.

Faith tenía en ese momento su habitual carácter pragmático.

—Es decir, aún no tienes los resultados de la prueba de ADN, así que yo no sacaría conclusiones precipitadas. E, incluso si resulta que Ed es tu padre biológico, Harry siempre será tu padre. ¿Cuándo recibirás los resultados de la prueba?

—Dentro de unas semanas, así que no es mucho tiempo, aunque ahora me parece una eternidad. —Moví los dedos de los pies con los calcetines grises y blancos—. Por un breve momento, hubo una parte de mí que no quería saberlo, pero, al recordarlo ahora, no creo que papá y yo tuviéramos muchas opciones. Nos habría rondado a los dos y lo habría manchado todo.

—Y Ed —se aventuró—. ¿Sabe que existe la posibilidad de que seas su hija?

—Parece que no. Se queda con papá hasta el domingo, así que papá ha decidido que lo hablará con él mañana, y yo he dicho que quiero estar allí.

Hubo más murmullos de apoyo por parte de Faith, y después le hablé de Mask.

—Entonces, ¿todos esos rumores que circulan por aquí son ciertos? —Suspiró—. Vaya.

—Sí, pero, aunque esta noche ha sido muy grosero conmigo, por favor, no difundas que se ha mudado aquí, o nos invadirán las adolescentes hormonales. —Le sonreí a Faith por el teléfono—. ¿Te imaginas a Norrie y Clem si Loch Harris tuviera que enfrentarse a unas *groupies*, además de a tipos de ciudad que vagan por todas partes?

Faith se rio y me prometió que no diría nada.

—Este Mask parece un personaje bastante complejo. Un minuto te da canciones exclusivas para tu local y al siguiente te manda a la mierda. —Hizo un gruñido—. Un típico puñetero artista. Malhumorado e impredecible.

—Probablemente le molestó que lo viera... sin su máscara.

Bajó la voz, a pesar de que las dos estábamos solas en nuestras respectivas casas:

—¿Qué aspecto tiene?

—Tiene una cicatriz en la mejilla y está claro que se horrorizó cuando se dio cuenta de que yo la había visto por casualidad.

—Bueno, yo no le daría importancia. —Resopló—. Aunque estuviera molesto, no debería haberte hablado así. Si quiere hacer de fantasma de la ópera, que lo haga.

A mi pesar, solté una pequeña carcajada. Entonces mis ojos volvieron a posarse en el calendario.

—Y el 29 de este mes hace tres años que Mac y yo nos conocimos... —dejé que se me escaparan las palabras.

—¿Te gustaría que fuera y me quedara contigo esta noche? Tardaré dos minutos en meter unas cosas en el bolso.

—No, está bien —le aseguré—. Gracias por ofrecérmelo, pero me voy a la cama en un minuto a leer lo último de Sophie Kinsella. —Hice una pausa antes de volver a hablar—: ¿Y cómo estás tú?

Ahora le tocaba a ella respirar hondo.

—Estoy bien.

—¿Solo bien?

—Mira, si esta es tu manera de intentar hablarme otra vez de Greg, por favor, no lo hagas. Todo eso es agua pasada y tomé una decisión sobre todo eso hace tiempo. —Faith no parecía muy convencida de ello en realidad. Cambió rápidamente de tema—: Prométeme que me llamarás mañana cuando Harry y tú hayáis hablado con Ed.

Le aseguré que la llamaría y nos dimos las buenas noches.

32

Dormí de un tirón.

Primero me convencí de que Harry seguía siendo mi padre biológico, y luego su rostro escarpado y abierto se transformó en el de Ed.

Decidí que no importaba una mierda porque Harry siempre sería mi padre, independientemente del resultado de la prueba de ADN. Había estado ahí cuando era necesario. Éramos un equipo.

Después de ducharme e intentar calmar mi nervioso estómago mordisqueando una tostada con mantequilla, hice todo lo posible por concentrarme en mi lista de tareas pendientes.

El progreso en el Conch Club había disminuido últimamente, debido a todo el revuelo y las consecuencias de la historia de Tina, así que me puse a trabajar de nuevo. En primer lugar, llamé a los proveedores de muebles y confirmé la entrega de los dos sofás de piel verde mar que había encargado.

Luego envié correos recordatorios a algunos de mis contactos musicales que había hecho en algunas revistas del sector, pidiendo recomendaciones de más grupos o artistas que estuvieran dispuestos a tocar en directo. Ya había media docena de grupos que se habían puesto en contacto conmigo después de mis publicaciones en las redes sociales y que ya tenían asignados huecos para actuar, y dos cantantes solistas me preguntaban si podían llamarme.

Faith también se había comportado como siempre y estaba en contacto con los proveedores de comida y bebida en mi nombre.

Mis pensamientos se alejaron de mi nuevo negocio y se desviaron hacia Mask. La parte petulante de mí quería decirle exactamente por dónde podía meterse sus temas exclusivos, pero sabía que ahora tendría que poner sus canciones la noche de la inauguración. Se estaba corriendo la voz y había un gran revuelo.

En cuanto a Battalion, actuarían en primer lugar.

Me tragué mi aprensión. «Dios mío». Eso siempre y cuando la banda de mi padre no implosionara antes. Descubrir que podría ser mi padre podría enviar a Ed corriendo en la dirección opuesta.

Ah, bueno. Tendría mucho tiempo para lamentarme.

Por ahora, tenía que trabajar algo antes de que papá llamara para que fuera a su casa a hablar juntos con Ed.

Las cosas iban encajando poco a poco, al menos desde el punto de vista práctico.

El Conch Club estaba recién decorado y el sistema de sonido había sido instalado por uno de los compañeros de estudio de grabación de papá, de Glasgow. Ahora había que rellenar todos los formularios de salud y seguridad, ponerse en contacto con Sanidad Ambiental y asegurarse de que también se aprobaba nuestra licencia para vender alcohol.

Había redactado un borrador de preguntas para entrevistar al posible personal del bar, y ocho personas con experiencia en hostelería se habían presentado para los dos puestos que anuncié. Les expliqué que el Conch Club se centraría sobre todo en la música y el ambiente, pero que quería ofrecer aperitivos y tentempiés sabrosos de inspiración escocesa, no comidas principales.

Con un poco de suerte, mi fecha de inauguración, el sábado 29 de agosto, seguirá siendo una fecha factible.

Además de dejar un poco de lado los preparativos para el Conch Club, también había sido un poco menos productiva con mis artículos *freelance*, algo que pretendía remediar.

Estaba a punto de terminar un encargo que me habían hecho sobre los retos de trabajar desde casa en comparación con un trabajo en la oficina cuando sonó mi móvil.

La imagen sonriente de papá apareció en la pantalla. Se me revolvió el estómago.

Intercambiamos cháchara sin sentido y luego papá me invitó a ir a su casa.

—Creo que deberíamos hablar con él cuanto antes, ¿no te parece, Layla?

—¿Dónde está ahora?

—Duchándose. Estamos todos un poco perjudicados esta mañana.

—¿Y los demás?

—Probablemente todavía desplomados en su *bed and breakfast*. Uno pensaría que a nuestra edad aprenderíamos —gimió papá—. Zumo de naranja a partir de ahora.

Le pedí a papá que me diera veinte minutos para terminar el artículo. Cuando colgué, se me nublaron los ojos al mirar mis notas garabateadas. Menos mal que lo tenía casi acabado.

Cuando terminé de revisar las faltas de ortografía, envié un breve correo al editor, adjunté el documento y pulsé «Enviar».

El sol del sábado por la mañana se colaba por el cristal de la puerta de mi casa cuando me puse la chaqueta de cuero, me colgué el bolso de paja del hombro y metí en él el móvil.

Caminaría la corta distancia que me separaba de casa de papá y así me despejaría. Me ajusté el cuello de la camisa en el espejo del vestíbulo, intentando no fijarme en la expresión de preocupación de mis ojos.

Luego, forzando una sonrisa quebradiza ante mi reflejo, me puse en marcha.

—¿Qué estáis diciendo? —La expresión desconcertada de Ed pasó de papá a mí, y viceversa—. ¿Me estáis diciendo que yo podría ser su padre?

Papá se inclinó hacia delante en su silla, con los dedos entrelazados.

—Sí, estamos tratando de decirte que podrías ser el padre biológico de Layla —dijo papá.

—O, al menos, eso es lo que dice mi madre —añadí, irritada, porque, a pesar de estar sentada frente a él, se había referido a mí como «ella».

Ed se dejó caer en el sillón marrón oscuro de papá. Se le iba el color de la cara.

—Pero..., pero Tina nunca había mencionado nada antes...

Papá y yo intercambiamos miradas cargadas.

—Entonces, es verdad —dijo papá tras una pausa pensativa—. Tuviste una aventura con ella.

La mano derecha de Ed se levantó y empezó a tirar de sus rizos marrones descoloridos.

—Sí..., no..., quiero decir... ¡Mierda! —Dejó escapar un suspiro tan agónico que pensé que estaba sufriendo un ataque de asma—. Lo siento mucho, Harry. Eras un buen amigo. Aún lo eres, pero sabes lo guapa que era Tina. Aún lo es. Supongo que me sentí halagado...

—¿Fue un rollo de una noche? —grazné, tratando de encajar las piezas de la historia en mi mente.

Ed me miró como si se hubiera olvidado de que yo seguía allí. Se encorvó y examinó mis rasgos, como si yo fuera un insólito objeto de museo.

—No —respondió—. Pero nuestra aventura no duró mucho. Quizá unas semanas.

Su sinceridad, aunque yo la aprecié, fue como una puñalada en el estómago.

—Entonces, no se puede decir que fuerais exactamente Romeo y Julieta.

Papá me miró con el ceño fruncido.

—Layla —me reprendió.

—¿Cómo puedes estar tan tranquilo con todo esto, papá? —estallé, y me puse en pie de un salto—. Uno de tus compañeros de banda se estuvo tirando a tu mujer.

Ed fijó sus ojos azules claros en la alfombra.

La fría mirada de papá observó a Ed y le preguntó cuándo había ocurrido.

—¿De verdad tenemos que hacer todo esto ahora? —se quejó Ed—. ¿Qué vamos a conseguir con ello?

Le fulminé con la mirada.

—Bueno, si soy tu hija biológica, creo que tenemos derecho a saberlo.

Ed examinó mis rasgos faciales. Sentí que se me contrajo la boca.

Tragó saliva antes de volver a hablar con mi padre:

—Tina y tú llevabais casados unos dos años entonces.

Negué con la cabeza, pero no dije nada.

Papá resopló con sorna.

—Ya nada de lo que haya hecho o haga esa mujer me sorprende —dijo.

Ed miraba fijamente a media distancia, con la atención centrada en la pared del salón de papá.

—Karen y los chicos... —empezó a decir.

—¿Eso es todo lo que se te ocurre decir? —ladró papá, el dolor nadando en su mirada—. En Layla es en quien deberías estar pensando ahora mismo. —Miré fijamente a mi padre—. Y también me traicionaste a mí, Ed —añadió—. Traicionaste a un amigo.

Los dos parpadeamos cuando Ed se levantó de la silla de un salto. El pánico por la situación a la que se podía estar enfrentando le pudo.

—Mira, no niego que tuviéramos algo, pero de ninguna manera podría ser tu padre —explicó. Salió corriendo al pasillo, donde estaba su maltrecha bolsa de deporte—. Lo siento, amigo. De verdad que lo siento. Y Layla...

Su voz ronca se apagó cuando se colgó la mochila del hombro derecho.

—¿Adónde coño vas, Ed? —preguntó papá—. No puedes levantarte e irte; no, después de todo esto.

Ed avanzó por el pasillo y abrió de un tirón la puerta principal.

—No necesito saber nada. Sucedió hace treinta años.

—Pero no puedes irte así como así —repitió papá, y salió corriendo y se colocó delante de Ed, impidiéndole el paso. Me hizo un gesto—. Le prometí a Layla que Battalion tocaría en la inauguración del Conch Club el mes que viene.

Ed frunció el ceño.

—Lo hecho, hecho está —dijo.

El pánico y la rabia se apoderaron de mí cuando vi la figura desgarbada de Ed salir por la puerta de casa de papá y emprender el corto camino por el sendero rural que llevaba al pueblo.

—Está bien, Ed —dije, intentando contener el dolor en mi voz—. Vete y deja que Harry recoja los pedazos. Lo defraudaste una vez y lo estás haciendo de nuevo.

Papá extendió la mano y me dio un apretón en el brazo.

—Déjalo ir, cariño.

La sorpresa me invadió cuando Ed se detuvo al otro lado del seto iluminado por el sol.

—¿No puedes al menos ser profesional con la banda?

Ed permaneció de pie en el carril, paralizado y torpe. Papá levantó las manos y las dejó caer a los lados.

—Estoy de acuerdo. Si la prueba de ADN dice que eres el padre biológico de Layla, lo que hagas al respecto dependerá de ti. Pero no la decepciones abandonando Battalion antes de la inauguración. —La voz de papá adquirió un tono más agudo—. Es lo menos que puedes hacer por ella.

Los hombros de Ed se hundieron.

—No puedo. Lo siento —contestó.

Le vimos alejarse a grandes zancadas por el sendero.

33

La comida fue algo sombría para papá y para mí.

Calenté una quiche de queso de cabra y tomate que tenía guardada en el congelador, mientras papá preparaba ensalada. Hicimos un esfuerzo por comérnosla, pero, después de los dramáticos acontecimientos que habían tenido lugar con Ed aquella misma mañana, nos dimos cuenta de que no teníamos hambre.

—No puedo creer que seas tan comprensivo con todo esto, papá.

Bajó el tenedor y me observó desde el otro lado de la mesa.

—¿Qué puedo hacer, cariño? ¿Gritarle? ¿Romperle la nariz? Sucedió hace treinta años. ¿Qué conseguiría ahora con ello? —Se echó un poco para atrás un momento—. No me malinterpretes. Cuando tu madre me dijo que podrías no ser hija mía, me dieron ganas de retorcerles el pescuezo a los dos. —Papá cortó un trozo de lechuga—. Tina siempre se las arreglaba bien para ocultar sus mentiras. —Esbozó una breve sonrisa irónica—. Tu madre tenía un umbral de aburrimiento muy bajo.

—Ya me he dado cuenta.

Observé a mi padre coger el tenedor y comer un bocado de quiche, pensativo.

—La quería —se limitó a decir.

Un dolor aplastante y empático me estalló en el pecho.

—Ella no te merecía.

—No es que seas parcial o algo así.

Tomé un sorbo de mi agua helada.

—No puedo creer que Ed se haya negado a volver a tocar con vosotros.

Papá negó con la cabeza.

—Creo que es porque se siente culpable. Es una lucha para él enfrentarse a mí, por no hablar de los demás cuando se enteren.

No iba a ser una situación fácil, pero papá siempre me decía que Battalion había experimentado montones de «diferencias creativas» y disputas internas a lo largo de los años; yo veía esta situación entre él y Ed como un obstáculo más que había que superar.

Volví a dejar el vaso en su posavasos de arpillera.

—Te lo debe, papá. —Enderecé los hombros—. Convenceré a Ed para que vuelva a formar parte de Battalion, aunque solo sea ese par de horas la noche de la inauguración.

Él soltó una carcajada seca.

—Definitivamente has sacado la vena decidida de tu madre.

Cuando ayudé a papá a recoger después de comer, subí por el camino hacia mi casa.

Papá estaba a punto de llamar a Stan, Jack y Mikey para invitarles a su casa a una *jam session* y discutir qué temas querían tocar en mi noche de inauguración. Dijo que también quería explicarles la situación de Ed, que le había enviado a papá un breve mensaje de texto una hora después de marcharse para decirle que había conseguido una habitación en el Merry Maid. Para ser honesta, aunque hubiera dicho que estaba acampando a orillas del lago Loch Harris en una bolsa de basura no me habría importado.

Me ofrecí a quedarme hasta que llegaran todos los chicos, pero papá insistió en que me fuera.

Me sentí agradecida en muchos sentidos. Tenía la inquietante sensación de que iba a haber discusiones llenas de testosterona durante un tiempo.

Solo esperaba que papá y los demás fueran capaces de mantener la profesionalidad y no se quedaran de brazos cruzados ante la implosión de Battalion. Esa no era la solución, sobre todo porque el Conch Club iba a abrir en unas semanas y en la zona se oía cada vez más el rumor de que «la formación original de los viejos roqueros locales» volvía a juntarse.

El cielo de las primeras horas de la tarde prometía sol después de un breve chaparrón.

Aspiré el embriagador aroma de la hierba húmeda e intenté ordenar mis pensamientos de forma coherente.

En cierto modo, parecía que hacía mucho tiempo que había perdido a Mac. Aunque, si quería ser sincera conmigo misma, lo había perdido con Hannah mucho antes de que sufriera su fatal ataque al corazón.

Ahora sentía que también perdía mi identidad.

Doblé la esquina en la que los setos que enmarcaban el carril formaban una curva pronunciada.

Una reluciente camioneta negra estaba aparcada en el borde de la acera delante de mi casa.

Mis ojos se abrieron de par en par por la sorpresa al ver una figura alta, vestida con una sudadera con capucha azul marino y vaqueros claros, que depositó algo en la ranura para el correo de mi puerta.

Debió de oír el roce de mis zapatillas sobre las piedras, porque se dio la vuelta.

Era Mask.

34

Se hizo un silencio cargado, solo roto por el golpeteo de la ranura para el correo cuando lo que Mask había echado cayó sobre la alfombra.

Llevaba la capucha bajada, lo que dejó entrever durante unos segundos su espesa melena oscura y sus ojos castaños, muy marcados por las pestañas.

Tampoco llevaba la máscara, así que vislumbré fugazmente su barbilla barbuda y la cicatriz roja y furiosa que le bajaba desde la arqueada ceja derecha casi hasta la boca.

Se subió la capucha para taparse.

—Parece que tiene la costumbre de acercarse sigilosamente a la gente, señora Devlin.

Parpadeé.

—Lo siento. —Entonces me di cuenta de la situación—. Un momento. ¿Por qué me disculpo? Tú eres el que merodea por mi puerta.

Me acerqué a mi casa y busqué en el bolso la llave de la puerta principal.

—No estoy al acecho —respondió en un indignado acento australiano.

Estaba de pie a mi derecha, pero dio un par de pasos hacia atrás. Abrí la puerta y vi un sobre blanco tirado bocabajo en el felpudo. Mask señaló el sobre.

—He venido a entregarte esto.

—¿Qué? —pregunté.

—Bueno, a menos que tengas visión de rayos X, no lo sabrás hasta que no lo abras.

Le lancé una mirada sombría y me agaché a recogerlo. Le di la vuelta al sobre. «Layla» estaba escrito con bolígrafo oscuro. Empecé a abrirlo, cuando Mask hizo que el corazón me saltara a la garganta.

—¿Qué haces? —me soltó.

Le fulminé con la mirada.

—Lo estoy abriendo. Creía que eso era lo que se suponía que uno tiene que hacer con un sobre cerrado.

Un gruñido salió de debajo de su capucha.

—Muy graciosa, señora Devlin, pero prefiero que lo lea cuando me haya ido.

¡Aquello era ridículo!

Primero me regaña la noche anterior por ser amable, por ser una buena vecina, después me escribe una especie de nota, me la entrega personalmente... ¿y luego me pide que no la abra en su presencia?

Bajé el sobre.

—¿Puedo preguntarte por qué prefieres que no lo abra delante de ti?

Hubo un breve destello en sus ojos marrones ardientes.

—Se refiere a mi comportamiento de la otra noche.

Observé cómo el sol salía por detrás de los árboles, al otro lado del camino.

—¿Es una carta de disculpa?

—Yo no iría tan lejos.

—Entonces ¿qué es?

Mask se metió las manos en los bolsillos de la sudadera.

—Es una nota.

—Sí. Ya me había dado cuenta de eso. ¿Una nota sobre qué?

—Oh, por el amor de Dios —gruñó—. De acuerdo. Es para disculparme por mi comportamiento. —Levantó un poco la barbilla, pero el resto del rostro quedó oculto por la sombra—. No debería haberte hablado como te hablé. Sé que fuiste a ver qué pasaba porque te preocupaba mi bienestar.

—Gracias —vacilé—. Te lo agradezco.

Volví a levantar el sobre.

—Prefiero que abras mi nota cuando me haya ido —insistió.

Asentí con la cabeza.

—Vale. Entonces..., ¿te gustaría entrar a tomar un café, ya que estás aquí?

Mask permaneció a mi derecha, con los pies firmemente en la grava. Se le notaba que estaba sopesando las opciones.

—Está bien. Gracias —murmuró tras una pausa.

Avancé por el pasillo y apoyé su nota contra un jarrón de cerámica que Faith me había comprado como regalo de inauguración.

Mientras yo deambulaba por la cocina, sirviendo café en dos tazas, Mask merodeaba por mi salón. Su capucha permanecía obstinadamente levantada, ocultándole el rostro.

Puse las tazas de café caliente y humeante sobre la mesa que había entre nosotros y él se sentó en el sillón de enfrente.

Tenía muchas ganas de que se quitara la capucha y me preguntaba si debía sugerirlo, pero entonces sus largos dedos se estrecharon en torno a su taza y bebió un sorbo, agradecido.

—Buen café —murmuró.

Me recosté contra los cojines del sofá e intenté no dar la impresión de que me lo estaba imaginando fuera de los confines de su sudadera con capucha.

—Bonita casa —dijo por encima del borde de la taza.

Me aclaré la garganta y me pregunté qué le parecería a Heather ver a su héroe musical tomando café en mi salón. Sin duda, entraría en combustión espontánea.

—¿Cómo tienes la muñeca? —le pregunté.

Capté un parpadeo de las pestañas de araña de Mask mientras se miraba donde se había cortado. La tirita había desaparecido y la piel se estaba curando bien.

—No creo que pierda la movilidad del brazo, si te refieres a eso.

Suspiré frustrada.

—¿Siempre tienes que ser tan gruñón? —pregunté.

—¿Y tú siempre tienes que ser tan amable y tan buena vecina?

Estoy segura de que capté un atisbo de sonrisa en sus labios. Tomé un sorbo del café y disfruté de su rico sabor.

—Así que ¿todo ha ido bien desde la otra noche?

La taza de Mask se detuvo a medio camino de sus labios.

—¿Es esta tu forma de intentar averiguar qué pasó aquella noche?

—¿Perdón?

Mask dejó caer su taza sobre mi mesita de cristal. Las bromas entre nosotros habían acabado.

—¿De esto se trata el café y la charla amigable? ¿De invitarme a un interrogatorio?

Mis labios se entreabrieron de asombro.

—¡No, claro que no! Solo estaba conversando.

—Luego me preguntarás por mi cicatriz y por qué llevo esto. —Se tiró de la capucha—. No me gustan las sensiblerías —dijo—. Solo la música me ayuda a sobrellevar mi culpa e incluso entonces... —Los hombros se le pusieron rígidos cuando se dio cuenta de lo que había dicho. Mask volvió a coger la taza y bebió un último sorbo—. Gracias por el café, señora Devlin. Tengo que irme.

Me quedé allí sentada, atónita, mientras él salía furioso de mi casa.

35

Fui a toda prisa a la puerta principal y la abrí de un tirón.

La camioneta de Mask se dirigía ya a la derecha de mi entrada, luego llegó a la carretera y dejó una mancha brillante negra.

¿Qué escondía? ¿Qué culpa?

Cerré los ojos un momento, frustrada. «Mierda». No fue mi intención tocarle un tema sensible.

Molesta conmigo misma, vi la nota de Mask apoyada en el jarrón de la mesa del recibidor.

Cogí el sobre blanco y lo abrí. Contenía una hoja de papel de carta que parecía cara. Se oyó un breve susurro cuando lo desdoblé y empecé a leer:

Layla:

Por favor, acepta mis disculpas por mi actitud de la otra noche.

Me doy cuenta de que solo mostrabas preocupación y debería haber mostrado mi gratitud.

Como habrás adivinado, no me resulta fácil expresar mis emociones; ahí es donde entra en juego mi música.

Espero que sigas disfrutando de los CD exclusivos que te regalé y que tengas una calurosa acogida la noche de la inauguración del Conch Club.

Te deseo mucho éxito,
Mask

Mis ojos escudriñaron de nuevo su letra y capté la brevedad sincera de sus palabras.

Volví a doblar la carta y la metí de nuevo en el sobre.

Luego lo apoyé contra el jarrón.

Aún sospechaba que algo había ocurrido en Coorie Cottage la noche anterior. Debía de ser así. ¿Por qué estaba tan a la defensiva si había sido un inocente malentendido?

¿Y qué significaba aquel extraño comentario sobre la culpabilidad que acababa de hacer, antes de darse cuenta de lo que decía y de cerrarse de nuevo en banda?

El trino melódico del móvil detuvo mi imaginación. La cálida sonrisa de Faith apareció en la pantalla.

—¿Cómo te fue con Harry y Ed?

—Fatal. Se quedó callado, dejó la banda y se largó.

Faith fue tan comprensiva como yo esperaba.

—Podría cambiar de opinión... Ed, quiero decir. Debe de haber sido un *shock* para él también descubrir que podrías ser su hija.

Puse mi boca en una línea firme.

—Bueno, Faith, estoy decidida a hacerle cambiar de opinión. Sé que no puedo obligarle a volver con la banda, pero no pienso rendirme todavía. También tuve una visita de Mask. Estaba aquí cuando llegué a casa y me dejó una nota. Le invité a entrar, pero todo salió mal. —Faith me escuchó mientras le contaba los detalles, interviniendo con sus habituales murmullos y ruidos de comprensión—. Quizá le ofendí —sugerí, y me mordí el labio—. Cuando se levantó de repente y salió disparado, me sentí muy avergonzada.

—Parece que él era el avergonzado —señaló Faith—. Obviamente esperaba que no estuvieras allí. —Hizo una pausa—. No sé nada de él —aventuró Faith—, pero parece como si estuviera tratando de lidiar con algún problema, especialmente si tenemos en cuenta que se esconde en la cascada de Galen todo el tiempo. No quiero parecer dura, cariño, pero, con la muerte de Mac, el Conch Club y ahora la situación de Harry y Ed, tienes más que suficiente con lo que lidiar ahora mismo. —Bajó un poco la voz, lo que me permitió detectar el leve sonido de un señor español que preguntaba por mapas de senderismo de la zona y un chirrido telefónico al fondo de la oficina de turismo—. Lo que esté pasando en Coorie Cottage no es tu responsabilidad, Layla.

Abrí la boca para volver a hablar, pero una tercera voz interrumpió por la línea y se dirigió a Faith en tono casi de disculpa.

—Debería dejarte —dije—. No quiero que tengas problemas en el trabajo por mi culpa.

Hubo un silencio sepulcral, seguido de un murmullo de Faith a la voz femenina incorpórea. Luego volvió a centrar su atención en mí, compungida.

—Lo siento. Olvidas que soy la directora de la oficina, así que no puedo reprenderme a mí misma, ¿verdad? —Sonreí para mis adentros. La voz de Faith llevaba un elemento de excitación—. No pasa nada, era Danielle, que me decía que ha venido una mujer australiana a primera hora de la mañana, justo antes de empezar mi turno, y que ha hecho todo tipo de preguntas sobre Coorie Cottage y su nuevo ocupante.

Me incorporé un poco más.

—¿Qué tipo de preguntas? —dije.

Hubo unos cuantos murmullos más entre Faith y Danielle que me costaba distinguir.

Faith volvió a hablarme a mí:

—Danielle dice que la mujer tenía una actitud bastante agresiva. Quería saber si se le veía mucho a Mask por el pueblo y qué pensaban los lugareños de él, ese tipo de cosas.

Me asaltó un pensamiento.

—¿Crees que podría ser periodista?

—Eso es lo que me preguntaba yo también, pero Danielle me ha dicho que estaba segura de que no lo era. Tampoco se presentó como tal, aunque puede que no lo hiciera a propósito. Oh, ojalá no te lo hubiera contado —gimió, con una voz ronca y temblorosa—. Se oye hormiguear a tus sentidos arácnidos desde aquí.

—No te preocupes —le aseguré sin ser sincera—. Tengo que centrarme en el Conch Club.

Faith soltó un bufido.

—Sí, claro. ¿Por qué no te creo? Siempre has sido muy mala actriz, Layla Devlin.

Durante el resto del día, no pude evitar preguntarme por esa misteriosa australiana y por su relación con Mask.

¿Era ella la persona con la que se había enfrentado en Coorie Cottage la noche anterior?

36

Estaba tumbada en el sofá mordisqueando una tableta de chocolate negro, pero sin saborear su amargo y delicioso sabor, como solía hacer.

Papá ya debía de haber hablado con los chicos sobre Ed y nuestra situación. Siendo realistas, no tenía otra opción.

Me asaltaron visiones de hombres melenudos, gritones y cincuentones, y me encogí de miedo.

Una parte de mí no quería llamar a mi padre. Incluso solo con mencionar la situación parecía que la iba a revivir. Cuando no hablaba de Ed, cuando no tenía que pensar en él, desaparecía en los recovecos de mi mente durante un rato.

Me estaba obligando a llamar a papá cuando tocaron a la puerta.

Papá estaba encorvado en el umbral, con las manos metidas en los bolsillos de su chaqueta de cuero. Tenía ojeras bajo los ojos.

Lo abracé y lo llevé dentro, donde se sentó en uno de mis sillones.

—Pensé que iba a haber un baño de sangre —admitió—. Cuando se lo dije a Jack, Stan y Mikey, pasaron del susto al enfurecimiento en cuestión de segundos.

Metí los pies debajo de mí y traté de contener el martilleo del corazón.

—No ha pasado nada violento, ¿verdad? —le pregunté.

—Si no cuentas a Mikey amenazando con enrollar el micrófono alrededor del cuello de Ed, entonces no.

—Oh...

Papá descartó mi preocupación con un gesto de la mano.

—No te preocupes, cariño. Todo fue una pose. Quiero decir, los otros estaban siendo leales conmigo y creo que las cosas podrían haberse puesto feas, pero cuando les pedí que pensaran en ti y en lo que has pasado con lo de Mac... —Los ojos grises de papá brillaron—. Ya has tenido suficiente gente que te ha defraudado (tu madre, Mac...). No necesitas más.

Mi corazón se hinchó de amor y agradecimiento.

—Gracias, papá.

Entrelazó y desentrelazó sus dedos de baterista.

—No digo que las cosas se vayan a calmar fácilmente, sobre todo después de que Mikey viera a Ed en el pueblo esta tarde y le acusara de ser un santurrón de mierda. —Papá intentó sonreír, pero sus ojos no sonreían—. Lo siento mucho, cariño, pero no veo que Ed vaya a cambiar de opinión acerca de lo de actuar con el resto de nosotros.

Se me saltaron las lágrimas al ver la sonrisa cansada de mi padre. No se merecía nada de lo que estaba pasando.

Cuanto más consideraba la situación, más deseaba un respuesta definitiva, aunque no fuera la que yo quería.

¿Cuánto tiempo hacía que Ed conocía a mi padre? ¿Cuarenta años? Habían dormido en incómodas tarimas entre concierto y concierto. Habían tocado en innumerables *pubs* lúgubres con alfombras pegajosas empapadas de cerveza y público hastiado.

Papá había hecho todo lo posible para que Battalion fuera una banda de éxito, y, aunque la fama que experimentaron fue efímera, el reconocimiento que habían recibido se debía en gran parte a mi padre.

Lo menos que podía hacer Ed era dar a mi padre y al resto de los chicos una velada memorable en el Conch Club, tanto si yo era su hija como si no.

El mes de julio se convirtió en un frenesí de listas tachadas, reescritas o añadidas, acompañadas de resoplidos de frustración.

La ayuda de Faith siguió siendo inestimable. Cada vez que la oficina de turismo se quedaba sin visitantes, ella aprovechaba para llamar a los comerciantes en mi nombre o para confirmar las fechas y horas de entrega.

Había conseguido reducir el número de candidatos a personal potencial a seis y, tras entrevistas informales, seleccioné a tres empleados a tiempo completo y a dos a tiempo parcial para empezar.

Alec habló con una de sus amigas, una artista llamada Molly Evers, y ella creó un rótulo de lo más bonito: un rectángulo festoneado de madera tratada clara con el nombre CONCH CLUB garabateado en un fondo azul marino en letras de color vainilla. A la derecha del nombre, Molly había pintado en dorado y mandarina una bonita caracola ondulada.

Me encantó.

Papá y Alec estaban fuera del cobertizo para botes, arrastrando el cartel entre los dos, cada uno de un extremo, como unos Laurel y Hardy modernos.

Antes de que llegara Alec con un rollito de huevo frito que me hizo gemir de deseo, papá me dijo que los chicos regresaría ese fin de semana para otra *jam session*.

—Aunque el concierto está cancelado, disfrutamos mucho reuniéndonos como en los viejos tiempos y todos estuvimos de acuerdo en que queríamos repetirlo. —Papá hizo un gesto muy expresivo con los ojos—. Han decidido acampar esta vez en ese *camping* que no está lejos de la cascada de Galen.

—¿Y qué pasa con Ed? —pregunté.

—Él también viene.

—Pero dijo que no volvería a tocar con Battalion.

—Resulta que aún no le ha contado a Karen y a los chicos que ha dejado el grupo —dijo papá, con una voz llena de significado. Cuando vio que mi expresión se llenaba de esperanza, añadió—: Oh, sigue sin tener intención de tocar con nosotros, pero ya sabes lo cotilla que es la mujer de Stan, y ella es la mejor amiga de Karen.

Solté un gruñido.

—Así que vendrá con los chicos el fin de semana como siempre, para que Karen no sospeche nada —resumí.

—Eso parece. —Papá asintió con la cabeza—. Pero intento no pensar demasiado en ello.

Entorné los ojos mientras papá y Alec levantaban el cartel y lo inclinaban de un lado a otro.

Sabía que estaba jugando un juego muy peligroso, pero, a pesar de que papá me había dicho repetidas veces que hiciera público que Battalion no iba a actuar la noche de la inauguración, yo me resistía.

No iba a rendirme. Aún no. Había puesto extraoficialmente a otra banda de *rock* de Fife en la recámara, por si acaso se les necesitaba, pero me negaba a planteármelo por ahora. Aún quedaban un par de semanas para intentar hacer entrar en razón a Ed.

El cobertizo estaba pintado de color caramelo brillante, salvo los nuevos marcos de las ventanas y la puerta, para los cuales elegí azul celeste y así crear un efecto de caseta de playa de colores vivos, en consonancia con el nombre.

Las relucientes ventanas nuevas reflejaban los árboles puntiagudos y las escarpadas laderas. El embarcadero, ahora pintado a juego, se extendía como una alfombra de madera hasta la orilla del lago.

—Tal vez un poco a la izquierda, papá —le dije—. Alec, ¿te importaría empujar el cartel un pelín a la derecha, por favor? —le pedí.

Les observé, tratando que no se me notara que me estaba riendo de ellos, mientras papá ponía los ojos en blanco y Alec intentaba disimular su creciente frustración.

Alec y papá suspiraron aliviados cuando les levanté el pulgar.

—¡Ya está! Perfecto —concluí.

Alec terminó de asegurar el letrero con varios golpes del martillo que le sobresalía del bolsillo trasero, después papá y él bajaron de sus respectivas escaleras.

Alec se pasó las manos polvorientas por la parte delantera de sus pantalones cortos caqui salpicados de pintura.

—Gracias por hablar con Heather. No se ha transformado en un ratón de biblioteca de la noche a la mañana, pero sin duda se está esforzando más —me contó.

—De nada. —Sonreí—. Es una chica encantadora.

Alec se sacó el móvil del otro bolsillo y le dio un par de golpecitos.

—Así es, excepto cuando alguien osa criticar a ese tal Mask.

—Creo que padres y adolescentes suelen tener desacuerdos sobre música.

Alec frunció el ceño ante la pantalla del móvil y se lo volvió a meter en el bolsillo.

—No fue conmigo con quien discutió hace poco, sino con una persona desconocida en el pueblo —aclaró.

Me quedé mirándolo, intrigada.

—¿Era una mujer, por casualidad?

Alec asintió con la cabeza.

—Sí, así fue. Según Norrie y Clem, nuestra Heather le dio un buen rapapolvo porque se atrevió a decir que había que echar de la ciudad a ese tal Mask.

Papá me miró con el ceño fruncido, buscando una reacción.

—¿Sabes quién era, Alec? —le pregunté—. ¿Esa mujer, quiero decir?

—Dios sabe. Heather dijo que nunca la había visto, pero que debía de ser una turista porque tenía acento australiano.

Era demasiada coincidencia. Debía de ser la misma persona que había estado preguntando en la oficina de turismo por Mask.

—¿Qué dijo en concreto esa mujer? —pregunté, mi curiosidad a toda marcha.

Alec se dirigió por la hierba hacia el aparcamiento y el merendero, donde estaba su furgoneta bajo los árboles.

—Heather dijo que le preguntó qué sabía de su traslado a Loch Harris. Entonces ella empezó a decir que era un ser detestable, capaz de cualquier cosa.

Papá y yo intercambiamos una mirada.

—¿Entró en detalles? —preguntó papá.

Alec alzó sus pobladas cejas hacia el cielo, que se estaba cubriendo de nubes.

—No creo que tuviera oportunidad de hacerlo con nuestra Heather —contestó.

Nos despedimos de Alec con un gesto de agradecimiento mientras su furgoneta desaparecía. Me volví a mirar a mi padre.

—Tienes que concentrarte en tu nuevo negocio —dijo—. Conozco esa mirada, Layla.

—¿Qué mirada?

—Esa justa —me advirtió—. Es admirable que te preocupes por los demás, incluso cuando se comportan como cretinos insensibles. Pero ¿has oído lo que ha dicho Alec? Esa mujer ha tachado al tal Mask de peligroso.

—Papá... —empecé a decir, preparándome para intentar razonar con él.

Miró su viejo y desgastado reloj de pulsera.

—¿Cuándo has dicho que te iban a entregar las cartas de las bebidas?

Se me cruzó un pensamiento mientras contemplaba el letrero que ahora brillaba sobre la nueva entrada de madera clara y cristal. Debería pedirles a Faith y Danielle que estuvieran atentas por si aparecía aquella misteriosa mujer australiana. Eran literalmente las guardianas de Loch Harris en la oficina de turismo. También conocían a los propietarios de todos los hostales, hoteles y *campings*. Si esa mujer se alojaba en los alrededores (lo cual era muy probable, teniendo en cuenta que estábamos en un lugar bastante recóndito), Faith y Danielle tenían muchas más posibilidades que yo de averiguar algo de ella.

Decidí enviarle un mensaje a Faith.

—¿Layla? ¡Layla! —Me di la vuelta. Papá tenía una ceja levantada hasta el nacimiento del pelo—. ¿Dónde estás? —me preguntó.

Me sonrojé y esbocé una sonrisa.

—Lo siento. Solo me he puesto a soñar despierta un momento.

Frunció el ceño bajo el flequillo, de pie en los escalones de madera que conducían al Conch Club.

—Ya lo veo. Te estaba preguntando cuándo te iban a entregar las cartas de las bebidas.

Miré la hora en mi reloj. Eran las 10 de la mañana.

—Dentro de una hora.

Papá asintió con la cabeza.

—Vale —convino—. Así que tengo tiempo de sobra para ir al pueblo y comprar dos cafés para los dos.

Me quedé junto a la puerta entreabierta y esperé a que papá se subiera al *jeep* plateado y saliera a toda velocidad por la carretera.

Entonces le envié un mensaje a Faith.

Acababa de pulsar «Enviar» y me había guardado el teléfono en el bolsillo trasero de los vaqueros, cuando vi por el rabillo del ojo un destello de chaqueta roja y una furgoneta de correos. Era Arthur, nuestro cartero local.

—Como sigas así, le vas a hacer la competencia a *sir* Alan Sugar —bromeó mientras rebuscaba en la saca de correo que llevaba colgada al hombro.

—Me he puesto a correr antes de aprender a caminar, Arthur.

Señaló con la cabeza al Conch Club.

—Pasaba por aquí y pensé en acercarme a echar un vistazo —dijo—. Es magnífico. Puedes estar segura de que Fiona y yo vamos a ser unos de tus primeros clientes. Estamos deseando volver a ver a tu padre y a los chicos haciendo de las suyas en el escenario. —Me costaba sonreír—. Oh, antes de irme, ha llegado esto para ti. Ya que pasaba por aquí, pensé en dejártelo. Eso es todo por hoy, me temo. Nos vemos.

Arthur volvió corriendo por la hierba a su furgoneta. Me había entregado un delgado sobre blanco, al que le di la vuelta en mis manos, con la mente puesta aún en el Conch Club.

Pero todos mis pensamientos se esfumaron cuando las letras azules del nombre del laboratorio de pruebas de ADN me saltaron a la vista desde la esquina superior izquierda del sobre.

Oh, no. Oh, no. Eran los resultados.

37

Papá acababa de regresar del pueblo con dos cafés con leche y dos cruasanes calientes.

—Comida para los trabajadores —dijo, y, sonriendo, me entregó mi vaso de cartón y mi cruasán, que estaba metido en una bolsa marrón—. Bueno, uno de nosotros trabaja.

La boca se me había convertido en papel de lija.

Oh, Dios. Llegó el momento. Dejé el café y el cruasán en el escalón en el que estaba.

—Arthur acaba de pasar. —Tragué saliva—. Ha traído esto.

Le enseñé el sobre a papá. Se le hundieron los hombros.

—¿Ya están? —preguntó.

Pasé los dedos temblorosos por los cuatro bordes del sobre y asentí brevemente con la cabeza.

Yo quería saberlo. Papá quería saberlo. Supongo que Ed también.

Miré la ventana de plástico del sobre, con mi nombre y dirección mirándome fijamente.

Se me revolvió el estómago. Vi las caras de papá y Ed mezclándose e intercambiándose delante de mí. Esto los afectaba tanto como a mí.

Estos últimos meses, la traición de Mac, la revelación de mi madre...; todo me presionaba. Pero entonces me giré sobre el escalón de madera. El Conch Club estaba detrás, lleno de la promesa de risas y música que resonarían en las colinas y los bosques.

A pesar del dolor y la decepción, había llegado muy lejos. Me había esforzado y había conseguido algo.

—Vamos —me instó papá, tenso a mi lado—. Ábrelo. —Me cogió una mano y la envolvió entre las suyas—. Ponga lo que ponga, todo va a salir bien. Vamos a estar bien, ¿vale?

El corazón me zumbaba en el pecho como una máquina de *pinball* fuera de control. Me armé de valor y respiré hondo. El aroma de las hojas y el agua fresca era glorioso. Papá jugueteaba con el cuello de su polo de manga larga a mi lado.

—Es como los Óscar.

Abrí el sobre con un dedo tembloroso. Mi mano tanteó el interior y sacó la carta doblada. Cuando la abrí, esta emitió un sonido crepitante.

El aire se me alojó en la caja torácica, mientras hojeaba impaciente la carta. El comienzo de la misma consistía en referencias a datos científicos. Mi atención se centró en el segundo párrafo.

> *No se excluye al señor Harold George Devlin como padre biológico de la señora Layla Rosalind Devlin, con un coeficiente probable de paternidad del 99,99 %.*

Ahogué un grito y le pasé la carta a papá. No sabía qué decir, así que me limité a asentir con la cabeza y esbozar una pequeña sonrisa. El alivio y la felicidad que me invadieron fueron abrumadores.

Papá escudriñó la carta. Por un momento no dijo nada. Se quedó sentado, contemplando su contenido, antes de girarse, acercarme hacia él y darme un beso en la coronilla. Se le quebró la voz:

—Bien. Todo está bien. —Papá cogió el móvil—. Será mejor que llame a Ed. Le prometí que se lo diría en cuanto lo supiéramos.

Cogí el café que tenía a mi lado y lo sostuve, dejando que la sensación de calor llegara a los dedos.

Ed contestó al cabo de varios tonos y escuché cómo papá

le transmitía los resultados del ADN. Cuando terminó, papá colgó el teléfono y me miró.

—Creo que Ed está un poco decepcionado por no ser tu padre —dijo, y estiró las piernas—. Me ha confesado que no está muy seguro de cómo se siente ahora. —Se frotó la frente—. Creo que una parte de él había empezado a aceptar la idea de tener una hija adulta.

Mis ojos se abrieron de par en par.

—Bueno, esa no era la reacción que yo esperaba.

Papá estuvo de acuerdo conmigo.

—Tampoco creo que su propia reacción fuera la que Ed esperada.

Nos quedamos sentados unos instantes más en silenciosa contemplación, con la única compañía de los rayos de sol que se filtraban entre las ramas.

Al final, fruncí el ceño a papá y partí un trozo de mi cruasán.

—Este trabajo de dirigir la posición de los carteles da hambre —comenté.

—Ya lo creo que sí.

Me metí otro trozo en la boca y deslicé los ojos hacia mi móvil, que estaba a mi lado. Con todo el drama de la llegada de los resultados de ADN, me di cuenta de que Faith aún no había respondido a mi mensaje. Pero sabía que lo haría. Mi mejor amiga era de fiar.

Estar sentada aquí, junto a papá, con el agua golpeando contra el extremo del embarcadero y el leve crujido de las ramas de los árboles, me recordaba a cuando era pequeña. Había llegado a temer que me robaran aquellos recuerdos. Ahora los atesoraba aún más.

Miré el reloj, decidida a que nuestras vidas siguieran adelante y todo volviera a la normalidad. Papá me devolvió la carta, y yo sonreí antes de doblarla y guardármela en el bolsillo trasero.

—Molly debería estar al llegar con los menús —le dije a papá.

Mi móvil eligió ese momento para emitir un indignado pitido, señal de que había recibido un mensaje.

Lo cogí, pensando que podría ser Faith, pero era Molly, quien decía que se había estropeado el semáforo de la carretera de su casa, en la cercana Finton, y se disculpaba, y explicaba que llegaría diez minutos tarde.

Nunca había visto a Molly, pero Alec me aseguró que su trabajo artístico era de primera clase. Cuando eché un vistazo a su página web, su originalidad y su pasión eran evidentes, y así lo había demostrado en el cartel que había diseñado para mí. La mujer parecía capaz de hacer casi cualquier cosa.

Papá y yo charlábamos sobre posibles cantantes solistas que podría valorar cuando un Ford Transit Connect de color amarillo autobús escolar entró en el aparcamiento para turistas de enfrente y se metió en un hueco libre junto a las mesas del merendero.

Observamos a una pelirroja con curvas que salió del coche y se dirigió al lado del copiloto, de donde sacó una caja rectangular.

A medida que se acercaba, sus rizos le botaban alrededor de los hombros y el maxivestido camel hasta los tobillos que llevaba ondeaba sobre un par de sandalias enjoyadas.

Parecía sacada de un cuadro de Rubens, piel blanquecina y curvas voluptuosas.

Papá me sobresaltó al ponerse en pie como si acabara de recibir una descarga eléctrica. Sus ojos se abrieron tanto que estuvieron a punto de salírsele de las órbitas.

—¿Layla? —preguntó ella con voz oscura.

—Esa soy yo. —Caminé a su encuentro sonriendo y le extendí la mano—. Tú debes de ser Molly.

—Y yo soy Harry Devlin, el padre de Layla.

Me aguanté la sonrisa al ver a mi sonrojado padre extenderle ansiosamente la mano a Molly.

Ella estudió a mi padre.

—Hola, Harry. Encantada de conocerte —dijo ella.

Sus ojos color avellana se arrugaron en las comisuras y, mientras yo observaba su intercambio de sonrisas sonrojadas, calculé que tendría unos cuarenta y tantos años.

—Entonces —exclamé dando una palmada—, supongo que los menús de bebidas y aperitivos estarán en esa caja.

—Exacto.

Molly enrojeció de aprecio cuando le di las gracias por el letrero y lo señaló, en lo alto de la entrada.

—Me encanta. Es perfecto —comenté.

—Desde luego que sí —insistió papá, y le regaló a Molly una sonrisa de un millón de dólares.

Molly se sonrojó aún más.

—Gracias. Me alegro de oírlo —contestó. Rasgó la tapa de cartón blanco de la caja y me la entregó—. He impreso veinte —me explicó—, pero solo te he cobrado las tarifas de amigo por la docena que pediste originalmente, porque ya conoces a Alec. —Le lanzó una mirada a mi padre—. Creo que siempre es mejor tener de más que no tener suficientes, especialmente en un lugar como un bar.

—Por supuesto —asintió papá.

De hecho, asentía con la cabeza con tanta intensidad que corría el riesgo de que le diera un calambre en el cuello.

Molly podría haberle dicho a mi padre que era la conductora de la huida de un cerebro criminal y él la habría felicitado.

Le lancé a papá una mirada cómplice y saqué los menús de bebidas y aperitivos.

—¡Oh, son maravillosos!

Molly lo había convertido en un largo pergamino de suave color vainilla, con letras doradas.

Toda nuestra carta estaba allí, bailando ante mis ojos en un texto amplio y en bucle: desde nuestro café irlandés con un toque distintivo de *whisky* escocés y café tostado de Costa Rica y Guatemala, hasta tés de hojas, además de chupitos variados y cervezas ámbar que hacían estallar las papilas gustativas.

Debajo de la sección de bebidas había una selección de aperitivos de inspiración escocesa: queso azul Dunsyre con tortitas de avena; salmón ahumado escocés y aguacate con queso fresco; bocaditos de gambas con ensalada, y *crostini* con miel, pera y parmesano.

Para los más golosos, había decidido ofrecer *shortbread* de pacanas o mantequilla, tarta de mermelada y pastelitos escoceses de coco, todos ellos el acompañamiento perfecto para una taza de café fuerte o té.

Molly se entusiasmó con los sabrosas aperitivos. Señaló con un dedo y dijo:

—Me da hambre solo de volver a leerlo.

Miré la lista con el ceño fruncido.

—Espero haber cubierto lo básico. Quiero que los turistas se lleven una impresión de Escocia, pero no quería ir demasiado lejos en la comida. Al fin y al cabo, se supone que el Conch Club tiene que ver con la música y el entorno.

—No te preocupes por eso —aseguró papá, sin dejar de mirar las facciones abiertas y bonitas de Molly—. Siempre puedes retocar la parte de la comida más tarde si es necesario.

—Totalmente —coincidió Molly, con las mejillas encendidas por la atención de mi padre.

Volví a maravillarme con las letras brillantes y la reproducción de una caracola que Molly había pintado en la esquina superior derecha. Todos los colores complementaban la paleta que había utilizado para el cartel principal.

—Oh, disculpad —dije deprisa cuando me sonó el teléfono y la foto de Faith apareció en la pantalla—. No tardo.

Papá parecía encantado de tener a Molly para él solo, así que los dejé charlando y bajé los escalones para sentarme en una roca.

—Supongo que recibiste mi mensaje.

—Así es, y tengo algo de información sobre tu misteriosa dama australiana. —Me dio un vuelco el corazón—. Y también tengo noticias para ti.

Hubo entonces un poco de conmoción en la línea cuando Danielle empezó a molestar a Faith porque había muy pocos mapas que detallasen los paseos por los bosques locales.

—El otro día saqué un nuevo lote —la oí quejarse—, y ahora solo quedan dos, ¡y mira cómo están! Todos arrugados.

Noté frustración en la voz incorpórea de Faith.

—Lo siento, Layla.

Dejó escapar un suspiro.

—Mira, Danielle, no podemos etiquetar electrónicamente todas las guías, mapas y folletos que hay aquí...

—¿Sería más fácil si me paso por ahí? —sugerí.

Me puse en pie y me sacudí los pantalones vaqueros.

—Probablemente sea lo mejor —contestó Faith.

Pasé corriendo junto a papá y Molly y cogí mi bolso, que estaba colgado en la puerta, por dentro. Saqué las llaves del bolsillo interior e hice que tintineasen alrededor de mi dedo. Me moría de ganas de contarle a Faith los resultados del ADN.

—Tengo que pasarme por la oficina de turismo para ver a Faith un momento. No tardaré.

Los dos estaban absortos. Molly se reía de algo que había dicho papá.

—Está bien, cariño —dijo papá distraídamente—. Tómate tu tiempo.

38

Aparqué cerca de donde se estaban instalando los puestos de lona para el mercadillo mensual de agricultores y crucé la soleada plaza en dirección a la oficina de turismo.

Brillaba en blanco bajo el sol de julio y sus ventanales, que iban del suelo al techo, exhibían piezas en relieve de Loch Harris.

Estaba a punto de entrar cuando el teléfono me empezó a sonar en el fondo del bolso. Me detuve y lo saqué. No reconocí el número de móvil que brillaba en la pantalla.

Me quedé boquiabierta cuando me di cuenta de que era Greg McBride quien me estaba hablando.

—Siento molestarte —se disculpó—, pero he estado pensando mucho en lo que me dijiste hace unas semanas, y, en cuanto a Faith..., bueno, no paro de pensar en ella todo el tiempo.

Miré alrededor y saludé a Faith por la ventana de la oficina de turismo.

—¿Significa esto lo que creo que significa? —le pregunté.

Oí a Greg tragar saliva.

—Sí, así es. Voy a intentar convencerla para que le dé otra oportunidad a lo nuestro.

El estómago me hizo una pirueta de compasión por él.

—Entonces, ¿cuál es el plan?

—Nosotros, es decir, Sam y yo, vamos a ir a la oficina de turismo. No tiene sentido retrasarlo. Ya he mareado bastante la perdiz.

—Ella también —respondí—. De hecho, ahora voy a la oficina de turismo a ver a Faith.

—¡En serio! Perfecto, ¿crees que podrías quedarte por ahí hasta que llegue? —preguntó Greg en tono suplicante—. Podría necesitar algo de apoyo.

Sabía que Faith querría ahogarme como a una bruja después de esto, pero me encontré con que accedí a lo que me pedía. Después de todo, había sido yo quien había propiciado este giro de los acontecimientos.

—¿Qué te hizo cambiar de opinión, Greg? —le pregunté.

Casi podía oír una risa nerviosa en sus labios.

—Tú. He estado pensando en lo que dijiste sobre el miedo de Faith al compromiso y el hecho de que Sam y yo seamos un equipo. —Soltó una pequeña carcajada—. Depende de mí y de mi hijo hacerle ver a Faith que merece la pena arriesgarse con nosotros.

Se me hizo un nudo en la garganta.

—Bueno, es una dama muy afortunada —dije.

Greg terminó la llamada diciendo que él y Sam estaban casi listos y que podrían estar aquí en veinte minutos.

Me preparé para entrar colocando los hombros e intentando no parecer culpable, y entonces toqué el pequeño timbre.

En la oficina de turismo reinaba el silencio. Faith estaba de pie, detrás del mostrador, jugueteando con el cuello de su blusa de encaje mientras una pareja de turistas nórdicos se paseaba alrededor de su expositor cuidadosamente organizado.

—¿No estás ocupada entonces? —pregunté, indicando la atmósfera pétrea.

El sonido de un violín cadencioso que salía de los altavoces ocultos era lo único que rompía la paz.

Probablemente eso era bueno si Greg estaba planeando algún plan a lo grande.

—He visto más vida en la fiesta de Navidad del Instituto de la Mujer —gruñó Faith—. Cuanto antes pongas en marcha ese club nocturno tuyo, mejor.

—No es un club nocturno —resoplé—. Es un local de música.

—Bueno, sea lo que sea, estoy segura de que ayudará a traer más turistas aquí. Probablemente nos invadan.

—No es que me estés presionando o algo.

Faith sonrió.

—¿No está Danielle? —pregunté, y me fijé en que su silla estaba vacía.

Faith se despidió de la pareja de mochileros, que cogieron un folleto de *camping* y se marcharon con un alegre gesto de la mano.

—Acaba de salir a comprarnos más sellos postales.

Me quedé junto al escritorio, rasgueando con los dedos sobre él. Ahora estaba rebosante de expectación por ambas cosas.

Faith me miró la mano, luego a mí.

—¿Estás bien?

Me estremecí y traté de no echar un vistazo al reloj por octava vez en los últimos cinco minutos.

—Sí, bien.

Por dentro, mis nervios galopaban de simpatía por Greg. ¿Qué pensaba hacer?

¡Oh, mierda! ¿Y si Faith seguía empeñada en que lo suyo con Greg era imposible? Todo esto podría acabar en humillación, y sería por mi culpa.

Faith entornó sus ojos azules hacia mí.

—¿Seguro que estás bien? —volvió a preguntar.

Mis labios se torcieron en una sonrisa tensa.

—Claro que sí. Acabo de decirte que estoy bien. ¿Por qué?

—Hoy pareces un poco inquieta.

Agité la mano derecha, lo que hizo que mi pulsera de oro rosa se me deslizara arriba y abajo por la muñeca.

—Para nada, estoy bien. Creo que es por todo lo que me queda por hacer. Me preocupa un poco.

—Oh, no te preocupes por nada de eso. Sabes que siempre me tienes a mí y que me puedes llamar si hay más cosas que hacer.

«No te ofrecerás para ayudarme en unos minutos. Te ofrecerás para retorcerme el cuello».

Sabía que tenía que intentar recomponerme. Incluso Danielle, que no es la persona más observadora del mundo, se daría cuenta de mi extraño comportamiento cuando regresara.

«Dile ahora lo del resultado del ADN», me susurró una voz en la cabeza. Entonces puede que solo te mate un poco cuando entre Greg.

Como Danielle aún no había vuelto de correos, aproveché la oportunidad.

—Papá y yo acabamos de recibir los resultados del ADN. —Una amplia sonrisa se me dibujó en la cara—. Han confirmado que es mi padre biológico.

Faith se llevó la mano a la boca. Salió disparada del mostrador y me estrechó entre sus brazos.

—Lo sabía. ¡Lo sabía! ¡Maldita sea! ¿Por qué no me lo has dicho en cuanto has entrado por la puerta? Me alegro muchísimo por ti y por tu padre. —Me miró a la cara—. ¿Y Ed? ¿Lo sabe?

Le contesté que sí.

—Papá me ha dicho que tenía sentimientos encontrados por el resultado y que una parte de él se había ido haciendo a la idea de que tenía una hija.

Faith brillaba de felicidad por mí.

—Bueno, tú y Harry aseguraos de celebrarlo esta noche.

Le confirmé que lo íbamos a hacer. Entonces me fijé en la hora del reloj de la oficina de turismo y miré a la puerta. Mis nervios por Greg y Sam empezaban a tintinear como campanas de Navidad.

¿Por qué demonios no escuché a papá desde el principio? ¿Por qué me empeñé en involucrarme? «Porque eres una arpía entrometida y fisgona», me dijo una voz de advertencia.

Volví a ensimismarme. Separé el cuerpo del escritorio para tener una visión más clara a través de la ventana.

Cada vez que atisbaba a un chico rubio, el estómago se me subía a la garganta.

Conseguí sonreír distraídamente a Danielle cuando entró por la puerta principal con su fajo de sellos de correos.

¿Dónde estaba Greg? ¿Se lo habría pensado mejor y habría decidido que no estaba dispuesto a correr el riesgo? Esperaba que no. Faith, Greg y Sam formarían una familia adorable.

La voz irritada de Faith me hizo parpadear.

—Layla, Danielle estaba a punto de contarte la información que tiene sobre esa mujer australiana, pero no has escuchado ni una palabra de lo que acaba de decir. —La preocupación de Faith era evidente—. Está claro que estás preocupada por algo. Me lo has contado todo, ¿verdad?

Parpadeó enérgicamente, consciente de que Danielle estaba ahora presente.

—Sí, te lo he contado todo —balbuceé. «Más o menos».

Presa del pánico, señalé el sofá naranja y las sillas que había delante de la ventana, donde muchos de los turistas se sentaban a hojear la colección de folletos y mapas antes de dejar la oficina.

—¿Son nuevos?

—¿Qué, los muebles? —intervino Danielle desconcertada—. Dios, no. Hace años que los tenemos aquí.

—Oh —aleteé—. Eso demuestra lo observadora que soy.

Faith me estaba estudiando de verdad. Miró preocupada a Danielle, que enarcó las cejas y se encogió de hombros.

Deseando mentalmente que Greg y Sam llegaran ya para que esta pesadilla terminara, empecé a entusiasmarme con la combinación de colores del cobertizo para botes, cuando vi por el rabillo del ojo que aparecieron dos cabezas rubias.

A juzgar por la expresión atónita de Faith, no había duda de que eran Greg y Sam.

Me di la vuelta como si una enorme tarántula me trepara por la espalda.

Mi aprensión se disipó al ver a padre e hijo rondando por allí. Ambos vestían atuendos similares: vaqueros azul oscuro, cazadoras de cuero y botas safari.

Eran como dos guapos sujetalibros y parecían adorables. Estaba claro que Greg se había arreglado de manera que rozaba el límite superior del espectro de lo irresistiblemente guapo. Por lo que a mí respectaba, lo había conseguido, y con creces.

«No me mires, Greg —le susurré mentalmente—. Si Faith ve que me miras, se dará cuenta enseguida».

Demasiado tarde.

Greg me dirigió una rápida mirada, pero Faith la cazó al vuelo. Se quedó boquiabierta.

—¡Lo sabías! —jadeó, con tono acusador—. Por eso estabas tan nerviosa. —Cambió su atención de mí a Greg y Sam—: No sé lo que Layla ha estado diciendo, pero...

—¿Me escucharías, por favor, Faith? Lo único que te pido es que oigas lo que tengo que decirte.

Faith se puso roja. Tragó saliva y se arriesgó a mirar un momento a Sam, que la observaba con sus ojos azules de largas pestañas. Luego le ofreció una amplia sonrisa que revelaba un hoyuelo en la mejilla derecha, igual que el de su padre.

Faith le devolvió una sonrisa acuosa.

—Esto es injusto —dijo—. Has traído a Sam.

—Él y yo vamos en pareja —le recordó Greg con suavidad. Apretó la mano de Sam, a su lado—. Y ese es el objetivo de todo esto, Faith. Sé que solo hemos salido un par de veces, pero me gustas de verdad y creo que tú sientes lo mismo por mí.

Danielle se llevó la mano a la garganta.

La expresión de Greg era abierta y atrayente.

—Estoy dispuesto a arriesgarme en cuanto a lo nuestro y ver cómo sale. Creo que podrías divertirte de verdad con Sam y conmigo.

Fue entonces cuando noté que Greg apretaba la mano de Sam y el pequeño estalló:

—Por favor, vuelve a salir con papá. Ha estado muy triste.

Me tragué una sonrisa y desvié la mirada hacia Faith para ver su reacción. Se estaba mordiendo el labio.

—Y, por supuesto, esto no ha sido de ninguna manera ensayado —dijo Faith.

Greg le guiñó un ojo.

—Por supuesto que no —respondió.

Faith volvió su atención hacia mí.

—Sabías todo esto, ¿a que sí?

Levanté las manos en señal de rendición.

—Me he enterado hace media hora. No sabía nada de lo que habían planeado. De verdad.

Greg saltó en mi defensa y estuvo de acuerdo en que yo era inocente..., bueno, más o menos.

Los ojos azules de Faith se nublaron.

Greg seguía mirándola.

—Bueno, ¿cuál es tu respuesta?

Danielle le dio un codazo alentador a mi mejor amiga.

—¿Cómo puedes resistirte a los dos? Son tan adorables... —la animó.

Faith hizo un ruido que era una mezcla entre una risita y un sollozo.

—Sigo pensando que sabes más de lo que dices, Devlin.

Abrí los ojos de par en par.

—¡¿Yo?! —me defendí.

Ella movió la cabeza de lado a lado.

—Ese es el problema. No puedo resistirme, y menos ahora.

Salió corriendo de detrás del mostrador y le echó los brazos al cuello a Greg, antes de que se dieran un tierno beso, para regocijo de Sam.

Entonces, Faith se puso a la altura del niño de cuatro años. Le cogió la mano y se la estrechó, antes de darle un abrazo.

—Bien —dijo Greg después de unos momentos, mientras cogía a Sam en sus musculosos brazos—. ¿Qué tal si vienes a nuestra casa esta noche y Sam y yo te preparamos la cena?

Las mejillas de Faith estallaron de color.

—Me gustaría mucho —contestó.

Una vez que confirmaron la hora y se fueron, Faith me estudió.

—Ahora mismo no sé si abrazarte o prohibirte la entrada —dijo.

Sonreí.

—Sabes que quieres abrazarme.

Eso hizo y jugueteó con mi coleta.

—Realmente, a veces eres un grano en el culo.

—Gracias. —Entonces la verdadera razón por la que había venido a ver a Faith volvió a mi mente—. Ahora que toda la emoción ha terminado, ¿qué hay de esa misteriosa dama australiana?

Faith miró a Danielle.

—Adelante entonces, Poirot. Dile a Layla lo que me dijiste a mí —le pidió.

Rebosante de expectación, la joven apenas podía contener su entusiasmo.

—Vale —empezó a contar Danielle—, estaba arreglando nuestro escaparate esta mañana... Deberías haberlo visto. Quiero decir, no podrías describir a Coleen como una limpiadora de oficinas...

Los ojos azules claros de Faith miraron hacia arriba.

—Solo sigue con lo que ibas a contar, por favor —la guio.

Danielle se sonrojó. Miró a Faith y enderezó los hombros.

—Vale. Está bien. —Agitó las manos y al hacerlo mostró su manicura francesa—. ¿Conoces a Wendy Goodman? Ha abierto un pequeño *bed and breakfast* aquí hace varias semanas.

Recordé haber visto un artículo sobre ella en el *Loch Harris Informer* el mes anterior.

Antes de que tuviera la oportunidad de responder, los oscuros ojos de Danielle brillaron cuando me dijo que Wendy se había pasado por la oficina de turismo aquella misma mañana para recoger unos cuantos folletos más sobre dónde localizar lo mejor de la fauna local.

—Quiero decir —se rio Danielle—, puedes ver mucha fauna local por aquí un viernes por la noche, si sabes dónde buscar.

Esperé hasta que se recuperó de reírse de su propia broma.

—¿Qué decías? —pregunté.

Se aclaró la garganta y no se atrevió a mirar a Faith.

—Ah, sí. Bueno, estuve charlando con ella sobre cómo iba su *bed and breakfast* y me dijo que lento, pero que tenía una nueva huésped que parecía un poco extraña.

—¿En qué sentido? —quise saber, intrigada.

Danielle se inclinó hacia delante, dejando escapar un fuerte perfume cítrico. Reveló que la nueva huésped de Wendy era una mujer australiana que parecía muy preocupada por Coorie Cottage y, lo que era más importante, por quien vivía allí.

—Wendy me aseguró que no le había dicho que ese músico solitario vivía allí arriba —dijo Danielle.

—Y yo la creo —añadió Faith.

—Pero Wendy dice que esa mujer no para de ir y venir a horas raras y ha estado preguntando por él en algunos negocios de la zona —continuó Danielle—. No solo eso, sino que incluso le comentó al jefe de mi novio en el taller que ese tal Mask es peligroso y no es de fiar.

Miré a Danielle, después a Faith.

—¿Peligroso? No me lo creo —dije.

Pero ¿por qué iría nadie por ahí diciendo esas cosas?

—¿Crees que esa mujer pudo haber estado en Coorie Cottage aquella vez que llamaron a la policía? —le pregunté a Danielle.

Danielle abrió mucho los ojos.

—Me enteré de eso y se lo mencioné a Wendy.

—¿Y?

Danielle nos lanzó una mirada a Faith y a mí.

—Wendy dijo que su nueva huésped estuvo fuera hasta tarde ese viernes por la noche y volvió con cara de agobiada. Wendy se acordaba de la fecha y la hora porque su cuñado llamó para decirle que su hermana acababa de dar a luz. —Danielle sonrió con su cara con pecas canela—. Su *bed and breakfast* está en Fallow Lane.

Me ajusté la correa del bolso y cerré el mostrador de madera con un golpe seco.

—Ah, conozco el sitio. Gracias. Es estupendo.

Faith dibujó una línea de desaprobación en sus labios pintados de rojo.

—¿Por qué me miras así? —le pregunté.

Faith apoyó los brazos en el mostrador y me observó mientras pestañeaba.

—No puedes evitarlo, ¿a que no?

39

El *bed and breakfast* de Wendy estaba a solo diez minutos a pie de un pequeño grupo de tiendas, yendo por un callejón empedrado. Dejé el coche y caminé a toda prisa para llegar lo antes posible.

La brillante puerta negra estaba abierta, así que entré.

Hice sonar la campana dorada situada encima del mostrador de recepción y capté el sutil zumbido de gaitas procedente de dos altavoces ocultos.

Se oyó el chirrido de una puerta que se abría detrás de mí y apareció una señora rubia muy bien peinada.

—¿En qué puedo ayudarla?

A medida que se acercaba, sus suaves ojos azules se fueron entornando, como si se esforzara por ubicarme de algo.

Me presenté, ella me confirmó que era Wendy Goodman y me estrechó la mano.

—Ah, la chica de Harry. —Sonrió—. ¿Cómo va tu local de música? No falta mucho para que abra, ¿verdad?

—Así es. Sí, ha sido mucho trabajo, como estoy segura de que usted sabrá comprender, pero todo el mundo ha arrimado el hombro para ayudarme. Abrimos a finales de agosto.

Wendy asintió con la cabeza en señal de aprobación.

—Solo faltan unas semanas entonces. Qué bien. Dios sabe que necesitamos una nueva inyección que le dé vida a este sitio.

—¿El negocio está un poco parado?

Los labios de Wendy se retorcieron.

—Como se pare más, se detendrá del todo.

Me ajusté al hombro la correa del bolso de flecos.

—Entonces, ¿no hay muchos huéspedes alojados con usted por el momento?

—Dos. —Suspiró—. Casi no merece la pena abrir el comedor para desayunar.

Señaló con una uña lacada a la derecha, hacia una sala donde había manteles blanquecinos repartidos por varias mesas cuadradas.

—A propósito de sus huéspedes —aventuré—, ¿le importa que le pregunte si uno de ellos resulta ser una mujer australiana?

Wendy parpadeó.

—Sí, lo es —confirmó.

Miré por encima de su hombro hacia la escalera alfombrada.

—Supongo que esa señora no estará en su habitación en este momento.

Una breve decepción se apoderó de mí cuando Wendy me dijo que había salido justo después del desayuno.

—¿Sabe cuánto tiempo piensa quedarse?

—No me lo ha dicho, pero tengo la impresión de que no tiene prisa por irse. —Wendy me miró un momento—. Estoy segura de que comprenderás, Layla, que no estaría bien que diera detalles de mis huéspedes.

—Oh, por supuesto que no. —Asentí con un brusco movimiento de cabeza—. Lo único que me preguntaba era si esa señora le había preguntado algo sobre Coorie Cottage..., o sobre quién vive allí.

Wendy debatió internamente mi pregunta durante unos instantes, luego miró a su alrededor antes de inclinarse para acercarse más a mí. Su voz se hizo un susurro.

—Sí, lo ha hecho. —Sus pendientes de oro se movían a un lado de su cuello—. Parecía muy preocupada por ese... Mask. ¿Es así como se llama?

—¿Dijo por qué?

—En absoluto. Solo dijo que no es el alma inocente y torturada que finge ser.

Mi optimismo empezó a florecer.

—Sé que no podrá darme su nombre...

—Lo siento, no puedo.

—Lo único que estoy intentando hacer es ayudar a alguien, Wendy. Le aseguro que no es por nada siniestro. —Se mordió el labio—. No sé qué está pasando, ni qué ocurrió allí el otro viernes por la noche, pero tengo la impresión de que su nueva huésped podría tener algo de idea. —Sintiendo que Wendy se debilitaba, la golpeé con el mantra de Loch Harris—. Después de todo, ¿de qué decimos siempre que estamos orgullosos por aquí? De nuestro sentido de comunidad.

Wendy lanzó un suspiro, derrotada.

—Sinceramente, jovencita, eres igual que tu padre. Podrías encantar a los pájaros de los árboles.

Sonreí.

—¿Eso es un sí?

No contestó, sino que se acercó y se deslizó detrás del mostrador de recepción. Abrió un libro de cuero y hojeó un par de páginas.

—Mi libro de visitas se ha abierto y estoy a punto de ausentarme brevemente para ir al comedor. Te doy treinta segundos para que mires el nombre al final de la página de la izquierda.

Le di las gracias, pero ya estaba entrando en el comedor con sus mocasines de cuero blanco relucientes.

Me zambullí detrás del escritorio y pasé un dedo por la página para localizar el nombre de la mujer.

Ahí estaba. Al lado, había garabateado su país de residencia. Australia.

Cogí un pósit del escritorio de Wendy y lo anoté. Luego me metí la nota en el bolsillo.

40

El limpiaparabrisas quitaba las perlas de lluvia del parabrisas de mi coche.

El chaparrón había despejado el aire estival y la luz del sol barría el paisaje, cambiando las laderas con un caleidoscopio de colores.

La voz de Mask, que salía por el reproductor de CD como miel, me reconfortaba en el trayecto a Coorie Cottage.

Pasé por delante del *camping* donde se iban a alojar los chicos de Battalion el siguiente fin de semana, dejé atrás el bosque verde y puntiagudo y me dirigí hacia el torrente plateado de la cascada de Galen.

Como si fuera una señal, Mask terminó de cantar.

Le había enviado un mensaje a papá antes de salir, diciéndole que tenía que recoger unas compras y que volvería enseguida.

Si le hubiera dicho que me aventuraba a subir de nuevo a Coorie Cottage para ver a Mask, habría hecho todo lo posible por disuadirme.

Me detuve frente a la casa y me armé de valor.

Metí los dedos en el bolsillo trasero de los vaqueros y rocé la parte superior de la nota adhesiva. Sentí la obligación de decirle a Mask que alguien andaba por Loch Harris atacando verbalmente su persona.

Sin duda, me acusaría de entrometerme —pensándolo bien, tal vez lo estuviera haciendo—, pero necesitaba saber por qué aquella mujer decía cosas horribles de él.

Llegué a su puerta y llamé dos veces. La mano me temblaba cuando me disponía a llamar por tercera vez; oía cantar a

Mask desde algún lugar cercano. Su voz oscura me provocó un escalofrío.

Me sobresaltó el repentino efecto físico que tuvo en mí.

Respiré hondo.

Sonaba como si estuviera de nuevo en el jardín.

Esta vez, el sonido que yo producía al caminar por el lateral de la casa debió de llegarle, porque su canto se detuvo de repente.

La alta silueta de Mask estaba de pie sobre un arbusto que brotaba, anudado con brillantes bayas rojas que me recordaron a los adornos navideñas. Distinguí su mano tratando de subirse la capucha.

Se hizo un frío silencio.

—¿Y a qué debo el placer esta vez, señora Devlin? —dijo.

Su acento de las antípodas destilaba sarcasmo. Enderecé los hombros.

—Necesito hablar contigo —contesté.

Era brusco.

—¿Sobre qué? —quiso saber.

Puse los ojos en blanco. ¿Por qué tenía que ser tan desconfiado y beligerante? Entonces pensé en la cicatriz roja viva que le recorría el lado derecho de la cara y llegué a la conclusión de que no sabía cómo reaccionaría yo ante la gente después de sufrir una herida como esa.

—Es una planta preciosa —observé, señalando las bayas brillantes que goteaban de sus ramas.

Mask miró por encima del hombro.

—Es un arbusto de arándanos *Viburnum*. Les gustan a los pájaros cantores. —Creo que detectó mi curiosidad, porque suspiró y continuó—: Mi padre era un jardinero muy aficionado. Solía pasar horas con él en nuestro jardín de Port Macquarle.

Cuando le pregunté dónde estaba, me explicó que era una tranquila ciudad costera al norte de Sídney.

Mask bajó su oscura mirada unos instantes. Se agachó para acariciar una rosa del desierto. Era parecida a un narciso, pero, en lugar de los colores del sorbete de limón, tenía pétalos blancos ondulados, ribeteados de un tenue rosa azucarado.

—Me gusta traer un toque de Australia a Escocia. —Hizo una pausa—. Cuando cuido mi jardín, siento que puedo perderme y olvidar las cosas por un rato.

Admiré un macizo de flores, que Mask me explicó que eran margaritas australianas del río Swan. Aquellas delicadas flores malvas, blancas y azules suavizaban el borde del gris sendero pavimentado.

—Pueden brotar y encontrar el camino a través de paredes y grietas casi en cualquier lugar.

Le miré fijamente. Había algo de melancolía en su forma de decir aquello, quizá incluso algo de envidia por lo que aquellos pequeños pero persistentes brotes podían conseguir cuando se lo proponían.

—Cuando murió mi padre, me ocupaba yo del jardín. A mi madre le encantaba, pero ella no tenía corazón para cuidarlo.

—En cambio lo hiciste.

—Fue una lucha —confesó—. Pero le prometí a papá que lo haría.

—¿Y cuándo te diste cuenta de que habías heredado su don para la jardinería?

La expresión de la boca se le suavizó.

—No tengo ni de lejos el talento que tenía mi padre —repuso Mask.

Pasé una mano agradecida por encima de la multitud de flores en forma de campana, follaje en roseta y abanicos de hojas de color verde salvia.

—Estás de broma, ¿verdad? Esto es un paraíso.

Juraría que Mask mostró timidez por un instante.

—Gracias —contestó.

—¿Sigue viva tu madre?

Mask hizo una pausa.

—No, falleció un año después que mi padre. Creo que se rindió después de perderlo.

—Oh, lo siento mucho. Debió de ser amor verdadero.

Mask apretó la mandíbula.

—Si tú lo dices. —Se cruzó de brazos—. Pero no creo que hayas venido a preguntarme por mis conocimientos de jardinería.

¿Qué le pasaba a este hombre? Cada vez que pensaba que estaba haciendo algún progreso con él, se cerraba en banda.

—Mi padre es paisajista —dije, y me arrepentí inmediatamente. No parecía muy impresionado. Me aclaré la garganta—. He venido a verte por una misteriosa australiana que ha estado preguntando por ti.

Sus ojos marrones se entrecerraron.

—¿De qué hablas?

—Tengo su nombre —solté—. Sé cómo se llama.

Mask inclinó la cabeza hacia un lado mientras lo pensaba.

—¿Alguien ha estado preguntando por mí en el pueblo?

¡Dios, qué ser más insoportable!

—De acuerdo. Si quieres hacer como que no te interesa, perfecto. —Me saqué el pósit del bolsillo trasero y lo desdoblé—. Bien, el nombre de esa mujer es *Belle Raven*.

—¿Cómo has dicho?

Sus profundos ojos marrones brillaban bajo las sombras de la capucha.

—*Belle Raven* —repetí en voz mucho más baja.

—¿Es esto algún tipo de broma?

Le tendí la nota, pero no la cogió.

—Ese es el nombre que dio en el *bed and breakfast* en el que se aloja.

Dio dos largas zancadas y se cernió sobre mí. Irradiaba confusión y alarma.

—Creo que deberías irte. —Abrí la boca, pero me cortó—: He dicho que quiero que te vayas. ¡Ahora!

—Solo intentaba ayudarte. Esta mujer ha estado diciendo muchas cosas crueles. ¿Fue ella la que intentó causarte problemas la otra noche? —No contestó. Se limitó a quejarse bajo su capucha—. Puede que no estés familiarizado con una cosa que se llama espíritu de comunidad, pero es lo que compartimos por aquí.

—Creo que eso es un eufemismo de ser entrometido.

Casi me río de la ironía. Parecía Mac, al decir eso. Desafié su oscura mirada de fuego.

—Cómo ganar amigos e influir en la gente. Realmente lo clavas, ¿verdad?

No necesitaba que fuera agradecido, pero algo de civismo estaría bien.

La mandíbula cuadrada de Mask sobresalía bajo la capucha.

—No me he mudado al culo del mundo para hacer fiestas del té.

—Ya me he dado cuenta.

—Quiero que te vayas. ¡Ya!

Me ardía la cara.

Arrugué la nota y se la lancé a los pies calzados con zapatillas.

—Quizá esa mujer tenga razón en lo que dice de ti.

Mask se bajó aún más la capucha mientras yo metía la marcha atrás y me alejaba.

Lo que no vi fue que se agachó a coger la nota adhesiva y cerró los ojos con rabia y frustración.

41

Pisoteé la hierba y subí los escalones del porche del Conch Club.

Molly se había ido, pero mi padre seguía con un brillo de nerviosismo. Estaba comprobando una de las cerraduras de la ventana y se giró para mirarme.

Salté sobre el suelo de madera y pasé junto a los muebles, aún envueltos en sus láminas protectoras de plástico.

Papá frunció el ceño cuando empecé a hablar de Mask y le dije que había decidido no poner su música la noche de la inauguración.

La boca de papá se crispó.

—No puedes hacer eso, cariño. Parece que ya has perdido a Battalion y, además, has mencionado en tu publicidad que vas a poner en exclusiva su nuevo material.

Me froté los brazos desnudos y emití un gemido. Papá tenía razón. Le había dejado varios mensajes de voz a Ed, intentando persuadirle de que cambiara de opinión y volviera a unirse al grupo, aunque solo fuera por una noche, en el Conch Club. No me había devuelto la llamada.

Si ahora tampoco utilizaba la música de Mask, no le haría ningún bien a mi reputación.

Como si me hubiera leído el pensamiento, papá me advirtió de las consecuencias.

—Si lo retiras ahora, los clientes pueden pensar que no eres de fiar. ¿De verdad es eso lo que quieres cuando estás tratando de lanzar un nuevo negocio?

Fruncí el ceño y miré las paredes azul pavo real y el escenario semicircular.

—No, claro que no —contesté.

Papá terminó de ajustar la cerradura de la ventana y me lanzó una mirada por encima del hombro.

—Supongo que te habrá vuelto a molestar.

No podía decirle a papá que había vuelto a Coorie Cottage. Pondría su conocida cara de «ya te lo dije», y eso me haría darme cuenta aún más de lo idiota impulsiva que era.

—Oh, olvida lo que acabo de decir —dije, agitando las manos—. Ahora, ¿qué ha pasado entre Molly y tú?

Al oír su nombre, la cara de mi padre se transformó en una sonrisa de oreja a oreja.

—Nos hemos dado los teléfonos y saldré con ella la semana que viene.

—Trabajo rápido, papá. Bien hecho.

Continuó explicando que era viuda y no tenía hijos.

—Creo que la llevaré a ese bonito bistró nuevo que hay en la carretera de Finton. Molly ha dicho que ella tampoco ha estado allí todavía.

Me impresionó mucho su asertividad.

—¡Me alegro por ti!

Salió del cobertizo para botes y yo le seguí. Hizo sonar las llaves y se aseguró de que la puerta estaba cerrada.

—Todos los chicos han confirmado que regresarán el viernes por la mañana para pasar el fin de semana. Se suponía que iba a ser otro ensayo. —La decepción de papá era evidente—. Mikey sugirió que contratáramos a otro bajista, pero queda muy poco tiempo. Ed se sabe todas las canciones y puede tocar esos *riffs* con los ojos vendados.

Le ofrecí una sonrisa comprensiva.

—Ed también viene, supongo. —Papá asintió con la cabeza—. ¿Y se van a quedar todos en ese *camping* que hay cerca de la cascada de Galen?

Una de las cejas de papá se levantó.

—Sí. Debería ser acogedor.

Me mordí el interior del labio inferior.

Tenía que intentar hablar con Ed.

Papá hacía todo lo posible por ser pragmático respecto a que la banda no tocara la noche de la inauguración, pero yo me daba cuenta de lo mucho que significaba para él. Si Ed ignoraba mis llamadas, iría al *camping* el viernes y hablaría con él allí.

Tenía que intentarlo una vez más.

Los dos días siguientes fueron una sucesión de llamadas telefónicas a los grupos para confirmar los detalles de sus futuras actuaciones y firmar los contratos con nuestros proveedores de bebidas y aperitivos.

También tenía un par de fechas límite que me reclamaban, apuntadas en mi lista de tareas pendientes, para mis artículos como *freelance*. Faith estaba allí, tan fiable como siempre. Propuso que yo siguiera adelante con mis plazos de escritura mientras ella se encargaba de las facturas de los proveedores de alimentos.

Apenas había terminado de lanzar un histérico suspiro de alivio por lo que había conseguido, cuando el móvil, encima del escritorio, sonó.

Era papá, que quería saber si estaba bien. Al final del mensaje, añadía que los chicos habían llegado al *camping* y que se encontrarían con él más tarde, cuando se hubieran instalado.

Respondí a su mensaje con un comentario general y terminé con un par de besos.

Me eché hacia atrás en la silla y me quedé mirando cómo el perezoso cielo de julio pinchaba las copas de los árboles.

Miré el reloj de madera de la pared. Casi las once de la mañana. Apagué el ordenador y me colgué el bolso del brazo.

En el espejo ovalado del vestíbulo me vi manchas grises bajo los ojos. Llevaba tanto tiempo mirando la pantalla del ordenador que me sorprendió que la cabeza no se me hubiera deformado en forma rectangular.

Metí la mano en el bolsillo lateral del bolso, me puse un poco de pintalabios y unos toques de colorete rosado. Era como intentar añadir puntos de color a un negativo de fotografía.

Me acerqué al perchero y cogí la chaqueta de cuero de la percha. Al hacerlo, me llamó la atención algo que asomaba por debajo de los listones del zapatero. Me agaché y cogí una de las bufandas de Mac, que debió de caer allí cuando estaba ordenando sus cosas. Era una de las que solía llevar en los peores días de frío en invierno.

Acaricié su textura de lana antes de llevármela a la nariz. No olía en absoluto a él; no detecté nada del *aftershave* almizclado y muy perfumado que siempre fue su favorito.

No podía hacerme a la idea de que hacía ya cuatro meses que se había ido.

La sostuve en alto, antes de doblarla en cuatro y volver a meterla bajo el zapatero.

El *camping* Galen estaba repleto de tiendas de campaña, cuyos múltiples colores ondeaban suavemente con la brisa matinal.

Sabía que Coorie Cottage estaba a solo quince minutos a pie, pero eliminé de mi mente las imágenes de Mask, sobre todo las del miércoles por la tarde, en las que aparecía desagradecido y gruñendo.

Cerré el coche y lo dejé en el aparcamiento para visitantes, luego escudriñé el manto de hierba.

Mi atención se posó primero en Mikey y Jack, que habían levantado su tienda con estampado de camuflaje con esfuerzo y se relajaban bebiendo tazas de café.

Stan, mientras tanto, sacudía su saco de dormir rojo y le ladraba algo indescifrable a Ed.

Este se metió en su tienda, azul marino, con una ventana de plástico.

Perfecto. Esta era mi oportunidad para tratar de razonar con Ed y hacerle ver por qué esta actuación era tan importante. «Vamos. ¡A por ello!».

Apretando los labios, me acerqué a su semicírculo de material de acampada.

—¡Hola! —Sonrió Mikey, y me plantó un beso con sabor a café en la mejilla—. No creí que la falta de comodidades fuera tu estilo.

Devolví el afectuoso abrazo de Jack.

—No lo es.

Sus ojos siguieron los míos hasta la tienda de Ed.

—¿Estás bien? —susurró Stan, acercándose para apretarme la mano—. Tu padre nos lo ha contado todo.

Era un hombre tan cariñoso. Tendría que serlo, ya que era terapeuta en su trabajo diario.

Entorné los ojos por los persistentes rayos de sol que se abrían paso entre un banco de nubes y me maldije por no llevar gafas de sol.

—Sé que lo ha hecho. Me alegro. Ya ha habido suficientes secretos. —Estudié a cada uno de ellos por turnos: Mikey, con su hosco carisma; la mirada clara e intensa de Jack, y Stan, con su camiseta negra de Def Leppard. Esbocé una sonrisa confiada—. He venido a intentar que Ed cambie de opinión sobre lo de tocar en la banda la noche de la inauguración.

Mikey, Jack y Stan intercambiaron miradas pesimistas.

—Buena suerte —murmuró Mikey—. Yo no sería demasiado optimista, si yo fuera tú. Es un cabrón testarudo.

Jack asintió con la cabeza y empezó a decir algo cuando la cabeza rizada de Ed asomó por la solapa de la tienda. Su expresión se endureció al verme.

—Layla —me saludó.

Me puse firme en la hierba húmeda.

—Me preguntaba si podríamos hablar, por favor.

De mala gana, Ed salió. Su contacto visual con los otros chicos era nulo.

—No creo que quede nada más que decir —respondió.

Mi mirada se clavó en él.

—Lo siento, pero no estoy de acuerdo.

—Nosotros tampoco —dijo Mikey—. Al menos, podrías escuchar a la chica.

La mandíbula de Ed se tensó.

—¿Quién te ha preguntado? —le recriminó.

—¡Oye, venga! —Stan se interpuso entre los dos con las manos en alto en posición de rendición—. Vamos, chicos. Tranquilos. —Entonces, se volvió hacia mí y me dijo—: ¿Sabe Harry que estás aquí, Layla?

Dije que no con la cabeza.

—Solo te pido cinco minutos, Ed —le insistí.

La aprensión se dibujó en sus facciones; sin embargo, bajo el peso de la desaprobación de Jack, Mikey y Stan, Ed finalmente emitió un gruñido irritado.

—Está bien. Dame un segundo —concedió.

Volvió a meterse por la entrada de su tienda y regresó con un par de gafas de sol envolventes plateadas y ámbar.

El resto de la banda nos observó alejarnos torpemente, uno al lado del otro.

42

El bosque se fue cerrando a medida que dejábamos atrás las tiendas de campaña punteadas y alguna que otra autocaravana.

—Sé por qué quieres hablar conmigo —admitió Ed tras una larga pausa—, pero la respuesta sigue siendo no.

Un rayo de decepción me recorrió mientras pisábamos la hierba.

No pude contenerme.

—¿No ves lo egoísta que estás siendo? El resto de los chicos están deseando tocar en el Conch Club y para mí también es un gran acontecimiento. —Pensamientos de Ed y mi madre encontrándose a escondidas de papá todos aquellos años atrás se presentaron ante mí—. ¿No crees que nos debes al menos eso?

Ed dejó de caminar.

—Mira, Layla, siento mucho lo que ha pasado. Nunca debí involucrarme con tu madre. Pero, ¡maldita sea!, fue hace treinta años.

Arrastró los pies antes de alejarse de nuevo, manteniendo la mirada oculta tras las gafas de sol. Yo le seguí y pasamos junto a una vieja valla que estaba pidiendo a gritos una buena mano de pintura.

Toda la situación era una gigantesca maraña de mentiras y engaños, que seguía teniendo repercusiones tantos años después.

—Sabes que no eres mi padre biológico —razoné, con la esperanza de que este punto de vista pudiera arrojar algo de optimismo sobre el proceso—. Pero ¿no entiendes lo difícil que ha sido para Harry y para mí este asunto de la paternidad?

Ed avivó mi frustración al aumentar el ritmo de su marcha.

—¿No puedes aceptar todo esto como lo que es y seguir adelante? Cometí un error y solo quiero olvidarlo —dijo.

¿Así era este hombre?

Nunca sentí que conociera a Ed tan bien como a Mikey, Stan o Jack. Los otros tres eran siempre más gregarios, pero Ed se las arreglaba para desprender un aire distante. Era el más pensativo y cohibido de todos, pero su actitud egoísta hacia mi padre, hacia los otros chicos de la banda y hacia mí ahora mismo estaba avivando mi ira.

Le fulminé con la mirada mientras pasaba por encima de los restos de un viejo tronco y se abría paso entre algunas ramas colgantes.

—¿No te parece que deberías quitarte esas gafas de sol?

Era como intentar mantener una conversación seria con un corredor de maratón.

—Suelo tener migrañas si recibo demasiada luz solar —dijo por encima del hombro.

Suspiré. «Claro que sí».

—Bueno, las cosas no pueden quedar así —razoné, esforzándome por mantener un tono de voz uniforme. Volví a ponerme en marcha. Me agaché bajo algunas ramas bajas y me ajusté la correa del bolso. Ed era ahora un fragmento de camiseta blanca delante de mí que se agachaba y se zambullía entre las hojas que sobresalían como dedos que señalaban—. Por favor, Ed, ¿no puedes pensarlo un poco más...?

—¡Aaaargh! ¡Mierda! —exclamó.

De repente, Ed estaba tirado en el suelo, con las piernas en alto. Se quitó las gafas de sol y las tiró al suelo.

—¿Qué pasa? —pregunté.

—¡Mierda! ¡Mierda!

Corrí hacia él y me arrodillé a su lado.

—¿Qué pasa? —le pregunté.

Ed hizo una mueca.

—Me he torcido el tobillo con ese maldito tocón de árbol. No lo había visto —contestó.

—No me extraña. Te dije que te quitaras las gafas de sol. —Ed murmuró algo e hizo una mueca de dolor—. ¿Puedes hacer presión? —pregunté, y me quité el bolso del hombro—. Aquí.

Tras un par de torpes intentos, conseguí ponerlo en posición vertical. Ed se aferró a mí.

—Creo que me lo he torcido de verdad. —Apretó los ojos—. ¡Maldita sea! Me he dejado el móvil en la tienda.

—Yo tengo el mío. —Rebusqué en el bolso e intenté encontrar la señal. No había. No podía llamar a uno de los chicos o a papá y pedir ayuda—. Hay un buen trecho hasta el *camping*, pero intentaré ayudarte en lo que pueda.

Ed soltó un largo gemido.

—No puedo volver cojeando hasta allí. ¿No conoces a nadie que pueda vivir por aquí? Creía que lo sabías todo de la comunidad en esta parte del mundo.

Recogí sus gafas de sol del suelo y se las lancé mientras me incorporaba para que pudiera apoyarse en mí.

—Es una zona remota —dije.

Desplacé su peso y me coloqué su brazo derecho alrededor del cuello. Pesaba mucho y era incómodo, pero tendría que aguantar.

Las visión de nosotros dos dando tumbos todo el día por el bosque me daba ganas de gritar de frustración.

Entonces un ruido me sobresaltó. Parecía proceder de algún lugar más allá del tosco sendero que habíamos recorrido.

Escuché atentamente, esperanzada. Me di cuenta de que era la cascada de Galen, que tintineaba como campanas de plata.

—Conozco a una persona que vive en una casa más allá de esos árboles —dije.

¡Maldita sea!

La perspectiva de tener que volver a pedirle algo a Mask me producía pavor y resentimiento. Pero ¿qué otra alternativa tenía? ¿Quedarme aquí, atrapada en este bosque, con un egocéntrico bajista cojo de los años setenta?

Inspiré con determinación.

—Vamos. Nos pueden ayudar allí.

43

Hacer oídos sordos a los gemidos incesantes de Ed no fue fácil, sobre todo porque estaba apoyado contra mí.

Le guie agarrándome al brazo que me había puesto sobre los hombros.

Afortunadamente, el paseo informal por el bosque en el que estábamos no era empinado.

—Ya falta poco —le persuadí, fantaseando con la botella de agua que languidecía en el fondo de mi bolso.

Tuve la tentación de parar a dar un trago y que diera otro él, pero me resistí. Ed y yo parecíamos haber cogido un ritmo satisfactorio, aunque algo extraño, y avanzábamos de una manera constante que me resistía a interrumpir.

Al menos no llovía. Eso habría dado la puntilla.

Ed arrastraba el pie izquierdo, que no estaba lesionado, y yo me aseguré de que estuviera apoyado bajo el brazo. Cogí aire.

—Casi hemos llegado —anuncié.

Me dirigió una mirada desconfiada, pero su pálida expresión se relajó un poco cuando salimos, empapados de sudor y agotados, al borde de la carretera.

Detrás de nosotros, el bosque era un mar de ramas verdes empenachadas.

La cascada de Galen se precipitaba por las rocas y guie a Ed hasta las resbaladizas y brillantes piedras para que se salpicara con agua la cara.

Junté las manos y sorbí el agua que se agitaba entre mis dedos. Ed se desplomó contra la pared rocosa.

—Gracias —dijo. Parpadeé—. Quiero decir, gracias por ayudarme.

Hice un leve gesto con la cabeza.

—De nada. —Señalé a través de la tranquila carretera hacia Coorie Cottage—. Podemos conseguir ayuda allí.

Ed no parecía convencido.

—¿Hay alguien en esa casa? Todas las persianas están echadas —comentó.

—No te preocupes por eso. Siempre lo están. —Me pasé las manos mojadas por la parte de delante de los vaqueros—. Vamos.

Ed dudaba.

—¿Conoces a la persona que vive allí?

—Sí. Bueno, por decirlo de alguna manera.

Si alguien creía conocer al verdadero Mask, me encantaría encontrarlo.

Reuní las pocas fuerzas que me quedaban antes de colgarme el bolso del otro hombro y ayudar a Ed a cruzar el camino cojeando. Había mirado a hurtadillas el móvil en la cascada, pero seguía sin tener cobertura.

Ir a Coorie Cottage era nuestra única opción.

Fue un alivio llegar a la puerta principal de Mask. Las ventanas brillaban y el sol centelleaba en el tejado de tejas rojas. Ed se apoyó en la valla lateral mientras yo subía los escalones que llevaban a la entrada. Mask debía de estar dentro, o tal vez cuidando el jardín. Si no, no tendríamos más remedio que... esperar hasta que volviera.

Agucé los oídos y me pareció escuchar el susurro de una guitarra dentro de la casa. Levanté la mano para llamar a la puerta cuando la silueta de Mask apareció tras el cristal.

Antes de que pudiera decir nada, dije con alivio:

—Mask, soy yo, Layla Devlin. Necesito ayuda. Es una emergencia.

Su profunda voz de las antípodas retumbó a través de la puerta cerrada.

—¿Es esta tu forma de intentar entrar en mi casa?

La indignación se apoderó de mí. Entorné los ojos y miré

por encima del hombro a Ed, que estaba desplomado contra la valla.

—¡No, no lo es! Tengo aquí a un hombre con un tobillo lesionado.

Esperaba otra réplica cáustica, pero se hizo el silencio y luego se oyó un tanteo. A través del cristal de la puerta, vi que Mask se llevaba los dedos a la cara y luego se levantaba la capucha. Debía de estar poniéndose la máscara.

La puerta negra se abrió de golpe. Mask estaba de pie con los brazos cruzados como un guerrero *ninja* vestido de negro.

Bajé corriendo los escalones para ayudar a Ed. Se encogió al ver a Mask mirándole desde la puerta.

—¿Seguro que esto no es el Motel Bates? —susurró.

No pude evitar reírme.

—No te preocupes. Le gusta aparentar que es un tipo duro, pero en realidad es un gatito. —Ed parecía dudar—. Vale —concedí—, quizá sea un tigre dientes de sable.

—¿Vais a entrar los dos o vais a montar una fiesta del té ahí fuera? —gruñó Mask.

Me vio ayudar a Ed a ajustar el peso de su cuerpo y volver a pasarle un brazo alrededor de mi cuello.

—Por el amor de Dios, señora Devlin. Va a hacer daño en la espalda. Quieta ahí. Deja que le ayude.

Me quedé boquiabierta cuando un irritado Mask se acercó y ayudó con destreza a Ed a subir los escalones.

Le seguí, divertida por la expresión anonadada de Ed. Allí estaba, con el pie magullado o el tobillo torcido, con un desconocido con máscara negra que le ayudaba a entrar en su casa.

Mask entró en la casa con Ed. Momentos después, volvió a aparecer. Sus ojos negros y ardientes me miraban fijamente.

—Bien, señora Devlin, ¿piensa unirse a nosotros o no?

44

Mask llevó a Ed a la sala de estar, por el pasillo, a la derecha.

Noté que Ed hacía todo lo posible por no mirar fijamente su rostro oculto.

El vestíbulo en el que me encontraba era de color vainilla, con suelo de madera clara, mientras que la sala de estar tenía paredes gris acero y moqueta a juego, con muebles negros.

Ed estaba ahora tumbado en el mullido sofá de cuero de Mask, con la espalda apoyada en dos cojines de satén plateado.

Había muy poca luz, que se filtraba a través de las persianas venecianas bajadas, pero la que había resaltaba una oscura chimenea de estilo gótico con leños humeantes que saltaban en la rejilla.

Encima había una impresión en blanco y negro que mostraba el puente del puerto de Sídney brillando como una hebra de oropel contra el cielo nocturno. Sin duda, Mask prefería el estilo minimalista.

Una estantería de fibra de carbono recorría la pared opuesta. Albergaba una selección de biografías de músicos.

La voz de Mask, que hablaba con Ed, interrumpió mis pensamientos.

—Toma —dijo—, ponte esta bolsa de guisantes en el pie.

Ed le dio las gracias y se la colocó contra su calcetín. Soltó un ruido que era una combinación de gemido de satisfacción y suspiro delicado.

Mask me estudió.

—¿Adónde intentabais llegar?

—Estábamos dando un paseo por el bosque del *camping* cuando me hice esto —interrumpió Ed—. Me quedo con unos amigos allí el fin de semana.

Describir al resto de los chicos de Battalion como amigos ahora mismo era pasarse, teniendo en cuenta la situación actual, pero no hice ningún comentario.

Mask se quedó allí, observando a Ed unos instantes más.

—¿Podemos hablar un momento? —me preguntó, y movió la capucha para indicar que saliéramos del salón.

Le seguí hasta la cocina, situada al final del pasillo. Constaba de una barra de desayuno de mármol con electrodomésticos cromados, detalles en crema y armarios de color hueso.

Mask cerró la puerta de la cocina tras de mí.

—Si tu novio no es capaz de gestionar un simple paseo por el bosque, te aconsejaría algo más sedante la próxima vez.

Le miré fijamente.

—¿Novio? —dije.

Los ojos oscuros de Mask se clavaron en mi expresión de desconcierto.

—No es de mi incumbencia, por supuesto, pero cuando la gente que está mal equipada se va a una excursión absurda...

Una sonrisa se dibujó en mis labios.

—Espera. ¿Crees que estoy saliendo con Ed? —La mandíbula de Mask se tensó mientras yo soltaba una risita cansada—. ¿Crees que somos pareja? Te aseguro que no lo somos.

Mask cogió dos vasos de un armario y los llenó de agua. Me tendió uno y le llevó el otro a Ed, para volver con él segundos después.

—Cristóbal Colón está dormido. Pasar por encima de ramitas debe de haberle sacado de sus casillas —comentó. Miró por encima del hombro y señaló al salón, mientras volvía a cerrar la puerta de la cocina—. Entonces, si no es tu pareja, ¿quién es?

Fruncí el ceño. Por la ventana de la cocina se veían nubes entretejerse. Al menos la persiana de arpillera estaba subida, presumiblemente porque la cocina estaba situada en la parte trasera de la casa y ofrecía más intimidad.

—¿Por qué te interesa tanto saber quién es?

Mask se encogió de hombros.

—Solo tengo curiosidad. Vienes a mi puerta, con el pelo revuelto y con un extraño encima.

Sentí que me burbujeaba el resentimiento.

—Para tu información, y que conste que no es de tu incumbencia, resulta que estoy despeinada de ayudar a Ed a través de la espesa maleza. —Mask siguió examinándome—. Y no lo tenía encima, como tú de manera tan pintoresca dices. ¡Joder, no soy adivina! ¿Cómo iba a saber que se iba a hacer daño en el pie? —Cogí mi vaso de agua y bebí un sorbo—. Si lo hubiera sabido, habría metido en el bolso mi muleta portátil.

Juraría que la boca de Mask se crispó por un segundo.

El enfado chisporroteaba en mis venas.

—¿Por qué coño te estoy dando explicaciones? No eres precisamente un libro abierto.

—No te sigo —comentó él.

Reprimí un bufido irónico.

—Me lo imaginaba. Te escondes detrás de esa máscara, te ocultas bajo esa capucha...

La mandíbula angulosa de Mask palpitaba y noté que le salía una ligera barba incipiente en la barbilla.

—Yo no me escondo.

—Bueno, esa no es la impresión que da.

Me giré para coger el pomo de la puerta de la cocina cuando la mano de Mask salió disparada y me tocó el brazo desnudo. Sus dedos me acariciaron la piel. La sensación me hizo soltar un grito ahogado. Avergonzada, lo convertí en una tos.

Mask se miró los dedos y apartó la mano, como si se hubiera quemado.

—Aún no me has dicho qué hacías en el bosque con ese tío.

Me metí las manos en los bolsillos traseros de los vaqueros.

«¿Por qué estaba tan interesado en saber sobre Ed?».

Observé los ángulos tenues y sombríos de sus rasgos bajo la capucha.

—Quizá te lo cuente algún día, cuando decidas confiar en mí para todo esto. —Levanté la mano y la moví contra su máscara—. Intenté ayudarte y lo único que conseguí a cambio fue que me echaras en cara mi predisposición. —Puse la mano en el pomo de la puerta—. La confianza es cosa de dos, ya sabes.

Abrí la puerta de un tirón, percibí un movimiento parpadeante por el rabillo del ojo y el sonido de una tela que se deslizaba.

—Oh, por el amor de Dios. Qué desesperante eres. Layla, date la vuelta. Por favor.

Me detuve con un sobresalto momentáneo al oírle llamarme por mi nombre. Me giré con los ojos muy abiertos.

Llevaba la capucha bajada y la máscara negra colgaba inerte de su mano derecha.

45

Ya había visto la cara de Mask antes, pero fue de lejos, cuando le sorprendí en el jardín.

Ahora estaba de pie frente a mí, con una extraña expresión en esos ojos oscuros de pestañas puntiagudas. Vi claramente sus facciones.

Llevaba el pelo negro en ondas desordenadas, que le llegaban hasta la nuca, y sus cejas tenían una curiosa inclinación. Sus rasgos mostraban un decidido desafío.

Mi atención se desvió hacia la cicatriz que se extendía por el lado derecho de la mejilla. Recordé, tras haberla visto brevemente antes, que le llegaba desde la frente hasta la comisura de la boca, pero de cerca parecía desvanecerse. No lograba hacer sombra al resto de sus atractivos rasgos.

Se pasó una mano por el pelo.

—¿Satisfecha?

Tragué saliva, luchaba por serenarme.

—¿Qué quieres que te diga?

Se encogió de hombros, que subían y bajaban bajo la capucha.

—¿Cómo sucedió? —pregunté.

La cara de Mask se cerró de dolor.

—Paso a paso, Layla.

Nos quedamos uno frente al otro, el significado de lo que acababa de ocurrir viajando de un lado a otro entre nosotros. Debió de ser un gran acontecimiento para él revelar así su cicatriz.

Detecté otra débil punzada en su mandíbula mientras seguía observándome.

Salí de la cocina para ver cómo estaba Ed, que se había dado la vuelta y se acurrucaba en uno de los cojines de seda de Mask. Cuando segundos después volví con Mask, cerré la puerta de la cocina tras de mí.

Tenía que contarle lo de Ed. Vale, Mask aún no me había confiado cómo se hizo la cicatriz, pero el mero hecho de que me hubiera mostrado su rostro era sin duda un paso enorme... y había decidido darlo.

Dejé escapar una larga bocanada de aire cuando Mask me indicó que me sentara frente a él en la barra del desayuno y acercó dos vasos de agua fresca con cubitos de hielo.

Fue entonces cuando di rienda suelta a mi historia en su cocina bañada por el sol.

Mask me escuchó. Sus rasgos malhumorados mostraban una gama de emociones. Su cicatriz solo me parecía prominente cuando inclinaba la cabeza de cierta manera.

—¿Así que tu madre tuvo una aventura con ese hombre que ahora duerme en mi sofá?

Jugueteé con el anillo de color rojizo y hojas de lima que llevaba en el dedo y que papá me había regalado cuando cumplí los veintiuno.

—Sí.

—¿Y estabas paseando con él, disfrutando del paisaje campestre?

Puse mala cara.

—Intentaba hacerle entrar en razón. Como te acabo de decir, se niega a volver a tocar con la banda en mi noche de inauguración. —Un sordo latido reclamó mi sien izquierda en ese momento. Tomé un sorbo de agua y los cubitos chocaron con mis dientes—. Pensé en intentar volver a hablar con él sobre el tema hoy, cuando volvieran todos a Loch Harris para pasar el fin de semana, que en principio iba a ser para otro ensayo.

—¿Y por eso saliste a pasear con él?

Asentí con la cabeza, luego deseé no haberlo hecho. Me pesaba la cabeza.

—Eso es un poco egoísta por su parte, ¿no? —opinó.
Suspiré.
—Creo que sí, pero entonces tal vez sea yo la que está siendo egoísta.
Mask me examinó y pestañeó con sus espigadas pestañas negras.
—No creo que esa sea una palabra que te describa.
El estómago se me agitó de un modo extraño mientras miraba su atractivo rostro, con la cicatriz roja como un río.
—No la noto —solté—. Me refiero a tu cicatriz. Quería que lo supieras.
Mask bajó los ojos unos segundos antes de volver a mirarme.
—Pareces un poco cansada. ¿Por qué no te sientas unos minutos en mi habitación de invitados?
—Pero los chicos se preguntarán dónde estamos —contesté.
Mask se levantó del taburete de la cocina, todo largas piernas y ojos brillantes.
—Os llevaré a los dos allí cuando os hayáis recuperado un poco.
Me llevé los dedos a la cara. Me sentía tan atractiva como un muñeco de cera derritiéndose.
—Siento que te estemos causando tantos problemas —me disculpé.
Mask me lanzó una mirada que no pude descifrar.
—En absoluto. Si no, no me habría ofrecido.
—Gracias.
Abrió la puerta de la cocina y los dos fuimos por el pasillo hasta la sala de estar. Ed continuaba tirado en el sofá de Mask como una marioneta con hilos invisibles.
Soltó un bufido.
—Una visión encantadora —murmuró Mask secamente.
Había una puerta cerrada al fondo del pasillo y a la izquierda de la cocina. La había visto antes, y supuse que sería un guardarropa o un armario.

Mask giró la manilla dorada y me guio hasta su habitación de invitados, que parecía más bien un estudio de música.

Había una pequeña ventana en la pared del fondo, con la persiana de rigor, pero estaba subida hasta la mitad. A través de ella entraba una luz lechosa que daba a un piano situado en un rincón, así como a un teclado y dos guitarras. También había un micrófono ensartado en un largo soporte.

Había cuadernos apilados sobre el piano y un viejo sillón acolchado de color verde botella frente a él, también un taburete de piano tradicional.

Mask apartó la silla del piano y cogió una manta de tartán azul y verde que cubría el respaldo.

Me instó a sentarme y me hundí en su mullida comodidad.

—Toma —dijo; sacudió la manta y la puso sobre mí—. A veces refresca un poco en esta habitación.

—Tengo veintinueve años, no noventa y nueve —bromeé.

Levantó las cejas inquisitivamente.

—Haz lo que te digo por una vez. Un concepto extraño, lo sé, pero hazlo. —Salió por la puerta abierta y regresó instantes después, con una taza de té fuerte en la mano—. Le he echado un poco de azúcar.

Lo acepté agradecida y di un largo sorbo.

—Gracias.

Mask asintió con la cabeza.

—Termínate el té y luego descansa un poco.

Salió por la puerta y bebí varios sorbos más del té caliente y dulce. Era bastante fuerte, pero sabía de maravilla.

Rayos de suave luz solar se agitaban junto a mis pies.

Apuré lo que quedaba del té, coloqué la taza junto a la mesa antes de echar la cabeza hacia atrás y cerrar los ojos un momento. Las imágenes de Mac, el Conch Club, mi padre y Ed se fundieron tras mis párpados.

Solo cuando oí la voz de Mask volví a abrir los ojos y me incorporé en la silla. Debía de haberme quedado dormida.

Parpadeé varias veces y me quité la manta. Se deslizó por mis rodillas hasta la alfombra.

Me levanté de la silla y me dirigí a la puerta entreabierta de la sala de música. Ed estaba hablando y su voz me llegaba por el pasillo. Era insistente, pero Mask le cortaba.

—Tienes que hacerlo por Layla. Por ella y por su padre.

Me quedé con la boca abierta y apoyé un hombro en la pared de magnolia. ¡Maldita sea! Mask estaba hablando con Ed, y parecía que intentaba convencerle de que tocara en mi inauguración con el resto de los chicos.

Me colé por el hueco de la puerta abierta, procurando no hacer ningún ruido innecesario.

Me acerqué de puntillas a la sala de estar, con el aliento nublado en la base de la garganta. A través de la estrecha rendija, se veía a Ed sentado en el borde del sofá de Mask con expresión recelosa.

Ed vaciló.

—Pero lo que hice... Ahora me siento tan culpable por todo, por tener una aventura con la mujer de un compañero. Luego está todo el tema de que Harry y Layla han tenido que hacerse una prueba de ADN. No puedo afrontarlo. Pensé que quedaría en el pasado, Tina y yo, quiero decir, pero lo que hice..., lo que hicimos..., es demasiado para mí.

Desde donde estaba, Mask lanzó un suspiro frustrado.

—Ya estás otra vez. Pensando solo en ti. ¿Y Harry y Layla? Seguro que han sufrido más que nadie durante todo esto.

El corazón me golpeaba en el pecho mientras estaba allí, apoyada contra la pared. Lo que Mask estaba haciendo..., lo que intentaba hacer para ayudarme...

Me mordí el labio y volví a centrarme en la conversación que tenía lugar a escasos centímetros de mí.

Volví a poner un ojo en la rendija de la puerta y observé a Mask entrar en mi campo de visión durante unos segundos. Volvía a llevar la máscara de terciopelo negro y la capucha gris le cubría la cara.

—Algunos secretos deberían quedarse en el pasado —gruñó Ed, con culpabilidad en los ojos—. Si Tina no fuera una bruja tan vengativa... —Ed miró fijamente a Mask, cuya forma de hablar de repente sugería mayor bravura de lo que su aspecto daba a entender—. Y, de todos modos, ¿por qué estás tan interesado en esto? No tiene nada que ver contigo.

Mask se inclinó hacia delante, su perfil oculto se acercó a Ed.

—Supongo que tienes razón —respondió—. Pero no me gusta que traten mal a la gente buena. —Se me revolvió el estómago cuando Mask se acercó aún más y Ed retrocedió—. Tuviste una aventura con la madre de Layla.

Los ojos azul claro de Ed se entornaron en su rostro tenso.

—No estoy orgulloso de lo que hice.

—Bueno, esta de ahora es una oportunidad de hacer algo positivo para expiar aquel error. —Me tragué una burbuja de emoción cuando Mask volvió a hablar. Su acento australiano estaba cargado de determinación—. Layla es... Layla es una mujer muy especial. Tal y como yo lo veo, al menos puedes demostrarles a Layla y a su padre que quieres hacer algo por ellos. —Dio un paso atrás y le perdí de vista a través de la rendija de la puerta—. Nadie te está pidiendo que vuelvas a unirte a la banda de manera permanente. Esto es por una noche. ¿No crees que les debes al menos eso? Estarías haciendo lo correcto para ambos. —Mask volvió a aparecer brevemente por la rendija—. Te guste o no, amenazaste su pequeña unidad familiar y han tenido que luchar para reponerse.

Ed tragó saliva y apretó los puños. Las palabras de Mask resonaron en mi cabeza y este volvió a aparecer a la vista, ante mis ojos muy abiertos y sorprendidos.

—Después de casi treinta años, ahora tienes la oportunidad de hacer las cosas bien. O, al menos, de intentar hacer las paces. —Mask negó brevemente con la cabeza—. Ojalá yo tuviera esa oportunidad.

¿Qué quería decir con eso?

Ed se levantó del sofá y se puso en pie, con las manos metidas en los bolsillos de los vaqueros.

No intercambiaron más palabras, pero ambos se dirigieron hacia la puerta del salón, Ed cojeando un poco.

Ahogando un nudo de emoción en la garganta, salí corriendo por el pasillo y entré en la sala de música antes de que ninguno de los dos se diera cuenta de que les había escuchado.

46

—¡Maldita sea! ¡Estábamos a punto de ir a buscaros con *huskies* y un helicóptero! —gritó Mikey desde el otro lado del *camping*.

—¿Dónde estabais? ¿Arriba en Ben Nevis?

Stan se quitó las gafas de sol de espejo.

—Harry se ha vuelto loco de la preocupación, Layla. Le llamamos para ver si sabía dónde os habíais metido —comentó.

Jack salió de su tienda y entrecerró los ojos al mirarme.

—Santo cielo, Ed. ¿Qué te ha pasado? —dijo.

Se hizo el silencio cuando repararon en la figura encapuchada y enmascarada.

—Tropezó con el tronco de un árbol —expliqué a toda prisa, tratando de llenar el silencio—. Está bien, pero tiene el pie un poco magullado. Hemos conseguido ayuda.

Las tiendas del *camping* ondeaban. Mask mantenía una discreta distancia.

—Me voy, Layla —dijo este.

Levantó la mano en forma de saludo a los demás y empezó a caminar hacia su camioneta.

—Espera —le dije.

Detrás de nosotros, los chicos formaron un semicírculo e hicieron lo posible por no mirar fijamente al imponente y misterioso desconocido. Los ojos de Mask me fulminaron y tuve que aclararme la garganta.

—Quería agradecerte toda tu ayuda de hoy.

—De nada.

Me debatí interiormente entre si confesarle que sabía lo de su valiente intento de persuadir a Ed para que actuara con

Battalion para mí, o no, y al final me lo pensé mejor. No quería que Mask creyera que me paseaba por su casa y le espiaba.

Nos quedamos uno frente al otro, mientras nos llegaba el sonido de una hoguera chisporroteante en las inmediaciones.

—Mask —estallé, mis dedos retorciéndose entre sí—. ¿Qué relevancia tiene el nombre de *Belle Raven*?

Mask dejó escapar una risa seca.

—No te estarás echando atrás a la hora de avanzar, ¿verdad? —inquirió.

Un rubor me recorrió las mejillas.

—Lo siento. Es que hoy nos has ayudado a Ed y a mí, así que me gustaría ayudarte si puedo.

El pecho de Mask se hinchó bajo la cremallera de su sudadera gris oscura.

Podía visualizar sus rasgos de antes, también sus ángulos altivos.

—No tendré paz si no te lo digo —dijo—. Eso lo sé muy bien. —Su boca se aplanó—. Vale. Tú ganas. *Belle Raven* es el título de mi primer álbum.

—Así que esa mujer debe de ser una especie de fan obsesionada.

Mask soltó un gruñido de exasperación.

—Ahí es donde creo que podrías estar equivocada. Ese álbum nunca llegó a publicarse. —Mask y yo nos alejamos un poco, hasta donde había un dosel de árboles resplandecientes—. *Belle Raven* debe su nombre a mi madre, Belle, y a un barco que tuvo mi abuelo llamado Raven Warrior. Era el título provisional del álbum.

Fruncí el ceño.

—¿Por qué nunca se publicó?

Su respuesta fue brusca.

—Tenía mis razones para no hacerlo.

—Entonces, no habrá mucha gente que conozca ese álbum.

Los ojos de Mask se entrecerraron.

—Así es.

Me aferré a la vana esperanza de que confiara en mí, tal como yo había confiado en él con lo de papá y Ed.

—Entonces, ¿quién demonios es esa mujer que se hace llamar *Belle Raven*?

—Ojalá lo supiera. Gracias por intentar ayudarme.

Se dio la vuelta y regresó a su camioneta sin decir una palabra más.

47

Cuando vi marcharse a Mask, una extraña sensación se apoderó de mi estómago.

Había tantas preguntas que requerían respuestas. ¿Cómo se hizo Mask la cicatriz? ¿Quién era aquella australiana y por qué utilizaba el título de su primer álbum? ¿Y por qué este no se había publicado nunca?

—¿Layla?

Me giré al oír la voz vacilante de Ed desde el otro lado del césped. Se retorcía en una silla de plástico a rayas verdes y amarillas. Tenía el pie lesionado en alto, apoyado en una nevera portátil cubierta con una manta. Mikey, Jack y Stan estaban al acecho.

Ed les murmuró algo y uno a uno se fueron metiendo en sus respectivas tiendas.

Me acerqué a Ed.

—¿Cómo tienes el pie?

—Sobreviviré.

Me quedé a su lado hasta que Mikey salió de su tienda con otra silla plegable bajo el brazo.

—Aquí tienes, Layla —dijo.

La tendió para abrirla, miró a Ed y volvió a desaparecer a través de la lona ondeante.

Me senté junto a Ed.

—Gracias de nuevo por ayudarme esta mañana —dijo. Apoyó los codos en los brazos de la silla—. No te habría culpado si hubieras decidido darme un pisotón en el otro pie.

Me encontré sonriendo.

Entrecerré los ojos y miré al cielo de media tarde, que se

negaba a brindarnos más sol. Parecía que habíamos recibido nuestra cuota del día.

—Sí. Bueno, tengo que pensar en mi reputación en el Conch Club. No puedo dejar que los clientes piensen que abandono a los pobres bajistas en Loch Harris cuando necesitan ayuda desesperadamente.

Ed soltó un bufido.

—En mi caso, no creo que mucha gente te hubiera culpado si lo hubieras hecho. —Bajó los ojo a las rodillas de sus vaqueros y tiró de un hilo imaginario—. Me siento como un gilipollas. Los chicos me acaban de explicar quién es Mask. —Dejó caer la cabeza contra la silla de *camping*—. Había oído hablar de ese chico, por supuesto, pero estaba tan preocupado por mí y por mi maldito pie...

—No pasa nada —le aseguré—. A Mask no le van nada las charlas ociosas.

Vi el pecho de Ed agitarse bajo la camiseta roja limpia que se había puesto. Hubo un tartamudeo en nuestra conversación.

Me pasé una mano cansada por la cara.

—Me vendría bien una ducha caliente. Ah, y será mejor que yo también llame a papá.

Sabía que Jack había hablado con él para decirle que Ed y yo estábamos bien, pero, conociendo a mi padre como lo conocía, no se quedaría tranquilo hasta haberme interrogado él mismo.

Ed se recolocó la pierna en alto.

—Harry es un padre maravilloso.

Me levanté de la silla y traté de disimular la emoción en mi voz.

—Sí, lo es. —Levanté la mano en un gesto torpe—. Cuida ese pie, Ed.

Me agaché y me asomé en cada una de las tres tiendas para saludar a los otros chicos, y solo había avanzado unos metros sobre la alfombra de hierba ondeante hacia el aparcamiento, cuando la voz de Ed me llamó:

—Layla. Espera. —El bolso me golpeó el costado derecho al girar sobre mí misma—. Por lo menos, no me he roto el pie. —Vaciló tras una pausa. Se le escapó una sonrisa—. No tendré que andar cojeando en el escenario la noche de la inauguración, sino que podré desmelenarme con los demás.

48

—¿Qué tal estoy? —preguntó papá sonriendo, sin ocultar la tensión en sus ojos gris plateado.

Había elegido una camisa de manga larga de algodón azul claro y unos elegantes pantalones azul marino.

Me di cuenta de que también había seguido mi consejo y se había cortado el pelo en la barbería local. Su cabello seguía siendo una mezcla de capas largas de color marrón chocolate con algunas canas, pero ahora estaba mucho más ordenado.

—Triunfarás con Molly. —Sonreí—. ¿A qué hora la recoges?

Papá se miró el reloj por décima vez en la última media hora.

—A las siete y media. Salgo enseguida. No quiero llegar tarde.

Apreté los labios.

Finton, donde vivía Molly, estaba a quince minutos de Loch Harris. Podría haber aguantado al menos otros veinte minutos. Pobrecillo. Estaba nervioso y emocionado.

Papá miró mi teléfono por encima del hombro.

—Vaya, Layla —comentó—. ¿Todos esos correos tienen que ver con el Conch Club?

Me di la vuelta en el sofá de papá.

—Todos menos estos dos, que tratan de venderme Viagra.

Se rio y cogió las llaves del coche de la mesita.

—Vale, cariño. Me voy. Dosifícate, ¿vale?

Hice un simulacro de saludo.

—Y, por favor, no olvides cerrar al salir.

Me dio un beso en la mejilla y salió por la puerta principal en una nube de loción de afeitar.

Cerré el móvil de un golpe y encendí la lámpara del recibidor de papá para cuando el crápula regresara a casa.

Aún faltaban varias semanas para que llegara el otoño, los árboles pronto cambiarían y se volverían de tonos ámbar y rojizos. En el aire también se percibiría ese matiz terroso tan familiar, que me recordaba a las calabazas y los fuegos artificiales.

Mis zapatillas Converse rosas y blancas me llevaron de vuelta al sendero.

Papá se quedó sorprendido pero encantado cuando le conté que Ed había decidido volver a unirse a la banda para la gran noche, y papá insistió en alojarlos a todos en su casa cuando vinieran al concierto. Sí, incluso a Ed.

Estarían bastante apretados y habría mucha cerveza y mucha testosterona, pero todos estuvieron de acuerdo en que era buena idea.

Al doblar la esquina del camino, el tejado de mi casa asomaba por entre la maraña de copas de los árboles, pero lo único en lo que pensaba era en Mask. Luché por ignorar el cosquilleo que sentía en el estómago. Llegaría a casa, me prepararía un chocolate caliente con sabor a nuez moscada y revisaría mis correos electrónicos.

Entré y encendí la lámpara del recibidor. Me quité los zapatos y los vi deslizarse por la alfombra. Después de ponerme el pijama y saborear los remolinos de nata que cubrían mi taza de chocolate caliente, me senté delante del ordenador, en el fondo del salón.

Acababa de responder a un periódico de Glasgow con información de detallada sobre los miembros de Battalion cuando la pantalla del teléfono se iluminó con un número de móvil que no reconocí.

Solté un suspiro de desesperación y contesté.

Era Wendy Goodman, propietaria del *bed and breakfast* River Lawn.

—Mi huésped australiana que te preocupaba —balbuceó en voz baja—. Creo que le pasa algo.

Me senté más erguida en mi silla giratoria.

—¿Wendy? ¿Estás bien? Más despacio —le pedí.

—La oí por casualidad. —Tragó saliva, con la respiración agitada—. Estaba en su habitación esta noche, hablando con alguien por teléfono.

Esperé a que Wendy estuviera un poco más serena.

—¿Hablaba de Mask?

—Sí. Seguro.

—¿Pudiste entender qué decía?

Wendy hizo una pausa antes de volver a hablar.

—Dijo que iba a ir a Coorie Cottage esta noche para enfrentarse a él.

Parpadeé.

—¿Enfrentarse a Mask? ¿Acerca de qué?

—No tengo ni idea.

Salté de la silla y empecé a caminar.

—¿Sabes a qué hora pensaba subir?

—Dijo que alrededor de las ocho y media. Todavía tiene un coche de alquiler.

Mi imaginación se disparó. Oh, maldita sea. Tal vez fuera una fan enloquecida después de todo, que pensaba que él la estaba ignorando. Aunque Mask había dicho que su primer álbum, *Belle Raven*, nunca se había publicado, si ella era una ferviente admiradora suya, lo más probable es que lo supiera, lo cual podría explicar por qué daba ese nombre en particular.

—No tengo su número de móvil —dije y empecé a asustarme—. Y, aunque lo tuviera, la cobertura allí arriba es pésima. —Me di la vuelta, y mi pelo suelto se movió al aire—. ¿Sigue esa mujer en su habitación?

—Sí, puse la excusa de que tenía que comprobar que tenía toallas limpias.

Me levanté la muñeca para mirar el reloj. Eran las 19:45. Aquella mujer pretendía estar en Coorie Cottage en cuarenta y cinco minutos. Sabía que, si me ponía cualquier cosa y me daba prisa, podría salir por la puerta en cinco minutos y ponerme en camino.

Algo me decía que tenía que llegar antes que ella.

49

Mientras me preparaba para salir, las palabras de despedida de Wendy rondaban mi mente.

—¿No crees que deberías avisar a la policía? Por si las cosas se ponen feas.

Sospechaba que Wendy había visto demasiados dramas policiacos, pero apreciaba su preocupación y sabía que hablaba con sensatez. Sin embargo, me estremecí al imaginarme los coches de policía y las sirenas sonando en la noche y pululando por Coorie Cottage.

Mientras me calzaba los zapatos con una mano, con la otra recorrí mis contactos para localizar el número del policía local Tom Bateman.

Tom había sido tan cariñoso y compasivo cuando murió Mac, y se había mostrado entusiasta y servicial cuando me encargaron que escribiera un artículo sobre «Un día en la vida de un policía rural» para un suplemento dominical del periódico.

Teniendo en cuenta que también habíamos ido juntos a la escuela, sentí que no estaba siendo atrevida... Bueno, esperaba que no demasiado.

El teléfono de casa de Tom sonó y no lo cogió, pero conseguí localizarlo en el móvil.

—Pero acabo de salir de servicio —gimió en mi oído—, y le prometí a Douglas que tendríamos una noche tranquila con comida para llevar.

Mi silencio fue ensordecedor.

—Oh, Layla —dijo—. Me debes una por esto. —Me puse la chaqueta vaquera—. Muchas gracias, Tom. Yo invito a una botella de vino y comida para llevar. Voy de camino a recogerte ahora.

Dirigí mi coche hacia el bordillo, donde Tom esperaba bajo una de las farolas de la plaza.

Negó suavemente con la cabeza morena mientras se subía al asiento del copiloto.

—A ver si lo he entendido bien. Nos dirigimos a Coorie Cottage otra vez por una corazonada.

Miré de reojo a Tom mientras ponía los intermitentes para la carretera principal. Los tejados pinchaban el cielo estrellado y las siluetas de los muros de ladrillo moteados de musgo y las granjas se deslizaban a lo lejos.

Me escuchó mientras me explayaba sobre la huésped australiana de Wendy, el nombre del álbum que utilizaba aquella mujer y mi sensación de que había sido la responsable de los altercados que hubo en la casa de Mask.

Tom consideró todo lo que le había contado.

—¿Una acosadora? —se preguntó.

Avancé por el camino rural, observando cómo la oscuridad hacía que las colinas parecieran grandes gigantes dormidos.

—Yo también me preguntaba lo del acosador —dije.

—¿Y por qué estás tan molesta, señora Devlin?

Fijé mi atención en el retrovisor, aunque sabía que no había tráfico detrás de mí.

—¿Qué quieres decir? —le pregunté.

Los labios carnosos de Tom se arrugaron.

—Incluso ya en el colegio siempre eras la que rescataba insectos o defendía a los niños tímidos.

Me sonrojé.

—¿Adónde quieres llegar?

—Sé que eres un alma compasiva, pero esto es diferente. —Tom me lanzó una mirada por el rabillo de sus ojos color avellana—. Esta es la segunda vez que vas a Coorie Cottage para ayudar a ese tío, o, al menos, la segunda vez, que yo sepa.

Me retorcí en el asiento.

—Se llama ser buen vecino.

Tom enarcó las cejas.

—¿Es así como se llama ahora?

Ignoré su comentario y giré con el coche.

Por la ventana del salón de Mask salía un resplandor anaranjado y su camioneta estaba estacionada, como de costumbre, a la izquierda de la casa.

Aparte de nosotros, no se veía ningún otro vehículo.

—Esa mujer tiene coche —dije, frené en seco y apagué el contacto—. Wendy me ha dicho que ha alquilado uno.

Salimos del vehículo y lo cerré, con el aroma de la noche bruñida mezclado con mi inquietud. No estaba segura de lo que creía que sería capaz de hacer, pero el impulso de ayudar a Mask, de demostrarle que alguien se preocupaba por él, era abrumador.

Cuando llamé a su puerta, se encendió una luz en el pasillo y vislumbré su alta figura vacilante a través del cristal.

—Soy Layla y estoy con Tom Bateman, agente de la policía local.

Por lo que pude ver a través de los cristales biselados, Mask llevaba una sudadera con capucha que había cogido de un gancho del perchero.

La puerta se abrió y Mask apareció tras ella.

Tom estaba a mi lado, en el escalón, y le dirigió una mirada inquisitiva.

—¿Pasa algo malo? —preguntó Mask.

Me fijé en que no se había puesto la máscara, pero la capucha que llevaba estaba echada hacia delante al máximo, lo que impedía ver sus rasgos. Lo único que se veía era el extraño destello de sus ojos negros de pestañas oscuras.

—Podría ser —admití y compartí una mirada con Tom.

Tom sonrió levemente.

—¿Podemos entrar, señor?

La atención de Mask se desplazó de Tom a mí durante varios segundos más antes de dar un paso atrás.

—De acuerdo. Por favor, pasad al salón.

Mask estaba a punto de cerrar la puerta principal cuando se oyó un chirrido de neumáticos en el exterior y una voz chillona irrumpió en la oscuridad.

—¡Asesino! —gritó alguien—. ¡No eres más que un asesino!

50

Mask salió disparado por la puerta y se detuvo en el último escalón. Los hombros se le pusieron rígidos.

Una mujer vestida con un forro polar azul, pantalones beis y zapatillas de casa saltaba de un Ford Ka blanco a toda velocidad. Era pelirroja y tenía la cara llena de pecas, una cara distorsionada por la furia.

A su lado, en el asiento del copiloto había otra mujer. Parecía absorta ante el espectáculo que se desarrollaba a través del parabrisas.

Salió trepando. Me di cuenta de que era unos años más joven que su compañera. Llevaba una boina rosa y amarilla, puesta hacia atrás sobre el alborotado pelo rubio pajizo, e iba vestida como una estudiante, con un par de brillantes botas Dr. Martens negras.

Al principio me costó comprender las cosas horribles que se gritaban. Después, me di cuenta de que rebuscaba en el bolso de arcoíris que llevaba al hombro y sacaba un cuaderno y un bolígrafo. Debía de ser periodista.

Mi atención volvió a centrarse en la pelirroja.

Cerró de golpe la puerta del coche y señaló a Mask con un dedo acusador.

—¡Es él! —gritó—. Vamos, Shelley. Pregúntale.

Shelley, la rubia de la boina, se acercó a Mask.

—¿Rafe? —preguntó, con la emoción creciendo en su voz—. ¿Eres Rafe Buchanan?

Bajo el cielo oscuro, Tom y yo giramos sobre el escalón para mirar a Mask, pero este no respondió. Se quedó allí inmóvil, como un maniquí.

La pelirroja le enseñó los dientes.

—¡Claro que es él! Te dije que lo era. No es más que un asesino.

Otra vez esa palabra. Me estremecí, tratando de fingir que no la había oído.

Tom fue al encuentro de la mujer bajando los escalones de granito.

—Perdone —dijo—, pero no puede ir lanzando ese tipo de acusaciones por ahí.

—¿Acusaciones? Eso es de risa. Es culpable —dijo la mujer. Sus ojos duros y fantasmales se deslizaron sobre Tom—. ¿Y quién demonios eres tú?

—El agente de policía Tom Bateman —contestó este.

La blanca barbilla de la mujer le sobresalía hacia delante. Me fulminó con la mirada.

—¿Y quién es ella? —preguntó.

Por un momento, fui incapaz de articular palabra. Sentía que mi mente luchaba contra una espesa niebla. ¿Por qué decía cosas tan horribles? ¿Y por qué Mask no protestaba? ¿Por qué no le gritaba que parara?

Quería que Mask me mirara, que me tranquilizara. Sin embargo, no lo hizo. La capucha seguía cubriéndole las facciones. Le rodeaba un aire de derrota.

—Soy Layla Devlin —respondí cuando me recompuse—. Y supongo que tú eres... —Hice una pausa—. ¿*Belle Raven*?

Pareció desconcertada de que yo lo supiera. Se apartó un mechón de pelo de los ojos.

—Lo más importante es que él sabe quién soy, ¿verdad, Rafe?

El lenguaje corporal de Mask era rígido y le costaba hablar.

—Quiero que te vayas. Ahora mismo —dijo.

—Apuesto a que sí —se burló la mujer—. No es agradable cuando tu pasado vuelve para perseguirte, ¿verdad?

¿Qué pasado? ¿De qué hablaba?

A su lado, Shelley garabateaba algo en su cuaderno. Miró a Rafe con una fingida mirada conciliadora.

—Soy Shelley Fraser. Mire, señor Buchanan, ¿por qué no accede a hablar conmigo? Así será más fácil para todos.

La pelirroja señaló a Shelley y dijo, como si no lo hubiéramos adivinado ya:

—Es periodista.

Miré a la chica.

—¿Para quién?

—¿Cómo? —preguntó.

—¿Para qué periódico trabajas?

La chica rubia palideció.

—Pues... para *The Loch Harris Tribune*.

La miré con el ceño fruncido. Me llevaba bien con el personal, pero no la reconocí. Quizá fuera nueva.

Me volví hacia Mask y le supliqué interiormente que me dijera qué estaba pasando. «¿Rafe Buchanan? ¿Era ese su verdadero nombre?».

Pero se negó a mirarme. En lugar de eso, se retiró a su puerta. Luego dirigió su enfado hacia mí:

—¿Por eso habéis venido esta noche? ¿Sabíais que ella iba a venir?

Me froté la frente, carcomida por la desesperación y el miedo.

—Quería ayudarte. Me enteré de que la tal *Belle Raven* pretendía venir aquí y...

Los ojos oscuros de Mask brillaron en las sombras.

—Quiero que os vayáis todos. Ahora mismo.

Me quedé con la boca abierta.

—Pero ¿no puedes decirme qué pasa? Quizá pueda ayudarte.

Me encogí ante su tono gruñón.

—¡No soy un maldito caso de caridad, Layla! ¿Qué? ¿Te hace sentir mejor ayudar al bicho raro del barrio?

Tragué saliva.

—Nunca te he visto de esa manera. Nunca te vería así.
Tom me puso una mano en el hombro.
—Venga. Vámonos —dijo.
Dudé, con el estómago revuelto.
—Y, en cuanto a vosotras dos —ladró Tom a las dos mujeres a través de la oscuridad—, os sugiero que os marchéis enseguida, a menos que os apetezca pasar una noche en el calabozo.
La australiana abrió la puerta de un tirón.
—No has oído mi última palabra, Rafe. Aunque hayas huido a Escocia, no puedes escapar de lo que hiciste.
Mask vio a la periodista volver a entrar en el coche. Se veía cómo el pecho de Mask subía y bajaba bajo la capucha.
—No fue culpa mía —soltó, mostrando un destello de dientes blancos y parejos. Su respiración era agitada—. Hice lo que pude.
Hice un movimiento hacia él, pero su fría mirada me persuadió de alejarme.
—Layla —dijo Tom, con un leve acento escocés—. Vámonos.
Según Mask entraba a la casa, me lanzó una breve mirada y, al cerrar la puerta, la sensación optimista de que por fin iba a conocerle se desvaneció y me dejó solo un doloroso golpe en el pecho.
Resultó que no le conocía nada.

51

Dejé a Tom en su piso, a las afueras de la plaza de la ciudad.

Mientras me alejaba, su advertencia me resonaba en los oídos.

—No te involucres, Layla. Si ha habido algún delito, es la justicia la que debe resolverlo. —Abrí la boca para objetar, pero Tom asomó la cabeza por la ventanilla abierta—. A veces la gente no quiere que la ayuden. O, al menos, primero quiere intentar solucionar las cosas por su cuenta.

Yo asentí con la cabeza, aunque seguía sin estar convencida.

Mis sentimientos heridos se me agolparon en el interior cuando me detuve delante de mi casa y apagué el motor.

Me senté un momento en el coche, con la oscuridad acechándome por todas partes. ¿Por qué me afectaban tanto los acontecimientos de esta noche? ¿Por qué me sentía tan desanimada? No podía ser verdad, ¿no? Mask no había podido asesinar a nadie.

Entré y encendí la lámpara del vestíbulo, me derrumbé en la alfombra y me quité los zapatos. Había estropeado las cosas espectacularmente al ir a Coorie Cottage con Tom como si fuéramos Batman y Robin.

¿Qué esperaba conseguir? ¿Hacer un arresto ciudadano de aquella mujer? ¿Salvar el mundo? ¿Acabar en los brazos de Mask?

Guau.

Me eché hacia atrás en el suelo del pasillo, mirando fijamente mis botas, que yacían en un montón desordenado delante de mí. «¿De dónde demonios había salido aquello?».

Estaba cansada. Estaba desbordada. Iba a explotar por la aprensión que me generaba la apertura del Conch Club.

Apreté los puños y me froté los ojos unos segundos, pero me estremecí cuando el móvil me sonó en el bolso. Era papá.

—¿Cómo ha ido tu cita con Molly? —le pregunté, esforzándome por que mi voz pareciera la de siempre.

—Oh, Layla. —Podía oírle sonreír en mi oído—. Es una mujer increíble: guapa, divertida, con talento…

Imaginé su rostro bronceado, enrojecido por la emoción, y sus ojos grises claros brillando.

—¿Vais a tener una segunda cita entonces?

—Ya lo creo —respondió papá entusiasmado—. Le he contado que los chicos van a volver mañana para pasar aquí el fin de semana para otro ensayo de la banda, pero yo voy a salir con ella el lunes por la noche. —Se quedó callado un momento—. ¿Estás bien, cariño?

Me senté más erguida en el pasillo.

—Por supuesto que sí.

Ostras, era bueno. Estaba segura de que había sacado a relucir todas mis mejores dotes interpretativas; sin embargo, papá seguía percibiendo cierta reticencia en mi tono. Debe de ser un superpoder que te conceden cuando te conviertes en padre.

—Bueno, siempre y cuando estés segura —dijo papá, sin parecer tranquilo—, vete a la cama. Me preocupa que estés abarcando demasiado.

—¿No se supone que soy yo quien te dice eso?

No podía cargarle con mis penas. No era justo, sobre todo, en este momento en que estaba tan contento. Hacía un montón que papá no tenía una cita y sabía que me sentiría fatal si le quitaba brillo a su maravillosa velada con Molly.

Le oí reírse.

—Creo que podrías tener razón.

Le di las buenas noches y colgué. Me quedé unos instantes mirando la pantalla en negro del teléfono. Luego volví a meterlo en el bolso.

Una vez me quité el top y los pantalones y los metí en el cesto de la ropa sucia, me puse una camiseta vieja y un pantalón de chándal.

Trajiné por la cocina con el ruido de la tetera extrañamente reconfortante, mientras intentaba no repasar los sucesos de la noche. Lo único que podía vislumbrar era la mirada atormentada de Mask cuando vio a aquella misteriosa mujer.

¿O era el horror a que algún crimen de su pasado le alcanzara?

No. Seguro que no.

No podía ser verdad lo de Mask. Yo no lo iba a aceptar. Ella debía de haber cometido algún grave error.

Le di vueltas y más vueltas a la bolsita de manzanilla en la taza, perdida en una telaraña de pensamientos y suposiciones. Pero, si no estaba segura de lo que decía, ¿cómo iba a llevar a una periodista con ella?

Pensé en Shelley. Nunca había oído hablar de ella en el periódico local, tampoco había visto ningún titular suyo en él. Tiré la bolsita de infusión a la basura antes de llevarme la taza al salón. ¿Qué demonios debía hacer? Quería saber lo de Mask, ¿no?

Ojalá me lo hubiera contado él mismo.

Encendí el ordenador, mis dedos se cernieron sobre el teclado negro antes de sentarme un momento en la silla giratoria y mirar la pantalla.

¿Realmente quería hacer esto?

Bajé las manos para tocar las teclas. ¿Cómo podía dejar de hacerlo? Tenía que ver si podía averiguar algo sobre el pasado de Mask.

Me armé de valor y tecleé el nombre de «Rafe Buchanan» en el buscador.

52

Mi mirada se cruzó al principio con la de un anciano de aspecto distinguido que había ganado un prestigioso concurso de jardinería en Canadá, también con la de otro Rafe Buchanan que vivió en Irlanda hacía doscientos años.

Di un clic en el ratón y me desplacé un poco más abajo por la página.

Una imagen me hizo sobresaltarme en la silla.

¿Qué era aquello?

Era una fotografía de un guapo hombre moreno con una guitarra acústica Rio Natural. No tenía ninguna cicatriz en el lado derecho de la cara.

Amplié la fotografía y me incliné más hacia la pantalla. ¡Maldita sea! Era él. Era Mask.

Me fijé en el pie de foto.

El prometedor cantante y compositor Rafe Buchanan (34) fotografiado en su concierto en The Roundhouse, Sídney, el sábado por la noche.

La foto había salido en el periódico *The Sydney Enquirer* el lunes 19 de diciembre de 2016.

Estaba tan absorta por el encanto que él desprendía, exacerbado por su camisa blanca de algodón holgado, su chaleco de *tweed* y sus vaqueros desteñidos, que casi no me fijé en los rostros de dos mujeres en la multitud que había detrás de él.

Entonces una me saltó encima.

Cogí la taza y volví a entrecerrar los ojos. Había algo familiar en el ángulo puntiagudo de su barbilla...

—¡Mierda! ¡Es ella! —dije en voz alta—. Es la mujer australiana de esta noche.

Su pelo pelirrojo era más largo en la foto y no estaba peinado con el severo corte recto que llevaba ahora, pero sin duda era ella.

Cuando volví a examinar la fotografía, distinguí la reconocible y abrupta inclinación de su nariz. Mi atención se desvió de donde estaba ella, detrás de Rafe, a otra mujer que revoloteaba entre la multitud a su lado. Era guapa, con una expresión abierta y una larga y ondulada melena morena. Miraba a Rafe con lo que solo podría describirse como adoración.

Dejé de mirar la fotografía y busqué en la página más referencias a Rafe Buchanan.

Empezaba a tener los ojos arenosos y amenazaba con rendirme al sueño, pero seguí adelante.

La siguiente en aparecer fue una reseña de su primer álbum, *Belle Raven*, que nunca había llegado a publicarse, en una revista musical independiente de Melbourne llamada *Making Waves*.

El crítico describía la música de Rafe Buchanan como «inquietante, con letras que hablan al alma, un paraíso para los sentidos». Además, le otorgaba cinco estrellas sobre cinco. Entonces, ¿por qué no se lanzó el álbum?

Fruncí el ceño y desplacé el cursor más abajo en la pantalla. Había más referencias a aquel álbum tan esperado por la prensa musical, así como menciones a exitosos conciertos en Australia y Nueva Zelanda.

También se hablaba de que los vídeos musicales de Rafe acaparaban atención en las redes sociales y del hecho de que este músico con tanto talento, que había tocado en los *pubs* más grotescos y en esquinas de la calle, estaba por fin a las puertas de algo grande.

Luego nada.

Mis cejas se alzaron de la incredulidad ante la pantalla de mi ordenador.

Todo el bombo, toda la aclamación, toda la promesa de una gran carrera musical se había desvanecido.

Alabado en su día como el próximo Ed Sheeran, desapareció sin más. Fue como si Rafe Buchanan se hubiera evaporado.

Frustrada, hice clic con el ratón y salté a otra serie de páginas. Pero no había nada más y, desde luego, tampoco nada relacionado con ningún delito.

Ni una noticia de su detención. Tampoco artículos febriles sobre juicios o acusaciones de mal gusto.

Un nudo de preocupación insistía en abrirse paso. ¿Y si Mask había hecho algo horrible, pero había huido de Australia a Escocia? Reconocí que era posible, pero me negué a darle crédito.

¿Quizá Rafe había sufrido algún tipo de colapso mental y había optado por evitar convertirse en el centro de atención?

¿O tal vez esa mujer que se hacía llamar Belle Raven era una amante despechada que trataba de vengarse de él arruinando su carrera?

Pero eso seguía sin responder a la pregunta de cómo se había hecho la cicatriz.

Mi mente daba vueltas a todo tipo de preguntas y posibilidades.

Me recosté en la silla y me pasé una mano por la cara.

Era demasiado tarde para llamar a Wendy a la pensión. Sin embargo, la llamaría a la mañana siguiente a primera hora. Tenía que volver a hablar con ella sobre aquella huésped.

53

Después de terminar algunos asuntos para la inauguración del Conch Club, llamé a Wendy.

Antes de que pudiera darle una explicación de los acontecimientos de la noche anterior, rompió mi burbuja de creciente optimismo.

—Se ha ido —me contó.

—¿Qué?

—*Belle Raven*, o comoquiera que se llame de verdad. Se ha ido. Pagó y se fue.

Empujé el tazón de cereales a medio comer por la mesa de la cocina.

—Tienes que estar de broma. ¿Cuándo ha sido eso?

—A primera hora de la mañana. Debió de escabullirse mientras yo preparaba el desayuno.

Wendy continuó explicando que la mujer había pagado su estancia íntegramente, en efectivo, y había depositado su pago y la llave de su habitación en un sobre detrás del mostrador de recepción.

—¡Oh, mierda! ¿Y ahora qué hago? —Mi mente revoloteó de vuelta a la noche anterior y a la que se decía reportera que la había acompañado—. ¿No sabes dónde puede haber ido?

—No, lo siento. Pero podría preguntar a otros propietarios de pensiones de la zona.

—Gracias, Wendy. Sería estupendo.

Colgué y empecé a buscar entre los contactos de mi teléfono, en busca del número de teléfono del periódico local. Cuando llamé, me dijeron que Shelley Fraser no estaba empleada como reportera allí.

Según el director del periódico, no dejaba de insistirles para que la contrataran como periodista y les prometía primicias en exclusiva, que nunca se materializaban ni tenían repercusión.

Crucé los dedos para que no hubiera nada en el historial de Mask que pudiera beneficiarla.

Me comí una cucharada de cereales blandos e hice una mueca.

El resto del jueves hice una serie de llamadas a proveedores para confirmar la entrega de velas led y tarros para cada mesa del Conch Club, así como alcohol, refrescos y aperitivos.

Faith se encargó de la publicidad local y de que los comercios de Loch Harris exhibieran los carteles y repartieran los folletos que ella había diseñado.

También propuse algunas ideas de artículos a editores de revistas que conocía.

«Quién sabe —pensé—, puede que el Conch Club tenga tanto éxito que no tenga que seguir con mi trabajo de periodista *freelance*». Pero cuando lo consideré más detenidamente, me di cuenta de que era imposible. Disfrutaba demasiado escribiendo como para abandonarlo.

El viernes trajo consigo frecuentes chubascos y hojas húmedas.

Las gotas de lluvia de finales de julio colgaban como perlas suspendidas de los árboles y de las ramas anudadas. El aire estaba enrarecido, impregnado del penetrante aroma de la hierba mojada.

Apuesto a que los chicos de Battalion se sentirían aliviados de no estar acampados junto a la cascada de Galen con aquel tiempo, pensé con una breve sonrisa.

Mis pensamientos se dirigieron a Rafe. Me resultaba raro referirme a él de esa manera...

¿Merecía la pena llamar a la empresa local de alquiler de coches para ver si tenían algún dato sobre aquella mujer, *Belle Raven*?

Aunque me sentía culpable por haber dejado a medias un correo electrónico que estaba escribiéndole a una cantante folk de Dundee que preguntaba por un futuro puesto en el club, busqué el número de la empresa de alquiler de coches de Loch Harris, Wheelie Good.

Sospechaba que la política de la empresa era no divulgar información personal sobre sus clientes; sin embargo, decidí que, ya que estaba tanteando el terreno en busca de alguna pista, no estaría de más preguntar.

Puse los ojos en blanco ante el parpadeo de la pantalla de mi ordenador mientras la mujer con la que hablé pronunciaba su bien ensayada diatriba sobre la confidencialidad de los clientes y se negaba a decirme nada.

Mi pecho se desinfló como un globo. Decidí intentar una táctica diferente.

—¿Me está diciendo que nadie con el nombre de *Belle Raven* ha alquilado un coche suyo recientemente?

—Como ya le he dicho, señora —suspiró la voz aburrida—, no se me permite decirlo.

—Lo entiendo —respondí al cabo de un momento—. Ya me lo imaginaba. Disculpe las molestias. —Estaba a punto de colgar cuando decidí intentarlo de nuevo, esta vez con más urgencia—. Mire, no exagero cuando digo que esa mujer es..., bueno, creo que podría ser una amenaza para la seguridad de alguien.

Se oyó un suspiro en mi oído desde el otro extremo de la línea.

—¿Dijo que el nombre que utilizaba era *Belle Raven*?

Me acerqué el móvil un poco más a la oreja derecha.

—Así es. Como habrá adivinado, no es su verdadero nombre —contesté.

Exhaló un suspiro y oí cómo golpeaba el teclado de su ordenador.

—Bueno, lo que puedo decirle es que me han encargado archivar electrónicamente las contrataciones de las últimas tres semanas (oh, alegría) y ese nombre no aparecía.

Así que debió de utilizar su nombre real para alquilar un vehículo, o bien recurrió a otra empresa de alquiler de coches.

La recepcionista sonó comprensiva.

—Lo siento.

Colgué y puse cara de frustración. Si estaba tan empeñada en hacer sufrir a Rafe, seguro que no se iría de Loch Harris así como así. Quizá era eso (que se había marchado) lo que quería que la gente pensara.

Wendy prometió preguntar en los hoteles y pensiones de la zona para ver si la mujer había reservado en alguno. Yo iba a tener que ser paciente y esperar su respuesta.

Mientras tanto, me ofrecí a preparar unos sándwiches y panecillos rellenos para llevarlos a casa de papá y que comiéramos todos.

Cogí el pan integral con semillas que había comprado, junto con una bolsa de panecillos harinosos, y saqueé la nevera en busca de tomates, pepino, salmón, atún, un cartón de huevos y berros.

Mientras pasaba un cuchillo por encima de la mantequilla amarilla y brillante, me esforzaba por no pensar en un músico de ojos oscuros. No fue fácil.

Cuando llegué, del garaje de papá al igual que de su casa salían ladridos de risa, tañidos intermitentes de cuerdas de guitarra y golpes de batería.

La puerta del garaje se hallaba abierta de par en par y dentro había cables que se deslizaban por el suelo de hormigón.

Papá estaba detrás de su reluciente batería y hacía girar las baquetas entre los dedos. Mikey ajustaba el pie del micro y, a ambos lados, Ed y Stan tocaban el bajo y la guitarra rítmica, respectivamente. A la izquierda de Ed estaba Jack en los teclados.

Retrocedí un par de pasos para que no me vieran y me coloqué junto al garaje. Sentí las vibraciones de sus guitarras reverberando en mí mientras me apoyaba contra la pared.

—Venga, chicos —dijo Mikey—. Vamos de nuevo, a la de tres.

Le oí murmurar, a continuación el solo de batería de papá arrancó antes de que la voz áspera y roquera de Mikey empezara a cantar y las guitarras de Ed y Stan irrumpieran por encima.

La voz de Mikey siguió subiendo y bajando hasta que Jack interpretó un frenético estribillo en su teclado. Me recordaba a la lluvia cuando golpea el tejado de mi casa.

—Chicos. ¡¡Chicos!! —gritó papá de repente por encima de la música—. Parad un momento. —La canción chirrió hasta detenerse—. Vamos —instó papá—. Podemos hacerlo mejor por mi niña, ¿no?

Una ráfaga de emoción y orgullo agradecido me atravesó como un huracán.

Me subí la correa del bolso al hombro y me preparé para aparecer por la esquina del garaje.

Las palabras de Ed me hicieron detenerme en seco.

—Puedes estar orgulloso de Layla, Harry. Es una joven maravillosa.

Hubo murmullos de asentimiento por parte de los demás, lo que hizo que se me cerrara aún más la garganta.

Me serené y me lancé a saludarles como si acabara de llegar.

—¡Hola, chicos! —Sonreí, conteniendo una lágrima que se escapaba desesperadamente por la mejilla—. Suena genial.

Mikey fingió una reverencia.

—Eres demasiado amable —dijo.

Papá salió de detrás de la batería.

—Creo que nos estamos acercando —opinó.

—Sí —murmuró Jack y tocó distraídamente el teclado—. Cierta persona tiene estándares exigentes.

Todos los demás miembros de la banda se giraron para mirar a mi padre y yo me reí al ver su expresión de sorpresa.

—¿Se le han subido los humos a la cabeza, entonces? —bromeé.

—Solo un poco —contestó Ed y sonrió.

Los observé a todos y di una palmada.

—Bien —dije—. Espero que tengáis hambre, ya que he hecho suficientes sándwiches y panecillos rellenos para alimentar a la banda de gaitas de Loch Harris.

Mientras veía a papá y al resto de los chicos salir a grandes zancadas del garaje en dirección a la casa, todo vaqueros y camisetas desteñidas, supe que la noche de la inauguración no solo me enorgullecerían a mí, sino también al Conch Club.

54

Después de comer, el aire aún prometía más chubascos, y el cielo de acero que se vislumbraba lo atestiguaba, pero del garaje llegaban resoplidos de risa y Battalion se puso a tocar las guitarras. Hubo una serie de agudos golpes de tambor y luego irrumpió la voz grave de Mikey, cantando una letra sobre el amor a primera vista.

Era obvio que eran como un grupo de niños divirtiéndose.

Desde la puerta de la casa de papá grité que el café y el té llegarían pronto, y mi mensaje fue recibido con gritos entusiastas y pulgares arriba.

Mientras tanto, aproveché para revisar los correos en el teléfono. Me distraje con la actualización de Faith sobre la venta de entradas para la noche de la inauguración (menos mal que había alquilado aquella enorme carpa para el inevitable desbordamiento). También había una respuesta positiva, por parte del editor de una revista, acerca de mi sugerencia de cubrir la historia del exsoldado que rescató perros abandonados en países asolados por la guerra.

Luego me desplacé hacia abajo en la pantalla y me encontré con una respuesta sobre el alquiler de iluminación de la empresa de carpas en la que me pedían que confirmara qué tipo de luces prefería.

Me recosté en el sofá de papá y hojeé el catálogo en línea hasta que localicé las luces plateadas en forma de estrella que quería para el cobertizo y las luces blancas de carruaje, más pesadas, para decorar el embarcadero.

Acababa de enviar un correo electrónico al rescatador de

perros, en el que le solicitaba una entrevista, cuando sonó mi móvil.

No reconocí el número.

Mi cuerpo se puso rígido cuando me di cuenta de que era Shelley Fraser.

—¿Cómo has conseguido este número? —salté, y me puse erguida en el sofá de papá.

Su tono era suave.

—El otro día pasé por tu casa, pero no estabas. Entonces probé con tus vecinos de al lado. Me ayudaron mucho.

Clem y Norrie.

—Creo que pensaron que quería hablar contigo sobre publicidad para tu nuevo negocio.

«Sí, y apuesto a que no les sacaste de su error», concluí sombríamente. Cuadré los hombros.

—Llamé al periódico local. Por lo visto no trabajas para ellos —dije.

Hubo una pausa embarazosa en la línea.

—Bueno, todavía no —soltó—. Pero estoy segura de que acabaré trabajando allí si consigo cosas más sustanciosas.

Yo también apuesto a que lo hará.

Mi voz era despectiva.

—Mira, la verdad es que no sé por qué te has puesto en contacto conmigo.

Oí su risa de suficiencia.

—Bueno, se te veía bastante amigable con el señor Buchanan.

¿«Amigable»?

Inspiré reflexiva. Tenía que controlar mis emociones al tratar con ella.

—Somos conocidos; eso es todo.

—Bien, y ¿eres consciente de que Angela Burrows está haciendo afirmaciones extremadamente graves sobre el señor Buchanan?

Fruncí el ceño.

—Estaba allí, ¿recuerdas? Oí lo que dijo —repuse. Mi cerebro tardó un momento en asimilarlo. Mi optimismo creció—. Un momento. ¿Angela Burrows? ¿Es ese el nombre de la mujer con la que estabas?

Shelley Fraser parecía nerviosa y enfadada consigo misma por haber revelado más de su historia de lo que pretendía. Mientras intentaba recuperarse y centrarse en mí, utilizó un tono desdeñoso.

—¿Qué sabes del pasado de Rafe Buchanan?

—Dímelo tú —le contesté—. Tú eres la aspirante a reportera que tiene todas las respuestas.

—La señora Burrows afirma que el señor Buchanan asesinó a alguien cercano a ella.

La música palpitante que llegaba del garaje de papá me sobresaltó (parecía enfatizar sus palabras).

Vacilé, en intento por disimular el temor de la otra noche, que regresaba. ¿«Alguien cercano a ella»?

—¿Por qué no estás hablando con Angela Burrows? —pregunté.

La voz de Shelley se puso a la defensiva.

—No consigo localizarla. Ha desaparecido del mapa.

¿Desaparecido del mapa? ¿Qué era, una espía del MI5?

—¿No te parece eso bastante sospechoso? —insistí, y detecté un escalofrío de vacilación—. Seguramente, si hubiera una historia real, esa mujer habría seguido en contacto contigo. —Shelley se quedó callada—. Bueno, ¿no te dice eso algo? —sugerí.

Shelly empezó a hablar de nuevo, pero la interrumpí:

—Creo que la tal Angela Burrows tiene algún tipo de plan oculto y estaba tratando de usarte para llegar a Rafe Buchanan. —Al sentir que empezaba a hacerla dudar, continué—: Está claro, ¿no? En cuanto le pediste pruebas de lo que decía, se puso nerviosa y desapareció. —Me levanté de un salto con el estómago revuelto—. Lo siento, señora Fraser, pero no te puedo ayudar. Ah, y un consejo: la próxima vez que intentes seguir una noticia, te sugiero que compruebes primero la validez de tus fuentes.

Empezó a decir algo más, pero corté la llamada.

Shelley Fraser estaba dando tumbos en la oscuridad. Solo disponía de información escueta, nada concreto, y, ahora que Angela Burrows había desaparecido, presumiblemente para llevar las cosas a su manera, Shelley intentaba sacar una historia de las cenizas.

Aun así, había una pregunta que plantearse. ¿Por qué estaba esa mujer tan desesperada por ensuciar el nombre de Rafe?

Si Rafe era culpable de algo horrible, ¿por qué esa tal Angela no lo había declarado abiertamente, en lugar de acudir a una reportera *freelance* de segunda y luego desaparecer?

Pensamientos oscuros me carcomían en los bordes de mi mente.

Tal vez fuera porque buscase algún tipo de represalia. Cogí el bolso. Yo misma iba a investigar a esa Angela Burrows.

55

Al pasar por delante del garaje, los chicos estaban en un descanso y discutían sobre las listas de éxitos.

Papá me vio.

—¿Adónde vas? —me preguntó.

—Tengo que hablar con Faith. No tardaré mucho.

Mikey me hizo un guiño descarado.

—Espero que vuelvas a tiempo para prepararnos el brebaje que nos has prometido —dijo.

Señalé con la mano hacia la casita de papá.

—Ya sabes dónde está la tetera —contesté.

Sus risas y burlas se fueron silenciando gradualmente conforme bajaba por el camino a por el coche. Había caído otro chaparrón y todo, desde los árboles hasta los setos, parecía como pulido.

Había llegado al seto del jardín delantero de Norrie y Clem cuando Norrie se acercó por el césped.

—¿Todo bien con tu discoteca, muchacha?

Intenté no reírme, pero no servía de nada molestarme en explicarlo.

—Sí, todo va por buen camino. Gracias, Norrie. ¿Clem y tú estáis bien?

—Seguimos juntos. —Empecé a moverme, pero Norrie no se dejó disuadir—. ¿Has oído los últimos rumores sobre ese tal Mask? Un asunto terrible.

Me detuve y me di la vuelta. Pensé que me podía imaginar de qué se trataba, pero de todos modos hice la pregunta:

—¿Qué rumores?

Norrie me hizo señas para que me acercara a su seto. Este estaba salpicado de restos de brillantes gotas de lluvia.

—Corren rumores de que asesinó a alguien —dijo.

Me quedé con la boca abierta. La figura de Angela Burrows, alias *Belle Raven*, estaba haciendo todo lo posible para que Mask fuera el tema de conversación de Loch Harris. Respondí a su comentario con lo que esperaba que fuera una risa seca y auténtica.

—¿Quién ha dicho eso?

Bajó la voz hasta un susurro audible, aunque la única compañía que teníamos eran los árboles y los arcenes de hierba que nos rodeaban.

—Una mujer que se aloja en casa de una amiga de nuestra Sophie.

Salí disparada hacia delante, tanto que casi me caigo encima del cuidado seto de Norrie.

—¿Sophie?

Norrie me estudió como si estuviera intentando comunicarme con él en mandarín.

—Sophie. Nuestra nuera. ¿Casada con nuestro Ross?

El optimismo en mi voz luchaba por escapar.

—Oh. Por supuesto. Claro. ¿Y la amiga de Sophie es dueña de un hotel o...?

—Un nuevo *bed and breakfast* cerca de Finton —aclaró Norrie—. Sophie ha dicho que es un sitio muy bonito, con cestas colgantes y cortinas de flores.

«¿Ha sido ella?». Intenté parecer tranquila.

—¿Por casualidad no sabrás cómo es esa mujer, o no recordarás cómo se llama? La huésped, quiero decir.

—¿Qué mujer? Por el amor de Dios, hombre, la pobre muchacha se está empapando —clamó Clem, que se acercó por detrás de Norrie.

Levanté la vista hacia el cielo y apenas me di cuenta de que otro chaparrón empezaba a salpicar el camino y a mí. No podía dejar que la lluvia me disuadiera.

—Clem, ¿por casualidad no sabrás quién es la mujer que se hospeda con la amiga de Sophie, en su *bed and breakfast*? —le pregunté.

Clem fulminó a Norrie con una de sus miradas de desaprobación.

—Veo que alguien ha estado cotilleando otra vez. Honestamente, hombre, ¡¿no te puedes contener?! —le recriminó a su marido.

—No estaba cotilleando, mujer. Solo estoy manteniendo una conversación educada.

—Sí, claro que sí —dijo Clem, frunciendo la boca.

Salté de un pie a otro con agitación, sin que me afectara la lluvia veraniega.

—La mujer —empecé a decir con toda la paciencia que pude—. De la que hablaba Sophie. ¿Sabes quién es?

El amplio busto de Clem se tensó bajo los confines de su bata abotonada.

—No lo sé, pero puedo llamar a nuestra Sophie y preguntarle.

Le di las gracias y me dedicó una sonrisa irónica.

—Por tu cara de impaciencia, ¿quieres que la llame ahora?

Junté las manos en señal de oración.

—Te estaría muy agradecida.

Clem sacó su móvil plateado del bolsillo de la bata y pulsó un par de teclas.

Afortunadamente, estaba dejando de llover y un tono casi mermelada se deslizaba por el cielo.

Clem charló unos instantes con su nuera sobre el tiempo y sobre si su coche había pasado la ITV. Luego pasó a preguntarle por la pensión de su amiga y por la huésped australiana.

—Sí —dijo Clem hablando por el móvil—. Eso es. La mujer de la que hablabas. —Clem emitió algunos murmullos bajo mi atenta mirada—. Sí, cielo. La del acento australiano. ¿Qué aspecto tiene? —Clem me lanzó algunas miradas de reojo mientras se concentraba en lo que Sophie le decía—. Vale, cariño. Gracias. Hasta luego. —El pelo canoso se le movió arriba y abajo mientras terminaba la llamada—. Oh, y dale recuerdos a Ross.

Volvió a meterse el teléfono en el bolsillo de la bata, con su cara redonda y empolvada rebosante de importancia.

—Venga, mujer, di lo que sea —gimió Norrie—. La muchacha no tiene tiempo para tus teatralidades.

Clem ignoró a su marido.

—El nombre de la mujer es Meredith Stone —dijo.

Parpadeé varias veces mirándola.

—¿No es Angela Burrows? —pregunté.

Clem negó con la cabeza.

—Sophie ha ido a ver a Nicola al *bed and breakfast* esta mañana. Ha dicho que ese es sin duda el nombre que le ha dado.

O se trataba de una mujer distinta, o había adoptado otro nombre falso.

—¿Y ella estaba muy interesada en Mask? —pregunté.

Clem resopló y contestó:

—Sophie dijo que hacía comentarios sarcásticos sobre él y muchas preguntas.

Mi creciente pesimismo se disipó. Debía de ser ella. Debía de ser otro seudónimo que estaba usando.

—¿Como cuáles, Clem? ¿Qué quería saber? —dije.

Clem explicó que la tal Meredith Stone estaba interesada en saber si Mask había comprado Coorie Cottage o si lo alquilaba, si algún lugareño conocía a su equipo de gestión musical e incluso si tenía novia.

—Está obsesionada con él —murmuré para mis adentros. Volví a centrarme en Clem—: ¿Sophie describió cómo es esa Meredith Stone?

—Dijo que es una pelirroja bajita y corpulenta. Con el pelo ondulado, media melena, creo... Layla, ¿adónde vas?

Pero yo ya corría por el camino empapado a casa de papá. Les diría a él y a los chicos que iba a tener que estar fuera un poco más de lo que pensaba.

—Muchas gracias —me despedí, corriendo hacia atrás—. Me habéis ayudado mucho los dos.

56

Volví por el camino después de despedirme de los chicos y prometerles que intentaría regresar a casa de papá más tarde aquella noche para unirme a todos ellos en una cena de comida para llevar de viernes por la noche.

Interiormente, había decidido que aquello dependería de lo que lograra descubrir sobre la persona de Meredith Stone, alias Angela Burrows.

Dejé el bolso en el pasillo, luego fui a mi dormitorio y me puse a dar vueltas y a quitarme los calcetines empapados y los vaqueros.

Una vez puestos la camiseta y los pantalones cortos, me senté en el escritorio del salón.

¿Cuántos alias estaba usando esta mujer? ¿Y por qué?

¿Qué era tan importante para ella que se tomaba tantas molestias para ocultar su identidad?

El tenue sol del atardecer se abrió paso entre las nubes hasta el salón cuando introduje el nombre de «Angela Burrows» en el buscador.

La respiración se agitó en mi pecho.

Aparecieron imágenes de muchas Angela Burrows diferentes, pero, como era de esperar, ninguna de ellas era una pelirroja australiana. Además, las que aparecían eran ancianas o habían fallecido.

Fruncí el ceño ante la pantalla y tecleé su último apodo, «Meredith Stone». Tampoco era ella. Sin embargo, el nombre mostraba la imagen de una mujer mayor y glamurosa. Llevaba el pelo oscuro cuidadosamente peinado y joyas de plata muy llamativas.

Me disponía a salir de la fotografía, tomada de una columna de cotilleos de un periódico dominical, cuando vi un enlace a un artículo que acompañaba a la imagen.

Hice clic en él y me llevó a un artículo escrito en abril de 2009:

La célebre filántropa Meredith Stone es fotografiada en su fiesta de su 60.º cumpleaños en su lujosa casa de la Costa de Oro australiana, con un aspecto tan impecable como siempre.

Cuando le pregunté por el impresionante collar y los pendientes que había elegido para la velada, Meredith me informó de que eran obra de una joven diseñadora australiana, Hazel Jennings...

Admiré el brillante cordón de gemas en forma de cristal de hielo que llevaba ajustado al cuello y un par de pendientes angulosos a juego que asomaban por detrás de su melena negra de león.

Estaba a punto de apartar el cursor del artículo cuando mi atención se centró en una imagen que aparecía cerca de la firma del periodista.

Era un pequeño plano de cabeza y hombros de una joven radiante, de piel pálida y con bucles de ondas rojas hasta los hombros.

Debajo de la foto ponía:

La diseñadora de joyas Hazel Jennings (23).

Se me quedaron los dedos congelados sobre el teclado. Era ella. No había duda.

Con el corazón martilleándome, me senté en mi silla giratoria y estudié su exuberancia juvenil que resplandecía desde la pantalla. Contrastaba totalmente con la versión gruñona y acusadora que había visto en Coorie Cottage.

Volví a inclinarme hacia delante, entusiasmada por ver qué más podía averiguar de ella, pero la información era escasa, y el resto del artículo solo mencionaba que había nacido en Melbourne, que tenía una hermana llamada Emily (bailarina) y que había conseguido una beca en una prestigiosa escuela de moda con sede en Sídney.

Imprimí una copia de todo el artículo y volví a mi salvapantallas, que era una imagen del lago nevado. Luego cogí el móvil de encima de la mesa.

Hazel Jennings estaba pidiendo a gritos que le hiciera una visita.

57

Busqué en internet la ubicación del *bed and breakfast*. Se llamaba The Beech Tree y estaba justo al lado de la calle principal de Finton, con vistas a las tierras de cultivo.

Finton era un pueblo aún más pequeño que Loch Harris, así que sabía que no tendría demasiadas dificultades para encontrarlo.

Me subí en el coche, pensando en lo que pensaba decirle a Hazel Jennings. Quiero decir, siendo realistas, ¿qué podía decirle? No tenía ni idea de por qué parecía tan empeñada en perseguir a Rafe, pero esperaba poder sonsacárselo.

Una imagen de su cara retorciéndose mientras gritaba «¡Asesino!» a Rafe brilló en mi cabeza y traté de apartarla.

Encendí la radio, olvidando que me había dejado puesto uno de los CD de Rafe.

Miré mi reflejo aprensivo en el espejo retrovisor mientras su voz oscura y melódica llenaba el interior de mi coche.

¿Qué estaba haciendo? Con mi negocio a punto de abrir y, sin embargo, aquí estaba yo, actuando como si fuera Miss Marple. Menos mal que tenía la mayoría de las cosas del Conch Club bajo control y que Faith me guardaba las espaldas con tanta eficacia.

Papá y Faith a menudo se metían conmigo por ser una maniática de las listas, pero, de no ser por ellas, Dios sabe en qué lío podría meterme, sobre todo, con lo preocupada que había estado por la prueba de ADN, y ahora por lo de Rafe.

Un cartel de madera tallada que anunciaba BIENVENIDO A FINTON apareció en el arcén de hierba y me llevó más allá de tres viejos cortijos de piedra y a través de la calle principal, que consistía en una oficina de correos con ventanas biseladas y varias tiendas apiñadas.

Seguí conduciendo hasta llegar al final de la hilera de escaparates relucientes y acabé contemplando un mosaico de campos de color verde botella y salvia. Las ovejas deambulaban y se empujaban unas a otras como ruidosas bolas de algodón.

Miré a mi izquierda. Allí estaba. El *bed and breakfast* Beech Tree.

Aminoré la marcha y observé las cortinas de cretona de las ventanas de guillotina y dos cestos colgantes de brezo de lavanda que se balanceaban a ambos lados de la entrada porticada. Rodeaba la fachada una valla verde, que enmarcaba una pequeña parcela de césped y un comedero de pájaros. El conjunto me recordaba a una casa de muñecas.

Aparqué en la parte trasera y me ceñí la chaqueta vaquera.

Enderecé los hombros y caminé hacia la entrada, aún deliberando interiormente lo que iba a decir.

La puerta estaba abierta y una brillante lámpara de mesa daba la bienvenida.

«¿Y si esa Hazel Jennings no está?», murmuró una voz dubitativa en mi oído. Quizá se haya mudado otra vez.

Sonreí cuando una atractiva morena con curvas se acercó a mí vestida con un jersey de pico azul marino y un pañuelo plateado anudado. Debía de ser Nicola, la amiga de Sophie.

—¿Puedo ayudarla? —dijo.

—Eso espero. Estoy buscando a una señora que creo que podría ser una huésped suya... ¿Meredith Stone?

Me evaluó con ojos oscuros y cautelosos.

—¿Puedo preguntar con qué está relacionado? —dijo.

¡Bingo! Así que ella era huésped de este sitio.

Una combinación de comprensión y temor me recorrió el pecho. No podía echarlo a perder. No ahora.

Agité la mano en el aire como para recalcar que era un asunto de poca importancia.

—Oh, estaba sentada cerca de mí en un café de Loch Harris esta tarde y se ha dejado las gafas de sol encima de la mesa. —Le dediqué lo que pretendía ser una sonrisa amistosa—. Cuando me di cuenta, ya se había ido, pero su nombre estaba cosido en la funda de las gafas... —Mis ojos se posaron en un mazo de tarjetas de visita de Beech Tree que había en la mesa del recibidor, junto a la lámpara—. Y encontré una de las tarjetas de visita de usted en el suelo, debajo de la mesa en la que estuvo ella. Se le debió de caer del bolso cuando se levantó para irse.

La mujer me devolvió la sonrisa y extendió la mano.

—Es muy amable de su parte. Si me da las gafas de sol, se las devolveré —contestó.

Maldita sea.

Sentí que se me retorcía la boca.

—Es usted muy amable, pero hemos charlado y no me importaría pedirle sus datos de contacto en Australia. Estaría bien mantener el contacto.

La morena se plantó en medio de la alfombra de tartán azul y verde.

—Lo siento, pero, como estoy segura de que comprenderá, no podemos permitir que la gente se pase por aquí e intente acceder a nuestros huéspedes y a sus habitaciones.

Me metí las manos en los bolsillos del pantalón. Esta mujer se había equivocado de profesión. Sería una maravillosa guardaespaldas.

—Mire, señora...

—Crawford. Nicola Crawford.

—Nicola —empecé de nuevo, con mi mejor voz persuasiva—. Entiendo que tenga que ser prudente, pero lo único que le pido es que me permita devolverle las gafas de sol a la señora Stone en persona.

La atención de Nicola se desvió de mí para mirar hacia arriba, donde había una corta escalera. Una puerta acababa de cerrarse y se oía el ruido de unos pies que bajaban hacia nosotras.

—Ah, señorita Stone. —Sonrió y señaló con la cabeza hacia mí—. Justo a tiempo. Hay alguien que quiere verla. Tiene las gafas de sol que ha perdido usted hoy.

Luché por mantener la calma mientras la voz desconcertada de Hazel Jennings flotaba en mi dirección.

—No he perdido ningunas gafas de sol...

Su tez pálida y pecosa perdió más color al reconocerme.

La clavé en el sitio con una sonrisa calculadora.

—Hola, señora Stone. ¿Cómo está? —la saludé.

Parpadeó con ojos azules alarmados.

—Mmm..., hola.

Incliné la barbilla.

—Le estaba explicando a Nicola que esperaba volver a encontrarme con usted. Para charlar un poco.

Mi forma de hablar daba a entender, al menos a mis oídos, que yo era una mujer convincente y segura de sí misma. Por dentro era otra historia. El corazón me latía en el pecho como una bola de *pinball* fuera de control.

—¿Le importaría volver en otro momento? —farfulló y apoyó la mano en la escalera tallada—. He caminado mucho hoy y estoy agotada.

Hubo un silencio tenso mientras Nicola observaba nuestros intercambios verbales con cierto recelo.

—Es una pena —la presioné, jugando con la correa de mi bolso—. Quería decirle que Hazel Jennings le envía saludos.

Vi cómo los ojos de Hazel se agrandaban. Se agarró con más fuerza a la escalera e inhaló.

—¿De verdad? Oh, bueno, eso es maravilloso.

Arqueé una ceja. Deslizó una mirada asustada hacia Nicola y luego hacia mí.

—¿Por qué no sube a mi habitación a tomar un café rápido entonces?

—Gracias. Sería estupendo —respondí con una sonrisa forzada—. Estoy segura de que tendremos mucho de qué hablar.

58

Seguí a Hazel por el corto tramo de escaleras hasta donde había un pequeño pasillo de habitaciones de huéspedes.

Mi imaginación empezó a tener visiones de ella tirándome por las escaleras o golpeándome en la cabeza con un candelabro en cuanto entrábamos en su habitación.

Mentalmente puse los ojos en blanco. Esto no era un episodio de *Se ha escrito un crimen*.

A pesar de ello, me aseguré de no darle la espalda y me mantuve a una distancia prudente mientras ella sacaba la llave de su habitación del bolsillo de la falda.

Su habitación era muy parecida al resto de la casa. Unas cortinas de flores de limón enmarcaban la ventana, que daba al paisaje acolchado de los campos, y a la derecha había un pequeño cuarto de baño en *suite*.

Me coloqué en el centro de la habitación.

Cerró la puerta con un clic.

—No sé qué haces aquí —empezó a decir. Se cruzó de brazos, unos brazos pecosos—. Si necesitas hablar con alguien, es con ese bicho raro de músico.

Negué con la cabeza.

—No es un bicho raro —repliqué.

Se encendió en mí un ardiente mecanismo de defensa y una convicción por defender a Rafe.

Hazel sonrió con satisfacción.

—Oh, y tú sabes mucho de él, supongo.

—Sé lo suficiente. —Incliné la cabeza hacia un lado—. Él no es el que va por Loch Harris usando una docena de alias diferentes.

Se encogió de hombros con indiferencia.

—No tuve más remedio que seguir cambiando de nombre. Tengo que conseguir lo que me he propuesto hacer.

La miré con el ceño fruncido.

—¿Y qué es lo que te has propuesto hacer?

Metí una mano en el bolso y saqué la hoja con el artículo de la revista sobre Meredith Stone.

Los ojos de Hazel se desviaron de mí al papel que tenía en la mano y viceversa. Se lo ofrecí y vaciló antes de arrebatármelo.

Echó un vistazo al artículo y la arrogancia que hasta entonces le caracterizaba desapareció.

—¿Y qué? —dijo.

—Esto demuestra que estás usando el nombre de otra persona. En realidad, eres Hazel Jennings, diseñadora de joyas. —Sin pedirle permiso, me hundí en un sillón que yo tenía al lado—. ¿Qué quisiste decir la otra noche cuando acusaste a Rafe de ser un asesino?

Sus labios, pintados con un carmín rosa escarchado, se juntaron.

—¿Qué crees que quise decir? Creía que estaba claro.

—No me lo creo.

Dio la vuelta a la cama y se sentó.

—Así que Rafe Buchanan también te ha engañado a ti —repuso—. Siempre se le han dado bien las mujeres.

—No me ha engañado en absoluto —solté. Aumentaban tanto mi frustración como mi preocupación—. Me gusta pensar que tengo buen ojo para juzgar a la gente...

Mac eligió aparecer en ese momento en mi mente y mi voz se apagó.

Tragué saliva y la miré a los ojos.

Un destello triunfante flotaba en ellos.

—¿Ya tienes dudas? —preguntó.

Me encogí de hombros y dejé el bolso junto a mis pies.

—¿Cómo sé que no te estás inventando todo esto? Podrías ser una fan suya despechada o una especie de acosadora.

Su sonrisa se desvaneció.

—No me estoy inventando nada. Tengo pruebas —contestó.

Se dio la vuelta y se inclinó hacia un pequeño armario que había junto a la cama. Abrió la puerta de madera pulida y sacó un recorte de periódico.

—Te sugiero que leas esto. —Me acercó el papel.

Dejé de mirarla a ella para pasar a mirar el recorte de periódico que sostenía en la mano.

Lo cogí. En la página había varios artículos de *The Sydney Enquirer*, fechados el 22 de mayo de 2016, uno de los cuales había sido rodeado con bolígrafo negro.

Bajé la mirada y empecé a leer.

UNA COLISIÓN MORTAL MATA A UNA BAILARINA

Una talentosa bailarina de Melbourne murió anoche en un accidente de coche, tras salir de su fiesta de compromiso en el hotel Hyde Park de Sídney.

Emily Jennings y su prometido, Rafe Buchanan, viajaban por la autopista del Pacífico hacia su casa de Terrigal, cuando su Toyota Corolla plateado fue embestido por un camión de reparto.

El señor Buchanan logró escapar del vehículo, pero la señora Jennings sufrió heridas graves y murió en el lugar...

Parpadeé mientras el texto se cernía sobre mí. «Dios mío». Así que Rafe estuvo prometido con la hermana de Hazel y ella murió en aquel horrible accidente.

—Así que ahí tienes la respuesta —dijo Hazel y examinó mi expresión de asombro—. Bueno, parte de ella.

Bajé lentamente el artículo.

—¿De qué estás hablando?

Hazel levantó la barbilla y respondió:
—Dejó morir a mi hermana.
—¿Qué?
Me miró fijamente con sus ojos vidriosos y marmóreos.
—Ese artículo no cuenta toda la historia —explicó. Su voz vaciló—. Rafe Buchanan se salvó y abandonó a Emily. Ahora va a pagar por lo que hizo.

59

La confusión y el miedo me oprimieron los hombros.

—Aquí no dice eso. No dice nada de eso en absoluto —repliqué.

Hazel se hundió en el borde de la cama y entrelazó los dedos en el regazo.

—Bueno, no lo iban a decir de esa manera, ¿comprendes? Entonces no se conocían todos los hechos.

Me di cuenta de que el recorte de periódico se me había escapado de la mano y había caído sobre la alfombra de cachemira.

Yo dudaba.

—¿Qué hechos?

Lanzó un suspiro de desesperación.

—Salió vivo del accidente y sin un rasguño —dijo.

Negué con la cabeza con tanta fuerza que la trenza me saltó en la espalda.

—Eso no es verdad. Rafe tiene una gran cicatriz roja en el lado derecho de la cara. Debió de hacérsela durante el accidente.

Hazel entrecerró sus fríos ojos.

—Estás mintiendo —dijo.

—No —insistí—. Yo misma la he visto. —Intenté apelar a su sentido común mientras yo encajaba las piezas de la historia en mi propia cabeza—. Debe de ser por eso por lo que Rafe se ha convertido en un recluso, por lo que no publicó su álbum de debut, por lo que desapareció de la escena musical durante mucho tiempo y por lo que lleva esa máscara, por lo que se esconde del mundo tras ella.

Hazel se levantó y se paseó de un lado a otro delante de mí.

—No te creo —anunció y se mordió el labio inferior—. Después del accidente, no volvimos a ver a Rafe. Ni siquiera tuvo los cojones de venir al funeral de Emily. —La furia de sus palabras resonó en la habitación—. Si eso no es culpa, no sé lo que es. —Abrí la boca para hablar, pero Hazel me desafió con una mirada gélida—. Mi hermana murió y él se marchó. —Inclinó la cabeza hacia la ventana—. Ahora vive como ese personaje Mask. Tiene mujeres como tú que se desmayan por él...

—Yo no me desmayo por él —le respondí, pero Hazel me ignoró, enredada en su propia red de dolor y rabia.

Su mirada se endureció mientras contemplaba el paisaje y se giró para mirarme.

—Bueno, si cree que puede vivir su vida y olvidarse de lo que le hizo a Emily y a nuestra familia, está muy equivocado. —Su voz estaba llena de resentimiento. Volvió su atención a la media distancia, cautivada por un momento por los cuadrados de ricos campos que se veían por la ventana—. Voy a contarle a todo el mundo de lo que es capaz ese hombre. A ver qué tal le va entonces a su floreciente carrera musical.

60

Mi piel se erizó al percibir la pena y el resentimiento que carcomía por dentro a esta mujer.

Comprendí que tenía que hablar con Rafe. Tenía que escuchar su versión.

Lo mismo estaba dispuesto a hablar de ello conmigo; aun así, tenía que intentarlo. Mask había decidido mostrarme su cicatriz. Eso debía de significar que había un viso de confianza entre nosotros. Significaba mucho.

Me levanté lentamente de la silla y volví a colgarme el bolso al hombro. Me costaba asimilarlo todo.

Hazel me evaluó.

—¿Adónde vas? —preguntó.

Mantuve la voz lo más firme que pude.

—Me voy a casa —mentí—. Y siento mucho lo de tu hermana.

Hazel frunció las cejas.

—Tú te crees que soy tonta. Vas a verle, ¿verdad?

Me acerqué a la puerta cerrada y agarré con los dedos la fría manilla. Estaba decidida a parecer tranquila.

—No. Ya te he dicho que me voy a casa. Me has dado mucho en qué pensar.

Esperaba que mis palabras hubieran transmitido la suficiente convicción como para calmarla.

Mantuve el contacto visual; tras una larga pausa, asintió levemente con la cabeza y dijo:

—Lo siento, pero tú tenías que saber la verdad sobre él. —Entonces esbozó una sonrisa que me dejó perpleja—. Sé que es muy guapo y encantador, pero no te sientas mal. Se las arregla para engañar a todo el mundo. Hasta a mí me engañó una vez...

¿Qué significaba aquello? Una repentina y lenta aprehensión se apoderó de mí y no me soltó. ¿Era esa la forma que tenía Hazel de decir que había estado enamorada de Rafe? ¿Todavía lo amaba?

Abrí la puerta de golpe.

Ella enderezó los hombros.

—Conduce con cuidado.

Me sentí aliviada al escapar de los confines de la habitación de Hazel al bajar las escaleras y salir a la oscuridad de la noche del viernes.

Me apoyé en el coche e inhalé varias veces el aire fresco.

Tenía el cerebro frito.

Era horrible lo que le había pasado a Emily y podía entender por qué Hazel estaba tan consumida por el dolor por la muerte de su hermana. Sin embargo, de lo que acusaba a Rafe...

Vi mi reflejo en la ventanilla del coche. ¿Y si lo que decía Hazel era verdad? ¿Y si Rafe dejó que aquella pobre chica muriera en el coche?

Pero entonces pensé en el comportamiento irracional de Hazel y en su negativa a considerar a Rafe también como una víctima. Ella no le había visto la cara.

Todo competía en mi cabeza por una posición privilegiada.

Subí al coche y encendí las luces. Deslumbraron como ojos gigantes e iluminaron el muro de piedra que tenía delante.

Me agarré al volante. ¿Por qué tenía tantas ganas de hablar con Rafe de todo esto? ¿Por qué era tan importante para mí pensar bien de él?

Encendí el motor del coche y emprendí el regreso a Loch Harris, antes de tomar el desvío hacia la cascada de Galen.

Sabía lo que quería pensar —mi corazón me lo pedía a gritos—, pero, por debajo de eso, había ahora un murmullo incesante, una voz zumbona que no me dejaba en paz.

«No sabes lo que pasó en realidad. No lo puedes saber».

Frustrada, me pasé una mano por la frente y me concentré todo lo que pude en la carretera que serpenteaba delante de mí.

Mis faros distinguieron la cascada que bajaba por la pared rocosa en la oscuridad, con las luces de Coorie Cottage filtrándose por las rendijas de las persianas de Rafe al otro lado de la carretera.

Aparqué, oí cómo se apagaba el motor del coche y cogí el bolso del asiento del copiloto. Mis ojos se deslizaron hacia el espejo retrovisor. Me había quitado casi todo el pintalabios de morderme los labios.

Con un nudo en el estómago, me dirigí a la puerta de Rafe para hablar de Emily y, lo que es más importante aún, para hablar de él.

61

La voz de Rafe casi se mezclaba con el sonido de la cascada de Galen. A juzgar por la dirección de donde provenía la música, parecía que estaba en el jardín, rasgueando su guitarra acústica.

—¿Rafe? Rafe, soy yo, Layla.

Su alta figura surgió cerca del borde de la hierba, se echó hacia atrás la capucha y se alisó el pelo.

Fue una acción sencilla. De confianza. Hizo que se me contrajera el corazón.

Pero ¿aún confiaba en él?

«Por supuesto que sí», concluí secamente.

Me zumbaba la cabeza cuando me clavó en el sitio con sus ojos negros.

—¿Va todo bien?

—Sí. No. No estoy segura. —Sentí un repentino escalofrío y me rodeé con los brazos—. Necesito hablar contigo. Sobre Emily.

Su apuesto rostro se cerró. Mi atención se desvió hacia su cicatriz.

—Supongo que has estado hablando con Hazel Jennings.

Parpadeé.

—Había alguien aquí la primera vez, ¿no es así?, cuando Tom y yo aparecimos —dije—. Era ella.

Me sostuvo la mirada, pero no dijo nada durante unos instantes. El amado jardín de Rafe, con sus aromas celestiales, sombras, y formas, se balanceaban detrás de él.

—Sí, pensé que había alguien merodeando fuera. Me pareció oír a Hazel intentando hablar conmigo a través de la puerta principal. —Se pasó con desánimo una mano por el pelo—. Pensé que me estaba volviendo loco. —Suspiró y continuó—: Así que salí a comprobarlo, pero no vi a nadie y supuse que era mi imaginación, que me jugaba una mala pasada. —Rafe se frotó la barbilla—. Entonces, cuando tú y tus amigos los policías llegasteis y dijisteis que un automovilista que pasaba por aquí había visto a alguien merodeando, no supe qué pensar.

Mis ojos recorrieron su rostro apuesto y pensativo.

Rafe miraba desganado por encima de mi hombro y se adentraba en la noche que avanzaba.

Señalé su cicatriz.

—Me la enseñaste —vacilé—. Te conté lo de mi padre y Ed. ¿Por qué no vuelves a confiar en mí?

A Rafe le temblaba la mandíbula. Tenía una ligera sombra de barba incipiente. Sentí un gran alivio cuando me indicó que le siguiera al interior de la casa, cálidamente iluminada por la luz de las lámparas.

Me senté en el sofá de dos plazas del salón y Rafe ocupó la silla de enfrente.

—Parece que tienes frío —dijo.

—Estoy bien —mentí, ansiosa por oírle hablar—. Entonces..., Emily...

Rafe asintió con la cabeza derrotado, antes de encogerse de hombros. Parecía que se esforzaba por entender lo que estaba a punto de decirme.

—Fue el 21 de mayo, hace cuatro años. Emily y yo íbamos en coche de camino a casa después de nuestra fiesta de compromiso. Reíamos y estábamos rebosantes de optimismo por el futuro. Nuestra fiesta de compromiso había sido un mar de caras radiantes y festivas de familiares y amigos. Entonces volvíamos a casa, con el coche lleno de regalos adornados con lazos plateados y envoltorios brillantes.

»Emily, sentada en el asiento del copiloto, me miró fijamente con una de esas miradas suyas que siempre me hacían sonreír. "¿Cuándo vas a escribir una canción sobre mí?", me preguntó. Le sonreí. "¿Cómo te atreves? Todas las canciones que escribo son sobre ti", le dije. Emily se rio. "Sí, claro. Eres un mentiroso de mierda, Buchanan", dijo. Siempre me llamaba así. Le guiñé un ojo. "Vaya. Gracias". Entrecerré los ojos y seguí mirando por el retrovisor. El tipo de detrás se estaba acercando un poco y Emily se giró a mirar al camión que se acercaba.

»Pisé el freno para que aflojara, pero no lo hizo. Me agaché un poco en el asiento del conductor para ver desde otro ángulo por el retrovisor, pero la cabina del camión articulado y las luces de la autopista no me facilitaban en absoluto la visión del conductor, entonces una sensación de inquietud se me instaló en el estómago. Me di cuenta de que Emily estaba asustada, así que transformé mi expresión de preocupación en otra que esperaba fuera de suprema confianza y le dije que no había nada de qué preocuparse. Era solo que conducía como un imbécil.

»Cambié de opinión sobre la decisión de reducir la velocidad y decidí adoptar un enfoque más dramático. Con el carril de la autopista delante de nosotros sin tráfico, pisé sutilmente el acelerador y las manos de Emily se agarraron a ambos lados de su asiento. Saqué la mano y apreté la suya, y le dije que todo iba a salir bien...

Sentí como si mi propia respiración me ahogara. Me hundí en el sofá de Rafe.

—¿Y luego qué pasó? —pregunté.

Su voz rebosaba dolor.

—Debería haber hecho más, Layla. Me sentía como si estuviera viendo cómo se desarrollaban los acontecimientos a través de un mar de melaza. El conductor del camión, sin que lo supiéramos en aquel momento, había tomado demasiados somníferos después de pasar varias noches sin descansar en la carretera. Su pie pisó a fondo el acelerador y, para cuando sus ojos parpadeantes percibieron las brillantes luces de la autopista, la bestia cromada que luchaba por controlar ya se había estrellado contra nuestro coche. —En la mirada fija de

Rafe se reflejaban las llamas de la chimenea de leña—. Se oyó el peor de los ruidos, como golpes y rebotes que nos sacudieron por dentro. Nuestro coche dio dos vueltas de campana como si fuera un dado. Pensé que Emily gritaría, que me pediría ayuda, que me alcanzaría... Le supliqué que gritara, que me llamara, que me buscara, pero no lo hizo.

»Extendí los brazos, tratando de encontrarla. Estaba a mi lado. Pero mis manos solo agarraron aire.

Rafe se frotó las manos en las rodillas mientras permanecía sentado, encorvado.

—Al final aterrizamos bocabajo al otro lado de la autopista. De repente, el aire del coche estaba muy quieto y silencioso. Se oían crujidos y astillas, pero nada más. Intenté moverme, pero sentía un dolor que me recorría el cuerpo y luego una sensación insoportable en el lado derecho de la cara. —Levantó un dedo y trazó el curso de su cicatriz, como para mostrar a qué se refería—. Me las arreglé para zafarme del cinturón de seguridad. Solo podía pensar en Emily.

Mi voz fue un susurro.

—Pero ¿había muerto?

Los párpados de Rafe se cerraron un instante.

—No en aquel momento. Empecé a gritarle. La sacudí. Le supliqué que me mirara. Conseguí liberarla del cinturón de seguridad y traté de encontrarle el pulso. Estaba desplomada hacia delante como una muñeca de trapo. Su pulso era muy débil, pero sí que tenía. Lo noté. Empecé a intentar moverla, pero entonces un par de manos me agarraron por detrás y tiraron de mí. Les grité, les supliqué que me quitaran las manos de encima. Les dije que seguía viva, que aún respiraba, a duras penas, pero respiraba. Sin embargo, no me dejaron volver a entrar para ayudarla. —Bajó los puños—. Les rogué que me dejaran regresar con ella, pero me retuvieron. ¿Te das cuenta de lo que sentí? Podría haberla salvado, Layla. —Los ojos de Rafe se clavaron con rabia en las llamas de su chimenea de leña—. Murió momentos después. —Se llevó el dedo a la cicatriz—. ¿Ves esto en mi cara? No es nada. Nada comparado con la culpa que llevo conmigo por lo que le pasó a Emily.

Quería abrazarlo mientras estaba allí sentado, rígido de dolor, quería decirle que nada de lo que le había pasado a Emily fue culpa suya.

Me dolía el corazón por él. El peso que llevaba encima debía de ser insoportable.

—Rafe, no debes sentirte culpable...

—Yo me llevé esto del accidente —dijo—. Emily perdió la vida.

—Pero también saliste lleno de remordimientos. Y no deberías.

Rafe negó con la cabeza.

—¿No lo ves? Le prometí a Emily que siempre la mantendría a salvo, pero no lo hice.

Sin pensarlo, me levanté del sofá y me acerqué a él. Me arrodillé delante de sus largas piernas.

—No podías saber lo que iba a pasar. No fuiste responsable de que aquel conductor tomara demasiados somníferos. —Me miró, pero no dijo nada—. ¿Qué le pasó? Me refiero al camionero.

—Murió por las heridas del accidente dos días después. —Levantó la barbilla y me miró fijamente, con la boca en una línea recta. Las cejas oscuras resaltaban sobre sus ojos.

—¿Por eso no sacaste tu primer disco y por eso vives como vives? ¿Por el accidente? —Rafe no lo negó—. Quiero ayudarte. —Me atraganté—. Nadie debería sentirse así, y menos tú.

Me levanté despacio y Rafe hizo lo mismo. Sentí que se me cortaba la respiración en el fondo de la garganta cuando su mirada ardiente me recorrió de pies a cabeza.

—Gracias, Layla, pero creo que es mejor que te vayas.

Le miré con el ceño fruncido.

—¿Por qué? ¿Qué pasa? —dije.

Salió del salón y recorrió el pasillo parpadeante hasta la puerta principal. La abrió de un tirón y caminó hacia el jardín mientras yo le seguía. Al detenerse, Rafe se metió las manos en los bolsillos del pantalón y se estremeció.

—No es bueno tenerme cerca —contestó.

—¿Quién te ha dicho eso?

—Nadie.

—Entonces, ¿por qué lo dices?

Sus ojos marrones se endurecieron.

—¡Porque es la verdad! Perdí a Emily y no estoy dispuesto a perderte a ti...

Se incorporó.

—¿Qué? —pregunté en un susurro—. Rafe, por favor, háblame. No me vas a perder.

—¿Cómo puedes saberlo?

El pecho me subía y bajaba bajo la chaqueta vaquera.

—Simplemente lo sé.

Su atención siguió mi mano cuando la llevé a su mejilla. Al principio noté que se estremecía. Luego, su cuerpo se relajó cuando mis dedos recorrieron lentamente la herida desde el final de su frente hasta el borde de sus labios.

—Rafe.

Respiré el aire de la noche, consciente de las siluetas de los árboles y las plantas temblorosas que nos rodeaban. Había un aroma oscuro y embriagador a brezo.

Lo estudié, hechizada por la profundidad de sus ojos.

Inclinó la cabeza para que su mejilla llena de cicatrices se apoyara en la palma de mi mano.

—Te lo advertí, Layla —gruñó—. No es bueno estar cerca de mí.

Sus párpados se cerraron un momento. Sus largas pestañas negras como el hollín le descansaban sobre los pómulos.

Luego, sus labios me rozaron la muñeca y solté un gemido ahogado, antes de conseguir decir:

—Quizá deberías dejar que otras personas juzgaran eso. —Dejé que mis dedos acariciaran un mechón de pelo suelto que tenía enredado en la oreja—. Lo que le pasó a Emily fue una tragedia, pero no fue culpa tuya.

Ahora le tocaba a Rafe tocarme la cara. Lo hizo como si estuviera asustado al principio, lenta y deliberadamente. Me pasó un dedo por la mejilla hasta que se detuvo junto a mis labios. Los ojos se le clavaron en mi boca y me costó respirar.

El silencio se rompió cuando Rafe murmuró de repente: «Oh, Layla», antes de reclamar mis labios con los suyos.

Me pegué contra él y saboreé el calor de su boca. Sus manos acariciaban y me frotaban la espalda, y yo le correspondí metiendo los dedos por debajo de su sudadera, acariciándolo y examinando las curvas y los planos de su cuerpo.

Los músculos se le movían bajo su cálida piel y gemí, lo que hizo que Rafe me atrajera aún más hacia sí.

Quería hacer desaparecer todo su dolor y su tormento. Nadie merecía sentirse tan retorcido por la culpa y el remordimiento, especialmente alguien como él.

Nuestro ritmo se volvió más frenético, y nuestras respiraciones, urgentes mientras nos besábamos con avidez una y otra vez.

Solo cuando un chirrido de neumáticos rompió el silencio de la noche nos separamos. Unos faros amarillos deslumbraron en la oscuridad, como dos ojos furiosos.

Se me paró el corazón cuando Hazel salió tambaleándose del coche. Tenía la cara pálida y las facciones contraídas.

—¡Lo sabía! —gritó ante nuestras expresiones de asombro—. ¡Lo sabía!

62

—¿Sabías qué? —la desafió Rafe—. ¿De qué estás hablando?

Hazel me señaló con un dedo acusador.

—Blancanieves, esa de ahí. Es otra pobre zorra ilusa que ha sucumbido al carisma de Rafe Buchanan.

Intenté calmarla.

—Mira, Hazel, es horrible lo que le pasó a tu hermana...

—Y fue culpa suya —ladró, mirando a Rafe—. ¡Como un cobarde, la dejó morir en aquel coche!

—Hazel, yo no quise abandonar a Emily. Intenté volver al coche para sacarla, pero los rescatadores me retuvieron.

Se acercó unos pasos deliberadamente, con sus ojos claros muy abiertos e implacables.

—¡No me vengas con esas! Ella murió en ese accidente y tú te salvaste.

—¡Oh, por el amor de Dios! —grité—. No te mentí sobre Rafe.

Giré la cabeza para mirarle, pero él ya estaba avanzando hacia ella.

Hazel se encogió al ver la mandíbula apretada de Rafe.

Se alzó sobre ella y giró su atractivo rostro hacia la izquierda. La brisa nocturna ondulaba su pelo negro.

Las cejas de Hazel se alzaron hasta la línea del cabello cuando vio la vívida herida de Rafe.

—Me la hice en el accidente. No quiero compasión. Solo quiero que sepas que no salí ileso. —La mandíbula de Hazel se desencajó mientras Rafe continuaba explicando que también había asistido al funeral de Emily—. Lo que pasa es que no me visteis —confesó—. Ninguno de vosotros me vio. Pero os puedo asegurar que estuve allí.

Hazel luchaba por concentrarse mientras digería lo que Rafe acababa de contarle. Cogió aire antes de que la imprevisible ira e incredulidad volvieran a surgir en ella.

—Pero ¿adónde fuiste? Después del accidente, quiero decir. Desapareciste sin más.

Rafe me miró.

—Me sentía culpable por todo —respondió—, como si no mereciera ser feliz. Emily se había ido y yo no pude salvarla. ¿Por qué iban a seguir las cosas siendo normales para mí?

Una lenta toma de conciencia empezó a molestarme cuando vi a Hazel dar un paso hacia Rafe. Su expresión parecía derretirse ante mis ojos, como gotas de lluvia en un día soleado.

Siguió estudiándole.

—No tenía ni idea —murmuró, absorta en su rostro. Luego alargó una mano y empezó a acariciarle el brazo.

Rafe, sorprendido por su repentina ternura, se apartó de un salto.

—¿Sabes? —continuó ella, ajena a mi incipiente expresión, a solo unos metros de distancia—, somos dos almas perdidas, ¿verdad, Rafe? Tenemos tanto en común, tú y yo. —Ella dejó caer la mirada al suelo, antes de levantar los ojos de nuevo hacia él—. Ambos perdimos a Emily. —Hazel jugó con unos mechones de pelo rojo que se habían soltado del recogido—. Debes de haberte dado cuenta de lo que siempre he sentido por ti. Sabía que no debía, porque estabas con mi hermana, pero... —Dejó que el resto de sus palabras se desvanecieran en el aire oscuro—. Siempre esperé que te fijaras en mí.

Mis pensamientos volvieron a la foto que había encontrado.

Todas las piezas de este trágico rompecabezas se estaban colocando en su sitio.

Hazel estaba enamorada de Rafe. Siempre lo había estado.

63

Rafe parecía totalmente confundido.

—¿Perdón? —dijo.

Hazel se quedó clavada en el sitio frente a Rafe, que estaba horrorizado. El brillo enfurecido y rencoroso de los ojos de Hazel había desaparecido y ahora lo miraba con adoración.

—Era la única forma de aceptar que no me querías, Rafe. Convenciéndome de que causaste la muerte de Emily. —Una sonrisa esperanzada se le dibujó en el rostro, mientras la brisa del atardecer agitaba el dobladillo de su falda—. Pero, ahora que he visto cuánto has sufrido y lo que te ha hecho la muerte de Emily, sé que hay esperanza para nosotros. Necesitamos estar juntos.

Todos los comentarios extraños que Hazel había estado haciendo, las inferencias a escondidas y el deseo de castigar a Rafe. Por eso Hazel había estado tan empeñada en perseguirle, por eso había querido que sufriera. Llevaba años albergando celos de que Emily tuviera una relación con él.

Los ojos oscuros de Rafe se abrieron de par en par cuando empezó a llegar a la misma conclusión. Se alejó unos pasos de ella. La sonrisa de Hazel se deformó hasta convertirse en desesperación.

—Tienes que entenderlo, Rafe; solo contacté con esa patética periodista porque no sabía la verdad. Estaba desesperada. —Extendió las manos hacia Rafe en un movimiento suplicante—. Lo siento mucho.

Rafe se frotó la frente.

—Te dije toda la verdad desde el principio, pero elegiste pensar mal de mí. Y ahora crees que podría... —El disgusto de

Rafe era evidente—. ¿Sabes cuánto me ha costado intentar resucitar mi amor por la música, Hazel? He tenido que adoptar este personaje de Mask, solo para intentar sobrellevar cada día.

—Lo siento. —Tragó saliva y le tendió los brazos—. Nunca habría querido que te castigaras así, de haber sabido la verdad. Pero te quiero, ¿sabes? Siempre te he querido.

Intenté comprender la lógica de Hazel.

—Podríamos hacernos felices el uno al otro —insistió ella—. Sé que podríamos. Seríamos un consuelo el uno para el otro.

—Por favor, vete, Hazel. Ya.

Ella se secó las mejillas llorosas con una mano.

—¿Quieres que me vaya? —preguntó.

Rafe apretó la mandíbula.

—Creo que es lo mejor.

—No quieres decir eso. Solo estás confundido. —Sus dedos se retorcieron los unos con los otros. Giró la cabeza hacia donde yo estaba—. Ella no te hará feliz, Rafe. No como yo lo haría.

Rafe tenía la mandíbula de cemento.

—No te lo diré otra vez, Hazel. Vete.

Se quedó pensando un momento más con la mirada perdida, antes de regresar de mala gana al coche de alquiler.

—Enviaré un correo electrónico a esa periodista local —murmuró—. Le diré que aquí no hay nada que contar.

—Gracias —dijo Rafe, en un susurro apenas audible.

Hazel me dirigió una indescifrable mirada de reojo antes de meterse de nuevo en el coche, encender los faros y marcharse.

Rafe me lanzó una mirada de alivio, antes de acercarse de nuevo a mí y extender una mano para estrechar la mía.

Enrosqué mis dedos alrededor de los suyos.

—Menos mal que se acabó. Ahora puedes intentar seguir adelante como es debido.

Rafe movió la cabeza con incredulidad.

—No puedo creer lo que acaba de pasar. Emily se horrorizaría si supiera que Hazel intenta acusarme de causar su muerte.

Nos quedamos admirando Coorie Cottage, sus acogedoras luces que daban la bienvenida en la oscuridad.

—Quizá ahora, después de hablar contigo, Hazel se dé cuenta del verdadero daño que pudo llegar a causar. —Lo miré, admirando su apuesto perfil—. Sé que crees que lo digo por decir —empecé a decir—, pero no noto tu cicatriz. Y menos ahora.

Mientras me bebía a Rafe, con su cabeza peluda y oscura y su boca generosa, el dolor por haber perdido a Mac y por su engaño se evaporaba.

Rafe tiraba de mí hacia el jardín justo cuando el furioso rugido del motor de un coche estalló detrás de nosotros.

Hazel dio la vuelta en el coche, apagó los faros y se detuvo allí, frente a nosotros, con el motor todavía encendido. Su rostro pecoso estaba extrañamente sereno y sus ojos vidriosos brillaban como los de una muñeca sin vida.

Distinguí sus manos aferradas a la parte superior del volante mientras el motor del coche se aceleraba y Hazel ponía el vehículo en marcha, pisando a fondo el acelerador.

Volvió a encender los faros, que nos deslumbraron de repente. Nos llevamos las manos a los ojos y retrocedimos dando tumbos. Se oyó un chirrido de neumáticos cuando se abalanzó sobre nosotros.

—¡Layla!

64

Rafe se lanzó sobre mí, me rodeó la cintura con los brazos y me impulsó hacia el suelo.

Trozos de hierba y tierra se levantaron del sendero cuando el coche de Hazel pasó a toda velocidad y frenó de golpe.

Levantamos la cabeza, preparándonos para ponernos en pie, cuando la cara de Hazel, retorcida por la rabia, apareció por la ventanilla abierta del coche. Apretó la mandíbula al vernos a Rafe y a mí allí tirados en una maraña de miembros.

Nos echamos hacia atrás, tendiéndonos la mano el uno al otro, por miedo a que volviera a chirriar hacia nosotros.

—¡Hazel! ¡Por el amor de Dios, para!

El grito de Rafe la hizo jadear. Se agarró al volante con los nudillos blancos. Luego lanzó un grito horrorizado y herido que pareció resonar en la ladera circundante.

—Lo siento. Lo siento mucho —jadeó.

El coche permaneció quieto un momento, antes de que Hazel apagara el motor.

Rafe y yo nos pusimos en pie sin apartar la vista del coche y de su sollozante ocupante.

Rafe se sacudió la tierra de los vaqueros.

—¡Mierda! ¿Estás bien, Layla?

—Sí —me las arreglé a responder—. Gracias a ti. ¿Y tú?

No contestó. Se limitó a parpadear mirándome con una extraña expresión de trance que se apoderaba de sus facciones.

Hazel tenía la cabeza echada hacia atrás en el asiento, con el pecho subiendo y bajando. Jadeaba entre sollozos desgarrados.

Di unos pasos vacilantes hacia la puerta del coche. El interior del vehículo estaba a oscuras, salvo por la extraña luz que brillaba en el salpicadero. La preocupación de Rafe por mí crepitó en el aire nocturno.

—¡Layla! ¿Qué estás haciendo?

Levanté un dedo y me lo llevé a la boca.

Hazel sintió que yo estaba allí y giró la cabeza muy despacio, como si le doliera físicamente hacerlo.

—Déjame ayudarte —le dije.

Abrí la puerta con cuidado y di un paso atrás. No quería alarmarla. Los ojos llorosos de Hazel me recorrieron de arriba abajo. Finalmente, sacó un pie calzado con sandalias, seguido del otro.

—Eso es. Tómatelo con calma.

Ella parpadeó con su traje de verano arrugado.

Rafe vio cómo yo la cogía de un brazo y la dirigía suavemente hacia Coorie Cottage.

—Voy a hacerte una taza de té, ¿vale?

Hazel se aferró a mi brazo, dando pasos en la oscuridad, y me permitió dirigirla al salón de Rafe y a su sofá. Hazel se perdió en sus pensamientos mientras Rafe me ayudaba a prepararle una taza de té.

Me lo aceptó con un susurro de agradecimiento y lo acunó entre sus dedos temblorosos. Rafe se sentó frente a ella y yo ocupé un lugar a su lado en el sofá.

Hazel se llevó la taza a los labios como si fuera a dar un sorbo.

—Ya no sé quién soy —dijo. Miré preocupada a Rafe—. No reconozco en quién me he convertido.

Mi voz era un susurro.

—Hazel, perdiste a tu hermana. Estás luchando con tu dolor.

Movió de lado a lado la cabeza, con el peinado recogido amenazando con deshacerse en cualquier momento.

—Necesitaba alguien a quien culpar, alguien a quien hacer responsable. —Sus claros ojos miraron a Rafe—. Estaba celosa de que Emily te tuviera, y cuando murió me sentí tan culpable de haber estado albergando todos esos sentimientos por el prometido de mi hermana... —Rafe bajó la mirada un momento—. No sé cómo he llegado a esto, a través de todo ese dolor. Ahora todo parece una locura.

La vi llevarse la taza de té a los labios y dar un sorbo nerviosa.

—A Emily no le gustaría verte así. Estoy segura de que le rompería el corazón —dije.

Se volvió hacia mí con la cara desencajada. Rápidamente le quité el té de la mano y lo dejé sobre la mesa. Hazel se dobló contra mi hombro y dejó escapar agónicas lágrimas contra mi camiseta.

Una vez que la respiración se le calmó, puse mi cara a la altura de la suya. Se pasó la mano por los ojos.

—Lo siento. Lo siento mucho —dijo. Me sostuvo la mirada, desesperada por que la creyera—. Voy a hacerme con el control de mi vida. Por Emily. —Lanzó una mirada avergonzada a Rafe desde debajo de sus pestañas—. Voy a regresar a Australia tan pronto como pueda. A buscar ayuda psicológica y a hablar con mis padres.

Le apreté el brazo.

—Emily estaría muy muy orgullosa de ti.

Una vez seguros de que Hazel estaba lo bastante serena, me ofrecí a llevarla de vuelta a su *bed and breakfast*; Rafe llamó a la empresa de alquiler de coches y organizó la recogida del vehículo a la mañana siguiente.

Acomodé a Hazel en el asiento del copiloto de mi coche, y ella me ofreció una sonrisa agradecida pero acuosa.

Volví a Coorie Cottage y encontré a Rafe.

Me agaché para acariciarle la mejilla, pero se echó hacia atrás en la silla y apartó la mirada.

—¿Rafe?

—Estoy cansado —confesó, sin atreverse a mirarme—. Deberías irte. Conduce con cuidado, y gracias por lo que has hecho esta noche.

—Bébete esto.

Miré el vaso de *whisky* que Faith me tendía.

—Venga. Casi te atropellan. Será bueno para el *shock*.

Me apoyé en las almohadas.

—¿Desde cuándo eres médico?

—¡Tú limítate a beberte esta maldita cosa!

Me tragué el rico alcohol dorado de un trago y empecé a sentir el amargo líquido en la garganta. Solté un par de toses ásperas.

—¿Dónde lo has encontrado?

Faith arrastró el trasero hasta sentarse a mi lado en la cama.

—Debía de ser parte del alijo secreto de Mac. Estaba escondido al fondo del todo en uno de los armarios de tu cocina, junto a dos botellas de vodka. —Faith entrecerró los ojos—. ¿No crees que deberías ir al médico?

—¿Qué, por un culo magullado?

Negó con su rubia cabeza como con exasperación.

—Por el *shock*. Esta noche lo has pasado realmente mal. No todos los días intentan atropellarte. Y deberías haberme llamado —afirmó, y mientras sus pulseras de oro se deslizaban por su brazo—. No deberías haber conducido sola hasta casa después de lo que te ha pasado.

Me puse a hurgar en la costura de mi funda nórdica color café.

—No estaba sola. Durante parte del trayecto Hazel iba conmigo.

Faith pareció molesta.

—Muy pocas personas habrían hecho lo que tú has hecho. Aun así, mientras Rafe y tú estéis bien...

El sabor de la boca de Rafe aún permanecía en la mía cuando Faith pronunció su nombre.

—Oh, mierda —me lamenté, mientras una lágrima se deslizaba por mi cara y caía a las sábanas.

Faith cogió mis dos manos entre las suyas.

—Sé que has tenido un susto terrible, pero hay algo más que no me estás contando, ¿verdad?

Mis hombros se hundieron bajo el top morado de mi pijama.

—Rafe y yo nos hemos besado.

Faith arqueó las cejas.

—Vale —dijo.

Incliné la cabeza hacia atrás contra el cabecero de latón.

—Ha sido maravilloso. Nunca me habían besado así. Ni siquiera Mac.

Faith pareció muy impresionada.

—Vaya. De acuerdo. Entonces, ¿cuál es el problema?

Mi pecho se agitó bajo las sábanas.

—Creo que se arrepintió, una vez nos besamos. La forma en que me miró cuando me marchaba con Hazel... Estaba tan distante e indiferente.

Faith descartó mis dudas e insistió en que yo estaba interpretando de más.

—Casi te atropella la que estuvo a punto de convertirse en su cuñada. Si eso no tuvo un efecto en él, me sorprendería mucho.

Sin embargo, recuerdo claramente el cambio que se produjo en él y su actitud distante cuando me acerqué a acariciarle la cara cuando me marchaba. Apenas se atrevía a mirarme. Se me encogió el corazón de vergüenza al recordarlo.

—¿Seguro que no quieres que llame a Harry?

—No, definitivamente no. Estoy bien. Creo que mi orgullo está herido más que nada. —Faith quería hablar de ello, pero la silencié con una sonrisa forzada—. Se lo contaré cuando los chicos de la banda se hayan ido a casa el domingo. Sé que se pondrá furioso conmigo por no decírselo enseguida, pero se le pasará.

Faith se inclinó hacia la mesilla de noche y cogió la copa de vino blanco que ella había puesto allí para bebérselo.

—Deberías haber llamado a la policía. Esa mujer podría haberos matado a los dos.

Bebió un sorbo del fresco vino dorado y lo saboreó.

—Hazel necesita ayuda profesional y se ha dado cuenta de ello. No creo que arrestarla fuera la solución —le expliqué.

Me maldije por permitir que Rafe me hiciera caer en picado. Era verdad lo que le había dicho a Faith. Nunca me habían besado así. La intensidad y la pasión de aquel beso habían sido abrumadores. Cerré los ojos unos instantes en un intento de alejar el recuerdo de aquello y de cómo Rafe me había hecho sentir. No funcionó.

Apoyé más alto una de mis almohadas.

—¿Y estás segura de que Hazel se ha marchado?

Faith curvó la boca ante la mención del nombre de la mujer.

—Totalmente —contestó—. Me he inventado la historia de que Hazel Jennings se había dejado una pluma muy cara en la oficina de turismo. Norrie se lo ha creído y ha hecho que Sophie lo comprobara con el Beech Tree. —Dio otro trago de vino—. La dueña del lugar, Nicola, dijo que Hazel había hecho el equipaje y se había ido esta tarde. —Faith agitó la copa de vino en el aire—. Consiguió que Nicola le pidiera un taxi al aeropuerto. —Me examinó con sus ojos azul claro llenos de preocupación—. Por lo que has dicho, esta mujer, Jennings, estaba obsesionada con Rafe.

—Oh, sin duda. Creo que entre la muerte de su hermana y sus sentimientos encontrados por Rafe todo fue demasiado para ella.

Con suerte, Hazel conseguiría ayuda que le mostrara el camino a seguir.

Faith miró mi vaso de *whisky* vacío bajo el resplandor de la lámpara de la mesita de noche.

—¿Quieres otro? —me preguntó.

—No, gracias. No quiero acabar borracha y magullada.

Faith se dirigió a la puerta de la habitación y la llamé por su nombre. Ella se dio la vuelta.

—Gracias por todo lo que has hecho.

Se sonrojó de forma bonita.

—No hay de qué.

Estiré las piernas bajo las sábanas.

—No quiero que llegues tarde a casa sola. Deberías irte pronto.

Faith se puso las manos en las caderas, desafiante.

—He estado bebiendo vino blanco, ¿recuerdas? Me quedaré esta noche, si te parece bien. De todas formas, no tengo que ir a la oficina de turismo hasta mañana a mediodía.

—Por supuesto que me parece bien. La cama de la habitación de invitados está hecha.

Faith volvió a salir por la puerta del dormitorio y entonces se detuvo para decir:

—Pero me niego a untarte crema de árnica en el trasero. Tiene que haber unos límites.

Dejé escapar un bufido de risa ante aquella imagen tan gráfica, y con ello me estremecí cuando mis nalgas magulladas soltaron un ladrido de indignación.

—¡Ay! ¿Y cómo van las cosas con el encantador leñador? —le pregunté.

Faith ladeó la cabeza.

—Supongo que te refieres a Greg. Tuvimos una cena encantadora y Sam también estuvo encantador. Quería que comiéramos palitos de pescado y aros de espagueti, pero Greg logró persuadirlo de que un pollo asado sería mejor.

—¿Y?

—Y nos estamos tomando las cosas con calma. La madre de Greg se ha ofrecido a cuidar de Sam una noche la semana que viene, así que los dos hemos pensado en probar ese sitio italiano que hay en North Spey.

Se sonrojó ante mi sonrisa de suficiencia y se dirigió a la cocina.

Faith había dejado mi móvil en la mesilla de noche y, mientras estaba tumbada con la cabeza repasando los acontecimientos de la noche, se iluminó con una llamada entrante.

El nombre de Rafe apareció en la pantalla brillante. El estómago me dio un vuelco. Recordé cómo Rafe había insistido en introducir su número de móvil en mis contactos cuando insistí en llevar a Hazel a su *bed and breakfast*.

Dudé si contestar o no. Al final me rendí y acepté la llamada. Su voz hizo removerme incómoda en la cama.

—Quería saber si estabas bien.

Me recompuse y me quedé mirando a media distancia.

—Estoy bien, gracias. Mi mejor amiga, Faith, se queda esta noche para cuidarme. —Hubo una larga pausa al otro lado de la línea—. Solo estoy un poco magullada —añadí, en un intento de llenar el silencio—. Sin duda, una buena noche de sueño y un baño caliente por la mañana resolverán el problema. —Oía a Faith moviéndose por la cocina—. ¿Cómo estás? —le pregunté a Rafe.

—Un poco dolorido, como tú, pero por lo demás bien.

Ojalá mencionara nuestro momento. ¿Diría algo del beso?

Pero en lugar de eso se aclaró la garganta y declaró, en su acento australiano:

—Voy a ponerme en contacto con los padres de Hazel. Dejaré que Hazel decida cómo quiere enfocar las cosas, pero creo que debería avisarles de que se encuentra en un estado de mental delicado en este momento y necesita de su ayuda.

—Me parece una buena idea.

—En fin, será mejor que te deje descansar un poco. Cuídate, Layla, y que pases buena noche.

Me sentí invadida por oleadas de decepción. Así que eso era todo. Por lo que a él respectaba, nuestro beso había quedado relegado al pasado y no merecía mención alguna.

—Gracias, Rafe —conseguí responder—. Que pases tú también una buena noche.

Colgué y contuve una lágrima, antes de tirar el móvil contra las sábanas, frustrada.

65

—Así que se han agotado todas las entradas para la noche de la inauguración. —Sonrió Faith—. Pero he hecho una lista de reserva como me pediste, por si hubiera alguna anulación a última hora.

Se volvió hacia las notas garabateadas que había hecho en un bloc de rayas que había junto al ordenador.

—Y todas las invitaciones que enviamos han recibido confirmación... —Su entusiasmo se detuvo—. ¿Te encuentras bien? ¿Layla?

Desvié mi atención de la puerta de la oficina de turismo.

—¿Crees que estoy haciendo lo correcto?

—¿No es un poco tarde para arrepentirse ahora?

Faith tenía razón. Se trataba de mirar hacia delante y no hacia atrás. Agité una mano y sonreí.

—No me hagas caso. Son solo los nervios, nada más.

—¿Y no hay nada ni nadie más acechando en tu mente?

Enderecé la columna.

—¿Como quién?

Faith sonrió.

—¡Oh, venga ya! —exclamó.

—Si te refieres a Rafe, entonces no.

Eso no era del todo cierto. Si era sincera conmigo misma, me sentía como una auténtica idiota. Desde su llamada del viernes por la noche, había recibido un par de mensajes breves suyos el fin de semana en los que me preguntaba cómo estaba, pero nada más.

Nuestro beso había sido fruto del ardor del momento. Debió de ser solo eso. Una combinación de emociones.

No había significado nada. Bueno, al menos, para Rafe no.

Adorné mi rostro con una sonrisa indiferente, o con lo que esperaba que fuera una impresión convincente de la misma.

—He dejado todo eso atrás.

Los labios de Faith se curvaron hacia un lado.

—Ajá.

Empujé uno de los bolígrafos que había sobre su escritorio en busca de algo que hacer. Una gran parte de mí deseaba en secreto no tener que poner la música de Rafe la noche de la inauguración. Mientras me lo decía a mí misma, me revolvía. Sonaba tan infantil, pero tener que sentarme allí y escucharle cantar sus hermosas letras no iba a ser fácil.

Decidí que me mantendría ocupada. Había mucho que hacer y la banda de papá tocaba primero.

—Papá tiene otra cita con Molly esta noche —dije, cambiando de tema—. Está como un adolescente nervioso, bendito sea.

—¿Te cae bien?

—Es encantadora. Molly es justo lo que papá necesita, después de estar casado con el equivalente en Loch Harris de la Bruja Mala del Oeste.

Danielle cambió la música de la oficina de turismo de un relajante conjunto de zampoñas celtas a un riguroso *reel* virginiano.

Me aguanté la sonrisa mientras Faith ponía los ojos en blanco hacia los focos que salpicaban el techo.

—¿Va a venir tu madre a la inauguración? —preguntó.

Abrí mis ojos grises con horror.

—Joder, espero que no. No le enviaste una invitación, ¿no?

Faith me lanzó una mirada condescendiente.

—Claro que no. Sé la muerte prolongada y dolorosa que me infligirías si lo hubiera hecho. —Y sonrió mientras añadía—: Greg dijo que llevaría a Sam un rato a la inauguración, hasta que se aburriera. Entonces sus abuelos dijeron que se lo llevarían.

El timbre de la puerta de la oficina de turismo tintineó y entró una pareja de ancianos.

—Creo que Tina se dará por invitada de todos modos —dije—. Puedes apostar a que ese desalmado local suyo la ha mantenido informada de los acontecimientos.

—Has dicho «desalmado». ¿Querías decir «amigo»?

—No, no quise decir eso. Sabía exactamente lo que quería decir.

Faith se rio.

—Quizá sería bueno que Tina apareciera —dijo. Enarcó las cejas—. No solo vería lo que has conseguido con el Conch Club, sino también que no fue capaz de destruir tu relación con Harry. O con Ed, para el caso.

Tal vez Faith tuviera razón. Yo no lo había visto así. Nuestras cabezas se giraron al unísono cuando la puerta volvió a abrirse y trajo consigo esta vez un murmullo de estudiantes. Iban ataviados con impermeables raídos.

—Definitivamente estamos más ocupados que antes —dijo Faith con satisfacción. Me señaló con un dedo—. Y eso se debe a ti. —Me sonrojé y empecé a protestar, pero Faith no se dio por aludida—. Desde que empezamos a promocionar el Conch Club, Loch Harris ha empezado a dar señales de vida de nuevo.

Le di un beso en la mejilla, me despedí de Danielle con la mano y me dirigí a la puerta.

—No subestimes lo que has conseguido, ¿vale? —añadió Faith con afecto a mi espalda.

Me di la vuelta y dije «Gracias» antes de dirigirme a la plaza. En efecto, parecía que últimamente había más gente por allí.

Los turistas exclamaban ante los escaparates que exhibían de todo, desde tartán Harris hasta *cupcakes* decoradas y material de senderismo.

Zapatillas de deporte, zapatos náuticos y botas de senderismo se deslizaban sobre los adoquines y serpenteaban por la red de callejuelas, dejando atrás los alojamientos turísticos, las ventanas biseladas y las cestas colgantes llenas de brezo. Era un espectáculo gratificante.

Me alejé de la calle principal hacia el camino rural que me llevaba a casa. Me alegré de no haber traído el coche. El camino de regreso me despejaría la mente y me permitiría repasar mi lista de comprobación.

Me acordé de llamar a la empresa de alquiler de cafeteras para confirmar los detalles del alquiler que había acordado con ellos. También quería comprobar que los posavasos que había encargado a un artista de Edimburgo llegarían el jueves, según lo acordado. Había optado por un diseño de caracolas blancas y doradas con un reverso de corcho resistente. Pensé que quedarían muy bonitas en cada mesa.

Mientras caminaba, me di cuenta de que los hematomas habían mejorado. Ahora solo sentía un dolor sordo en el trasero cuando me movía. Papá se puso furioso el sábado por la mañana cuando le conté que había estado a punto de perderme en Coorie Cottage, pero conseguí distraerlo hablando de Molly y, a regañadientes, accedió a perdonarme.

Había llegado al cartel de madera tallada y el mapa ilustrado que daban la bienvenida a los visitantes de Loch Harris y presumían de nuestra red de misteriosas cuevas, población de ciervos rojos y bosques de robles, cuando me detuve para dejar pasar un camión con una pirámide de troncos apilados en su remolque trasero.

Mientras estaba de pie en el borde de la hierba, apreciando la belleza del lugar, me di cuenta de que, aunque me hubiera alejado físicamente de Loch Harris, mi corazón nunca se habría marchado.

66

Recoloqué los hombros y sonreí al teléfono.

—Así que ¿todo listo para tu cita de esta noche con la exquisita Molly?

—Claro que sí. Quiere ir al cine a ver la nueva comedia romántica de Ryan Reynolds.

Me reí.

—No creía que las comedias románticas fueran lo tuyo —le piqué.

—No lo son —confesó papá enigmáticamente—, pero la he hecho prometerme que vendrá conmigo a ver la próxima de *Star Trek*. —Hizo una pausa—. Y, hablando de asuntos del corazón, ¿cómo estás?

Mi mano se cernió sobre el ratón. Sabía que papá estaba aludiendo a Rafe.

—Me va bien. ¿Por qué lo preguntas? —contesté.

La vacilación de papá me hizo apartar la vista de la pantalla parpadeante del ordenador.

—¿No estás muy molesta entonces? Pensé que lo estarías cuando te enterases —dijo.

Giré la silla para mirar por la ventana del salón.

—¿Molesta por qué, papá?

Parecía como si papá maldijese en voz baja.

—Oh. ¿No te has enterado entonces? Quiero decir, puede que no sea verdad.

Me aparté un poco del escritorio.

—Papá, ¿qué pasa? Estás hablando con acertijos.

—Puede que solo sean habladurías —me aseguró—. Ya sabes cómo puede ser la gente de por aquí.

Me picaba la curiosidad y mi frustración iba en aumento. Estaba a punto de presionarle para que hablara cuando soltó:

—Victor Prentice, el agente inmobiliario, estaba en la tienda de periódicos cuando fui esta tarde.

—Sí. ¿Y?

Las palabras de papá salieron en un torrente de compasión.

—Dijo que Rafe Buchanan está considerando vender.

Una punzada de sorpresa me golpeó en el pecho.

—¿Cómo?

Papá repitió lo que había dicho, y yo me quedé inmóvil un momento. Un torbellino de emociones me cogió desprevenida.

—Ah. Vale. Entiendo.

Mi sorpresa inicial dio paso al dolor y a la decepción. Así que Rafe estaba pensando en vender Coorie Cottage y alejarse de Loch Harris.

Entonces yo tenía razón. Aquel beso que nos dimos, aquel momento íntimo, el hecho de que me enseñara su cicatriz...; todo aquello no había significado nada para él. Sinceramente pensaba que algo estaba creciendo entre nosotros.

—Layla. ¿Layla? ¿Sigues ahí?

La voz preocupada de mi padre me hizo sobresaltarme.

—Sí. Lo siento, papá. Estoy aquí.

Se hizo un silencio pesado.

—¿Todo bien? Pensé que ya te habrías enterado.

Le oí murmurar «¡Mierda!» para sí mismo.

Parpadeé y levanté la barbilla en un gesto desafiante. Lástima que en realidad no lo sintiera.

—No te preocupes, papá. De verdad.

Cogí agua y vi cómo el cubito de hielo golpeaba con el borde del vaso. Pero ¿era tan chocante? ¿Era, en realidad, tan inesperado? Era la próxima gran promesa del mundo de la música. Su *alter ego*, Mask, arrasaba en las redes sociales y se colaba en las listas de éxitos.

Rafe quería dejar atrás Loch Harris. Después del incidente de Hazel Jennings, probablemente había decidido que esta vida en el campo no era para él después de todo. Tal vez había llegado a la conclusión y por fin se había dado cuenta de la verdad: que él no era responsable de lo que le había ocurrido a Emily y deseaba seguir adelante en otro lugar, con otra persona.

«Ese alguien obviamente no eres tú», susurró una voz en mi cabeza.

Bebí un sorbo de agua y volví a dejar el vaso sobre el posavasos de mi escritorio.

—Layla, háblame —me dijo papá al oído—. Sé lo mucho que te gustaba.

Forcé una carcajada.

—Oh, no, para nada. Éramos amigos, eso es todo.

Papá se quedó callado, antes de pronunciar un simple:

—Claro.

No quería seguir con la conversación. Me venía a la mente la imagen de Rafe besándome con avidez y su respiración agitada cuando acerqué mi mano a su mejilla llena de cicatrices.

Había sido tan tonta al interpretar la situación y ver cosas que en realidad no existían. Yo era irrelevante para Rafe. Lo que yo creía que había entre nosotros no existía. No importaba. Yo no importaba.

Cerré los ojos con fuerza. Tenía que mantenerme ocupada y dejar todo aquello en el pasado. Me iba a destrozar por dentro si no lo hacía. Debía hacer mío el consejo que le había dado a Hazel. Compuse una sonrisa tensa en mi cara, aunque papá no podía verme.

—Pues nada, será mejor que cuelgue. Tengo más correos que revisar.

—Claro. Sé que estás desbordada antes de la gran inauguración.

Volvió a producirse un silencio incómodo entre nosotros.

—Disfruta de tu comedia romántica —dije con fingida jovialidad—. Por favor, saluda a Molly de mi parte y no te comas todas las palomitas.

—Oh, no lo haré. Me comportaré lo mejor que pueda.

Papá empezó a preguntarme otra vez si estaba bien, pero no pude contestar.

Me quedé quieta unos instantes después de haber terminado la llamada, parpadeando para que dejaran de dolerme los ojos y deseando que las imágenes de Rafe desaparecieran.

Una parte herida de mí no quería poner esas malditas canciones suyas el sábado por la noche, pero sabía que estaba siendo infantil. Tenía un nuevo negocio que quería que fuera un éxito. Tenía que cumplir mis promesas, pasara lo que pasara.

67

El resto del mes de agosto fue un torbellino de repetidas visitas al cobertizo de botes para comprobar la llegada de existencias y mantener reuniones informales con mis nuevos empleados, por no hablar de confirmar los preparativos para la noche de la inauguración, como la entrega de las luces, el *catering* y la llegada de la carpa.

También me entusiasmó ver al equipo luciendo los nuevos uniformes del Conch Club que les había encargado.

Danielle me había hablado de una amiga suya, Rachel, que estaba estudiando moda en Glasgow. Ella quería ganarse un dinero extra y yo quería conseguir ropa de trabajo elegante y fácil de lavar para mi personal a un precio asequible.

Quería un diseño sencillo y elegante para el equipo, que no pareciera un uniforme. Así que a Rachel se le ocurrió una camisa negra de manga larga para los chicos, con discretas rayas plateadas y pantalones de vestir ajustados.

Para las chicas, tops negros de tirantes superpuestos con un pequeño bolero y combinados con una falda lápiz hasta la rodilla, con el mismo estampado plateado que las camisas de sus colegas masculinos.

Hubo acuerdo unánime en que, dado que estarían constantemente de pie, los mocasines negros serían la opción más sensata.

Cuando salieron de los baños del cobertizo para botes pavoneándose y poniendo morritos exagerados (y eso solo los chicos), me sentí satisfecha. Todos parecían elegantes y profesionales, pero cercanos.

Faith fue una bendición, se ocupó de todos los correos

electrónicos de última hora que pudo en mi nombre, mientras mantenía la oficina de turismo en funcionamiento.

Incluso Danielle, conocida por su forma de trabajar un tanto despistada, también fue de gran ayuda, al ocuparse de la oficina de turismo para que Faith pudiera ayudarme.

No había recibido más mensajes de Rafe desde nuestro beso, y eso me parecía bien. O, al menos, intentaba convencerme a mí misma de ello.

Mi corazón me tentaba a ponerme en contacto con él, aunque solo fuera para saber por qué quería marcharse. Sin embargo, en cuanto miraba el teléfono, mi orgullo se disparaba y la cabeza me gritaba: «¡No te atrevas! Ni siquiera tuvo la decencia de decirte él mismo que estaba pensando en mudarse».

Papá había tenido una cita memorable con Molly, aunque se quedó dormido durante los últimos diez minutos de la película y se perdió a Ryan Reynolds llevándose a su amada en una lancha motora.

Se horrorizó de haberse quedado dormido, pero Molly le quitó importancia a sus ronquidos con una amplia sonrisa y desde entonces había salido juntos una docena de veces más.

—Espero que Molly venga en la gran noche —le dije.

Me aseguró que sí.

—Tengo la intención de impresionarla con mis movimientos de estrella de *rock*.

—Bueno, solo asegúrate de no hacer cuarenta guiños en medio de tu actuación.

El jueves por la tarde, dos noches antes de la gran inauguración, me tomaba una copa de vino tinto rubí y me apresuraba a escribir los últimos párrafos de mi entrevista telefónica a un criador local de aves premiadas para enviarlos a un redactor de artículos.

Levanté la vista cuando oí que llamaban a la puerta principal.

Era Jack.

Me señalé el pijama de cuadros y el pelo recogido en lo alto de la cabeza en una piña desordenada.

—No te preocupes. —Sonrió—. Todavía tienes mejor aspecto que tu padre.

Me reí.

—No le diré que has dicho eso. Pasa.

Jack entró en mi salón.

—Los ensayos van bien —dijo—, pero tu padre ha cometido un gran error que nosotros, como compañeros de la banda, sentimos que no podemos ignorar.

Mi estómago se hundió. Oh, no. ¿Qué había pasado ahora? ¡Estos tíos creativos eran tan impredecibles!

Jack mantuvo la cara seria.

—Se ha quedado sin leche para el té.

Le golpeé el brazo en broma.

—No vuelvas a hacer eso. Creo que acabo de envejecer diez años —repliqué.

Jack sonrió mientras me dirigía a la nevera y sacaba un litro de leche.

—Aquí tienes.

Me dio las gracias y acunó la leche contra su sudadera gris y blanca.

—Será mejor que vuelva a casa de tu padre. Dios sabe cómo sonará la música ahí abajo sin el mago de los teclados.

Acompañé a Jack hasta la puerta principal.

—¿Y cómo van las cosas entre tú y ese músico del que todo el mundo habla? —preguntó—. He oído que su último *single* ha entrado directamente en el *top ten*.

Me acurruqué más en mi mullido pijama.

—Oh, aquello no fue nada serio.

Jack parpadeó.

—¿Sí? —dijo.

Me esforcé por cambiar mi expresión por una de indiferencia.

—Tuvimos un algo hace un mes —confesé—. O, al menos,

eso creí. Debí de darle más importancia de la que tenía, porque, según los rumores, se va a marchar.

Jack procesó aquello, la luz de la lámpara proyectando sombras contra los ángulos de su cara.

—Y no has intentado hablar con... Mask, ¿verdad?

—Rafe —dije tras una pausa, su nombre doliéndome en los labios—. Su verdadero nombre es Rafe. —Moví la cabeza y casi me deshago el moño—. Me abrí a él después de lo que pasó con Mac. Quería arriesgarme con él. Honestamente pensé que él sentía lo mismo por mí, en cambio no lo he vuelto a ver desde entonces. ¿Cómo se puede estar tan equivocado? —Abracé a Jack y le di un beso en la mejilla—. Dale recuerdos a papá, Mikey, Ed y Stan. Sin duda los veré mañana.

Jack se me quedó mirando desde el umbral de la puerta.

—Bueno, si me preguntas, ese chico es idiota.

«Sé quién es idiota», pensé, y saludé a Jack con la mano y cerré la puerta tapando las estrellas que pinchaban en el cielo.

El sábado estaba resultando frenético.

En cuanto me desperté, me di cuenta de todo.

Oh, diablos. Hoy era el día.

Me tumbé en la cama, paralizada de los nervios.

Desde la muerte de Mac y la verdad sobre su infidelidad con Hannah, en los últimos meses había tomado una serie de decisiones que me habían conducido a esta noche.

Ante mis ojos se agolpaban las imágenes del antiguo cobertizo para botes, que había dejado de ser una vieja y destartalada tienda de aparejos de pesca para convertirse en un local de música decorado con una paleta de azules y luces de colores.

Sin embargo, hubo poco tiempo para rememorar, ya que tuve que volver a comprobar las existencias, asegurarme de que las luces funcionaban, observar el montaje de la carpa —probablemente con una combinación de miedo y emoción— y reflexionar sobre las canciones de Rafe, que sonarían después de la actuación de Battalion.

Un par de veces en las últimas veinticuatro horas me había sorprendido a mí misma buscando mensajes en mi teléfono. Rafe sabía que el Conch Club abriría esta noche y ni siquiera me había enviado un mensaje de buena suerte.

Sentí una punzada de decepción en el pecho, pero me negué a aceptarla. Probablemente estaba demasiado ocupado tasando Coorie Cottage o empaquetando sus bienes materiales para concederme un segundo pensamiento.

Tras una ducha rápida, lavarme el pelo y comer unos cereales, me vestí con mis viejos vaqueros y me dirigí al cobertizo para botes. Durante la noche habían caído un par de chaparrones, así que el bosque estaba húmedo, pero la previsión del tiempo para el resto del día era estable. Mientras no volviera a llover, me parecía bien.

Cuando detuve el coche delante de las mesas del merendero del club, se oían risas y gritos.

Cogí el bolso del asiento del copiloto y salí del coche. Mis zapatillas Converse chirriaban sobre la hierba húmeda.

Cuando salí de la arboleda de camino al Conch Club, me encontré con una carpa blanca y ondulante levantada por un grupo de estudiantes.

Adam y Richie habían dicho que podrían reclutar a algunos de sus amigos para ayudar, y yo había aceptado con entusiasmo con la promesa de pagarles una tarifa competitiva a cada uno por sus molestias.

Faith ya estaba allí; salía del cobertizo para botes mientras charlaba con Molly.

—El electricista está tendiendo todas las guirnaldas de luces ahora. —Sonrió—. Oh, Layla, deberías verlas. Son preciosas.

Me llevó de la mano a través del Conch Club, que era un mar de muebles nuevos y suaves y estaba decorado en los tonos azules más bonitos, que se reflejaban en las puertas traseras del patio que yo había pedido que instalaran. El agua estaba más tranquila hoy, como un lago de plata que chapotea, y el embarcadero tenía un aspecto increíble, con las mesas y sillas ya colocadas.

—Espera a verlo esta noche —burbujeó Faith a mi lado—. Si está así de fantástico durante el día, se verá aún más increíble esta noche.

Volvimos al cobertizo para botes. Marie y Lewis estaban desempaquetando vasos de cajas de cartón marrón, mientras Connor llenaba de botellas de vino los estantes con espejos de detrás de la barra.

El aire se llenó de tintineos y traqueteos.

Vi a Faith esbozar una amplia sonrisa cuando apareció Greg, que llevaba otra caja de vasos a la barra.

—Espero que no te importe —dijo Faith—, pero Greg se ofreció a ayudar y pensé que nos vendrían bien unas manos extra.

Le saludé con la mano. Ya teníamos ayuda extra suficiente, pero por verla tan feliz y rebosante de satisfacción mereció la pena. Faith señaló otra caja que había en el suelo, delante de la barra curvada.

—Las velitas de las mesa están ahí.

Rasgué la cinta marrón. Dentro había docenas de pequeñas velas de té blancas, en recipientes de cristal, y en la parte delantera de cada recipiente había una pequeña impresión de una caracola. Eran preciosas.

Me sonreí a mí misma y empecé a colocar una en cada mesa del interior, antes de salir a decorar las mesas del embarcadero.

—Todo está saliendo bien. —Sonrió papá, materializándose a mi lado.

Nos apartamos para admirar el interior de brillantes mesas circulares, asientos acolchados y franjas de cortinas de tartán.

—Parece que sí. ¿Todo listo para esta noche entonces, chicos? —pregunté.

Papá se movió para decir algo, pero fuimos interrumpidos por unos pies pesados que se arrastraban por el suelo de madera. Era Jack.

—Bueno, lo estaríamos, pero parece que hemos perdido temporalmente a nuestro bajista —contestó.

Papá frunció el ceño.

—¿Qué quieres decir?

—No hay ni rastro de Ed. —Jack me ofreció una sonrisa incómoda y luego se volvió hacia mi padre—. Stan acaba de darse cuenta de que su coche ya no está en el merendero.

Un pensamiento al azar entró en mi cabeza. No. Seguro que no.

—No crees que se ha arrepentido de actuar esta noche, ¿verdad?

Jack puso mala cara.

—Diría que no. Ha estado bien con todo desde entonces.

La boca de papá se tensó con fastidio y dijo:

—Bueno, sea lo que sea, habría estado bien que hubiera dicho cuándo pensaba volver. —Se miró el reloj—. Este lugar abre en seis horas y no estoy contento con el final de «You're Trouble». Estoy seguro de que podríamos mejorarlo.

Jack le dio a papá una palmadita en la espalda.

—No te preocupes, Harry. Todo saldrá bien —le tranquilizó.

El estado de ánimo de papá se ensombreció visiblemente.

—Más vale que así sea.

Faith, que estaba ocupada colocando la carta de bebidas y aperitivos en cada mesa, se acercó y vio a papá salir de nuevo.

—Harry normalmente está tan tranquilo con todo.

Jack asintió con la cabeza.

—Lo sé, pero no todos los días tu hija abre su propio negocio. —Me sonrió—. Creo que tu padre está más nervioso que tú.

—No apuestes por ello —dije e hice una mueca.

Jack se alejó diciendo:

—Alcanzaré a Stan y Mikey para ver si el Hombre Invisible ya ha dado señales de vida.

Cuando se hubo ido, le dije a Faith con un jadeo:

—Lo que nos faltaba. Que uno de nuestros artistas desaparezca horas antes de que su banda salga al escenario. Ed me aseguró que ya estaba bien.

Faith me apretó la mano.

—Trata de no preocuparte. Apuesto a que hay alguna explicación inocente.

—¿Tú crees?

—Lo más probable es que tenga algún recado que hacer.

—¿Un recado? —repetí.

Mi ansiedad crecía.

Faith ahogó una carcajada.

—Ya sabes lo que quiero decir. Será cualquier tontería. Tú espera. Dale media hora y volverá a aparecer.

Me llevé la mano al hombro y cogí el lazo que me sujetaba el extremo de la trenza. No estaba tan segura. ¿Por qué no les había dicho algo a Jack, Stan, Mikey o papá, en lugar de desaparecer en medio del campo de Loch Harris?

Sabía que Battalion llevaba años sin tocar en directo y que los chicos habían admitido que estaban un poco oxidados, pero seguro que ahora no me defraudarían. Faith leyó mis pensamientos de pánico.

—Venga, tú —me instó—. Vamos a probar la nueva máquina de café.

Asentí con la cabeza y seguí a Faith hasta la barra, donde el nuevo aparato cromado para hacer café estaba enchufado y listo para usarse.

Habría preferido que fuera un bajista de pelo rizado y barbilla puntiaguda.

68

—¿Dónde diablos estabas? —le soltó papá dos horas después—. Estábamos a punto de llamar al maldito equipo de salvamento de montaña de Loch Harris.

Ed cerró la puerta del coche y se quedó junto a él, con aspecto incómodo.

—Lo siento, chicos. Lo siento, Layla. Había algo que tenía que hacer.

Papá lo miró con aquella ceja angulosa suya, pero Ed no dijo dónde había estado ni qué había estado haciendo.

—¡Bien! —exclamó Mikey, con una feroz palmada para reunir a las tropas—. Ahora que Cristóbal Colón ha vuelto, quizá podamos ensayar un poco por última vez.

Había un evidente aire de tensión cuando los miembros de Battalion se alejaron del merendero y regresaron al Conch Club.

Observé la carpa ondeante bajo el cielo nacarado.

Con suerte, no habría más motivos para el pánico. Eran ya las tres de la tarde y el plan consistía en asegurarse de que todo estaba en su sitio, con una última comprobación antes de irnos todos a prepararnos.

—Layla —llegó la vacilante voz de Richie desde las escaleras del cobertizo para botes. Desvié mi atención de la carpa—. Parece que no tenemos jabón líquido para los baños.

Subí al coche y salí a toda prisa a la tienda de la esquina a comprar jabón de manos, y tuve el tiempo justo para volver y presenciar cómo uno de los amigos de copas de papá, que era electricista, probaba las luces del embarcadero.

Era hora de ir a prepararme, pero antes eché un último vistazo al nuevo y alegre interior del cobertizo para botes.

Desde el escenario semicircular de madera rubia hasta las ricas cortinas a cuadros en tartán Harris y las paredes en azul pavo real...: lo había logrado, con la ayuda de Mac.

Por primera vez en mucho tiempo, conseguí contener mis emociones cuando pensaba en él. Los retorcidos y ardientes sentimientos de decepción y dolor casi se habían desvanecido ya. Tal vez fuera por Rafe.

Enderecé los hombros y empecé a cerrar la puerta acristalada del Conch Club. Ya habría tiempo de pensar en Rafe cuando sus nuevos temas exclusivos sonaran aquí esta noche.

Intentando no pensar en cómo reaccionaría yo ante aquello ni en lo que sentiría, moví la correa de mi bolso vaquero y relegué a Rafe a los recovecos de mi mente.

Era hora de ir a arreglarme.

69

Después de darme una ducha larga y lavarme el pelo, rebusqué en mi armario, donde los colores y los materiales chocaban y se rozaban en las perchas, hasta que localicé lo que buscaba.

Hacía meses que me había comprado un vestido caro, que pensaba ponerme en la fiesta de cumpleaños de Mac el siguiente año. Cuando murió, relegué aquel vestido al fondo de mi armario.

Mis manos buscaron tímidamente en los recovecos más oscuros de mi armario, hasta que mis dedos se toparon con una tela de color beis y dorado. Tiré de la percha y saqué el vestido de manga larga con cinturón de lentejuelas. Tenía escote en uve y me llegaba hasta la rodilla.

Lo sostuve contra mi bata y lo retorcí para un lado y para otro.

También me había comprado unos zapatos dorados de tiras y un bolso acolchado de mano a juego.

Me sequé el pelo y luego lo moldeé hasta que quedó todo despeinado y ondulado, antes de sujetarlo con horquillas a ambos lados para conseguir un *look* más elegante.

Cuando terminé de maquillarme, alcancé el vestido y metí la cabeza y el cuerpo en él. Me até el cinturón y retrocedí para admirar cómo brillaba cuando me movía.

Dejé la lámpara de la mesilla de noche encendida para cuando volviera a casa más tarde y la del pasillo también. El cielo del atardecer aún tenía un tono lavanda.

El plan consistía en iluminar el embarcadero y el cobertizo para botes hacia las 19:00, de modo que, cuando hubiera oscuridad total y fuera noche cerrada, hacia las 20:00, el Conch Club y sus alrededores estuvieran ya completamente inmersos en un baño de plata.

Abrí la puerta de casa y sentí un pequeño escalofrío. Había una especie de frío otoñal en el aire, así que me dirigí al dormitorio para buscar mi chal de color crema. Al menos, así evitaría la brisa que llegaría más tarde a través de Loch Harris. Con su bordado de encaje a lo largo de los flecos, el chal parecía bastante elegante.

Me miré los pies. Me había pintado las uñas con un destello de esmalte burdeos, pero sabía que tendría problemas al final de la noche si insistía en seguir con aquellos tacones de infarto. Felicitándome a mí misma por ser sensata, cogí una bolsa de la cocina y volví a subir la escalera.

Junto a mis zapatillas deportivas estaban mis inseparables botas altas marrones con cordones. No eran tan glamurosas como lo que llevaba puesto, pero al menos no desentonarían con el vestido cuando los tacones se volvieran insoportables.

Me coloqué el bolso bajo el brazo y me detuve. La culminación de todas las decisiones que había tomado en los últimos meses estaba llegando a su punto álgido. Fue extraño, pero, cuando abrí la puerta, casi pude imaginarme a Mac allí de pie, deseándome buena suerte con aquel ronco gruñido suyo.

El cielo sobre Loch Harris estaba adquiriendo un brillo somnoliento y nacarado cuando aparqué junto a las mesas del merendero y me tomé un momento para mí.

El Conch Club estaba resplandeciente. Las luces lanzaban rayos ámbar sobre el césped y la enorme carpa blanca irrumpía entre los árboles.

Distinguí a Battalion en el interior del cobertizo para botes haciendo un último repaso de su actuación y la silueta de alguna que otra figura revoloteando de un lado a otro detrás de las ventanas.

Me examiné la cara en el espejo retrovisor. Dios mío. Parecía un conejo aterrorizado deslumbrado por los faros del coche.

Me quité una mancha de rímel negro de debajo del ojo derecho y volví a asegurarme las horquillas del pelo.

Mi estómago se movía de izquierda a derecha, como si intentara estabilizar un barco fuera de control.

«Bueno, allá vamos».

Cogí el bolso y el chal del asiento del copiloto y la bolsa con las botas del reposapiés.

Mientras cerraba el coche, vi a Adam, Lewis y Connor, que entraban y salían de la carpa con bandejas de vasos. También reconocí a algún que otro vecino de Loch Harris que empezaba a llegar y a pasearse por los alrededores, sujetando copas de espumoso champán de color dorado claro y exclamando su alivio por el buen tiempo que hacía.

—¡Layla!

Faith bajó las resplandeciente escaleras del cobertizo para botes con un vestido de rayas rojas y blancas y unos zapatos Mary Jane de color rubí.

—¡Guau! —Le sonreí—. ¡Estás guapísima!

No parecía convencida. Faith levantó la mano y se tiró del pelo, que se había recogido en una coleta pelirroja clara.

—¿Estás segura? —dijo—. Creo que parezco un tubo de pasta de dientes.

—No seas tonta. Estás estupenda.

Me saludó con la cabeza y se puso las manos en las caderas.

—Hablando de convertirse en la reina del baile. Estás guapísima. —Luego hizo una seña—. Entra y echa un vistazo. Tu padre y los chicos están ensayando, y los del *catering* han preparado el bufé en la carpa.

Con la emoción a flor de piel, atravesé la bulliciosa entrada. En el escenario, papá y el resto de Battalion estaban reunidos en semicírculo, discutiendo cómo podían hacer más animada una de las introducciones de sus canciones.

El corazón se me aceleró en el pecho de orgullo. Los cinco iban vestidos con camisas y pantalones elegantes.

Jack debió de notar que Faith y yo les observábamos, porque se volvió y dijo algo al resto. Todos desviaron su atención hacia nosotras y nos dedicaron entusiastas cumplidos sobre nuestros vestidos.

—Os habéis arreglado muy bien —bromeé—. Casi no os reconozco a ninguno.

—Muchas gracias —bromeó Mikey—. Lo mismo podría decirse de ti, jovencita.

Mi personal revoloteaba de un lado a otro con elegantes trajes negros, mientras se aseguraba de que las mesas y las sillas estuvieran iluminadas con velitas y de que cada mesa tuviera una carta de bebidas y aperitivos.

A través de las puertas del patio, en la parte trasera del cobertizo para botes, el parpadeo de las luces de las mesas exteriores era como una hilera de hadas danzantes.

Faith y yo salimos y nos dirigimos a la carpa. Sin embargo, ella se detuvo de repente y su suave piel se tiñó de un precioso rosa bebé.

No tuve que darme la vuelta; sabía quién la hacía sonrojar.

Cuando me giré, sonreí. Greg subía por el sendero de pizarra, todo trajeado y calzado de gris acero, con Sam galopando delante de él con un elegante chaleco pequeño, pantalones a juego y una camisa azul cielo.

—¿No es adorable? —me dijo Faith con la comisura de los labios.

—¿Cuál de ellos?

—Los dos.

Le di un beso a Greg en la mejilla y le agradecí su ayuda de antes. Luego despeiné el dorado cabello de Sam y los dejé solos.

El cielo estaba despejado y acogedor: un atardecer impresionante en Escocia, en el que las colinas parecían cambiar de forma bajo la luz lila.

Entré en la carpa y me encontré con mesas de caballete llenas de bandejas de *minibagels* de salmón escocés y queso crema, sándwiches de pan crujiente rezumantes de marisco y una gran variedad de tortitas de avena cubiertas de todo tipo de ingredientes, desde tomates hasta *mozzarella*.

Al lado había otra mesa con una gran variedad de minipostres, entre los que se encontraban *cranachan* de frambuesa y *shortbread*, galletas escocesas de avena, nueces y pasas, y bolitas de *macaroon* escocesas.

Cuando Faith apareció con Greg y Sam, hizo todo lo posible por animarme a comer algo poniéndome un plato y una servilleta delante de las narices, pero me resistí.

Miré el reloj. Eran casi las seis de la tarde, hora de la inauguración oficial del Conch Club.

Faith me siguió fuera de la carpa y reconocí muchos de los rostros expectantes que estaban reunidos delante de la entrada. Estaban: Heather y sus padres, Alec y Pam; Molly, con un vestido largo naranja, que se sonrojaba cada vez que papá y ella intercambiaban miradas; Danielle, de la oficina de turismo, con su novio Josh; los amigos de copas de mi padre de los bares locales; la mayoría de los empresarios de Loch Harris; y, por supuesto, Jack, Stan, Mikey y Ed.

Norrie y Clem también estaban bebiendo champán entre la multitud, y detrás de ellos vi a Lois, la hermana de Mac, que me lanzó un beso y me saludó.

Hice un gesto para indicar que hablaría con ella en unos minutos.

Incluso David Murray, el abogado de Mac, había aceptado mi invitación. Rondaba cerca de Lois, conversando con ella y mirando con aprobación a su alrededor de vez en cuando.

Me acerqué a los escalones del cobertizo para botes y los subí con cuidado con mis tacones dorados.

Cuando llegué arriba del todo, me di cuenta de que estaba escudriñando las caras sonrientes. «¿A quién buscas? —susurró una voz traviesa dentro de mi cabeza—. ¿A Rafe, tal vez?».

Esbocé una sonrisa.

Papá apareció detrás de mí y me dio una alentadora palmada en el hombro.

Abrí la boca, dispuesta a dar la bienvenida a todo el mundo en esta tarde de sábado de agosto con el aroma de las agujas de pino impregnando el aire, cuando me encontré murmurando:

—Oh, mierda. Ella está aquí.

Papá se acercó un paso.

—¿Quién? —preguntó.

—Madame Guillotine. Mamá.

—¿Dónde?

—Me sorprende que no la veas —dije con la comisura de los labios—. Está allí, a la derecha de la multitud. Creo que algunos de los árboles que están al lado acaban de marchitarse y morir.

Papá intentó no reírse y siguió mi mirada.

Tina estaba al acecho, como una mantis religiosa vestida de negro, con su compañera de crimen, Alison, a su lado.

—Ignórala —susurró papá—. Vamos, muchacha. Todo el mundo está esperando a que hables.

Contemplé todas las caras felices y relajadas que me miraban y carraspeé. Luego me apreté el chal que llevaba sobre los hombros.

—No me alargaré mucho —aseguré a los presentes—. Estoy segura de que os sentiréis aliviados al oírlo.

—Entonces no te pareces a tu padre —dijo Mikey, a unos metros de mí.

Ed, que estaba a su lado con una camisa de color limón, sonrió y bajó los ojos a la hierba. Hubo un coro de vítores y risas.

—En fin —empecé de nuevo, frunciendo el ceño a Mikey—, quería daros las gracias a todos por venir esta noche y mostrar vuestro apoyo. Como muchos sabréis, los últimos meses no han sido fáciles, pero lo hemos conseguido. —Di una palmada y Faith me entregó una copa de champán. El líquido dorado chisporroteó contra la copa cuando la sostuve en alto—. Por el Conch Club, y por Loch Harris y su maravillosa comunidad.

Hubo una gran ovación y el aire se llenó del vibrante tintineo de las copas.

—Bien —continué y señalé el acogedor interior detrás de mí—, el primero esta noche es Battalion. Por favor, tomad asiento y dadles un gran aplauso.

Los chicos y papá se apresuraron a pasar por delante de mí y entrar para ocupar sus puestos en el escenario. Las velitas se agitaban y bailaban sobre las mesas, mientras las sillas se retiraban y los invitados tomaban asiento.

Me coloqué al fondo de la sala, junto a Faith.

Fuera, el lago se mecía con la brisa del atardecer y, a mi alrededor, las luces brillaban como joyas en miniatura. Una hora más y podríamos celebrar el gran encendido de las guirnaldas de luces que adornarían la entrada y el embarcadero.

—Layla, lo has hecho muy bien.

Sentí que mi cuerpo se ponía rígido cuando mi madre apareció en mi campo de visión, con brillantes reflejos rojos y bronceado en espray.

—No, gracias a ti —respondí, mirando su chaqueta de lentejuelas y su falda negra.

Me recordaba a una animadora de crucero de segunda categoría. Hizo ademán de volver a hablar, pero acerqué mi cara a la suya. Estaba envuelta en un perfume almizclado.

—Siento decepcionarte, pero no has conseguido abrir una brecha entre papá y yo. —Faith y yo intercambiamos sonrisas de satisfacción—. Verás, papá y yo decidimos hacernos una prueba de ADN y resulta que Harry es mi padre biológico.

Intentó disimular su sorpresa, pero no lo consiguió. Sus finas cejas se levantaron como si quisieran escapar de su rostro. Se recompuso.

—Debe de haber sido un momento muy horrible para vosotros.

—Sí, te habría gustado —me reafirmé—, pero ya lo hemos resuelto.

Veía su mente zumbando.

—Las cosas deben de ser bastante incómodas ahora con Ed —dijo.

Solté una pequeña carcajada.

—Te habría encantado, ¿a que sí? —Me incliné un poco más hacia ella—. De hecho, tu revelación cutre parece haber aclarado las cosas. Papá y Ed nunca serán el mejor amigo el uno del otro, pero lo han superado. —Levanté la barbilla y miré más allá de su hombro reluciente y vi que papá y la banda se preparaban para tocar su primera canción—. Ahora, si me disculpas, tengo que emprender mi negocio.

Faith le hizo una mueca gélida a mamá.

Acomodando los hombros, Tina frunció el ceño.

—Tu padre te ha llenado la cabeza de veneno sobre mí —replicó.

—En absoluto —respondí—. Yo misma deduje a una edad temprana lo egocéntrica y vacía que eres. No necesitaba que nadie más me lo dijera.

Mi madre tragó saliva y giró sobre sus talones de charol. Murmuró algo ininteligible antes de abrirse paso entre la gente y salir por la puerta. Su perrita faldera Alison le pisaba los talones.

—Bien, chicos —atronó Mikey—. ¡Vamos!

Hubo un alboroto de gritos y aplausos.

Me invadió la emoción al ver a mi padre aporrear la batería antes de que Mikey se lanzara con el primer tema.

Jack tocaba el teclado con su brío habitual, Stan tenía un aire de confianza firme y tranquila, y Mikey coqueteaba sin pudor con las mujeres del público. Pero lo que más me llamó la atención fue el extraño comportamiento de Ed.

Su atención se desvió hacia la puerta.

—¿Te parece que Ed está bien? —susurré al oído de Faith.

Se ladeó la coleta.

—Me pareció que estaba como distraído antes —contestó. Me volví para mirarla.

—Su mujer está aquí —afirmé—. La he visto antes en la carpa. —Miré por entre las siluetas de la multitud que teníamos delante y me encogí de hombros—. Oh, probablemente no sea nada. Lo más seguro es que esté un poco nervioso.

Battalion continuó impresionando al público con una selección de sus mejores canciones, ofreciendo los vibrantes temas de rock por los que eran más famosos.

Cuando terminaron su segundo bis y se empaparon de la adulación, una sensación apagada se apoderó de mí. Esto era lo que había estado temiendo. Pronto sería el momento de poner el material exclusivo de Rafe.

Rebusqué en el bolso que había guardado detrás de la barra y comprobé los mensajes. No había nada de Rafe, ni siquiera un cortés «Espero que todo vaya bien esta noche».

Aquello me demostró lo que necesitaba saber.

Eran casi las siete de la tarde y las luces de la entrada no tardarían en encenderse.

Intentando no mostrar mi dolor por Rafe, me dirigí al escenario y sugerí al público que tal vez quisieran salir un momento para ver el gran encendido.

Los asistentes sacaron los móviles de los bolsos y chaquetas y los mantuvieron en alto con expectación. Las guirnaldas de luces plateadas, como copos de nieve, cobraron vida en un estallido de luz.

Enmarcaban e iluminaban la entrada de vigas de madera del Conch Club, enlazándose y serpenteando a lo largo y ancho del lateral del antiguo cobertizo para botes, antes de extenderse a lo largo del embarcadero y hacia el lago.

Me dirigí al bullicioso público.

—Damas y caballeros, acompañadnos dentro para escuchar en exclusiva el nuevo material del músico Mask.

—¡Guauuu! —gritó Heather, con sus trenzas rubias volando sobre sus hombros.

Volví al cobertizo y saludé con la cabeza a Adam, que atendía el bar. Encendió el reproductor de CD y el sonido de la aterciopelada voz de Rafe recorrió la habitación.

Sus letras eran preciosas y se adaptaban a la cadenciosa guitarra antes de que el ritmo aumentara y se unieran la batería y el bajo.

Mientras retumbaba la conversación en voz baja y la multitud se deleitaba con la música, Faith y Greg se apoyaron en la barra, a mi lado. La madre de Greg había llegado y se había llevado a Sam —que se indignó bastante por que le hicieran marcharse—, para que Faith y Greg pudieran disfrutar juntos del resto de la velada.

Faith me dio un codazo juguetón en el hombro.

—Todo va genial.

—Parece que todo el mundo está disfrutando —concedí.

Me miró con detenimiento.

—¿Tú lo estás? —me preguntó.

—¿Que si estoy qué?

—¿Te estás divirtiendo?

—Por supuesto que sí —insistí con una sonrisa exagerada.

Me quedé callada mientras la primera canción de Rafe llegaba a su fin y la segunda, una de mis favoritas, cobraba vida. Cerré los ojos un momento. Esto era ridículo. ¿Qué sentido tenía perder el tiempo pensando en alguien a quien estaba claro que yo no le importaba?

Me di la vuelta y cogí el chal, que había dejado en el respaldo de una silla vacía que había a mi lado.

—Voy a tomar el aire —anuncié, y me lo coloqué alrededor de los hombros—. Vuelvo en diez minutos.

Faith no respondió.

—¿Vale? —pregunté, esperando que me respondiera—. Si pudieras vigilar todo...

Dejé de alisarme el chal y levanté la vista, pero ni ella ni Greg me prestaban atención. Estaban demasiado ocupados contemplando algo que había por encima de mi hombro.

—¿Faith?

Entrecerré los ojos ante sus extrañas expresiones y me di la vuelta, entonces capté un creciente alboroto que tenía lugar a pocos metros, junto a la puerta del cobertizo para botes.

Mi corazón se paró.

70

Había una figura alta y enigmática con capucha de pie junto a Ed.

Estaban rodeados de miradas fijas del público y murmullos audibles.

—Layla está allí —dijo Ed con una sonrisa aprensiva en la comisura de los labios.

Miré, tratando de procesar lo que estaba ocurriendo justo delante de mí bajo las luces brillantes y el fino tintineo de las copas.

La figura se movió. Vislumbré una máscara oscura.

—¡Dios mío! —gritó Heather por encima de todos los demás sonidos—. ¡Es él! Es Mask. ¿Puedo hacerme un selfi contigo?

Rafe se volvió hacia ella y sonrió nervioso.

—Claro —contestó.

Heather soltó un chillido prolongado y yo parpadeé mirándola a ella y luego a él.

Rafe me clavaba en el sitio con la mirada. Se quedó a unos metros de mí, antes de levantar una mano y bajarse lentamente la capucha.

Ajeno a las docenas de ojos abiertos que se posaban en él, se quitó la sudadera gris y la dejó caer sobre el respaldo de una silla vacía. Dudó un instante antes de levantar los dedos y tirar de la máscara. Se la quitó y esta cayó en su mano derecha.

También la tiró sobre la silla. Un parloteo excitado se arremolinó en el aire.

Rafe estaba de pie frente a mí, con un chaleco beis y pantalones oscuros. Llevaba las mangas de la camisa blanca remangadas hasta los codos.

El corazón me dio un vuelco.

—Layla —titubeó—, ¿crees que podría hablar contigo en privado, por favor?

Mis ojos lo recorrieron de pies a cabeza, luchando por procesar qué hacía y por qué estaba aquí.

—Salid —aconsejó Faith y señaló el embarcadero—. Se está tranquilo ahí fuera ahora.

Cogí el chal y me puse en cabeza, con Rafe siguiéndome de cerca. La multitud nos abrió paso.

Me abracé a mí misma con el chal de color crema y eché a andar por el embarcadero hacia el lago, con los tacones traqueteando por la madera. No esperaba volver a ver a Rafe. No sabía qué pensar.

Me acerqué al borde del embarcadero, donde las olas de agua plateada bailaban entre sí en la oscuridad sombría. El aire anunciaba el otoño.

Por encima de mi hombro, percibí caras intrigadas tras las puertas cerradas del patio. Fingían que no nos miraban.

Rafe estudió las velas que había en cada mesa de madera vacía.

—Has hecho un gran trabajo. El lugar tiene un aspecto estupendo. Mágico, incluso —me felicitó Rafe.

—Gracias.

Intenté no quedármelo mirando fijamente cuando se puso a mi lado. Su cicatriz se desvaneció mientras le miraba. Para mí, no existía.

Me lanzó una mirada de reojo y luego dirigió su atención a la otra orilla del lago.

—Me he comportado como un imbécil de campeonato.

No estaba en desacuerdo con él.

—Aquí es donde se supone que debes asegurarme que no lo he hecho.

Me mordí el labio y seguí mirando al frente.

—Layla —empezó a decir y se giró hacia mí—. Estás preciosa. —Tragué saliva y levanté la barbilla—. Y tú me salvaste. Tú y ese jardín.

Mis cejas se hundieron.

—¿Perdón? —pregunté.

Rafe se movió en el sitio.

—Vine a Loch Harris para escapar. Después de lo que pasó con Emily, me culpaba y pensé que no merecía...

—¿Ser feliz?

—Sí. —Rafe se pasó una mano por el pelo, y, al hacerlo, lo despeinó en irresistibles penachos negros—. Cuando Ed ha venido a verme esta mañana temprano...

Me di la vuelta; casi le doy una bofetada con mi chal.

—¿Ed? ¿Qué hacía Ed yendo a verte? —dije.

—Me habló de los resultados de la prueba de ADN —me confesó Rafe—. Parecía un poco decepcionado, si te soy sincero. Me dijo que había perdido la oportunidad de tener como hija a una chica maravillosa y guapa como tú. —Rafe se metió las manos en los bolsillos delanteros de los pantalones—. Cuando Hazel casi te atropella en la casa, lo único en lo que podía pensar era en si te perdía como perdí a Emily.

Sentía que no podía respirar bien. El pecho estaba muy comprimido dentro del vestido brillante.

—Continúa.

—Si te hubiera pasado algo, sabía que sería culpa mía y no podía arriesgarme a pasar por un dolor como ese otra vez.

Me dolían los ojos. Estaba desesperada por tocar la cicatriz de su hermoso rostro y asegurarle que merecía la pena arriesgarse por él.

—Cuando Ed vino a hablar conmigo hoy, me contó cómo le ayudaste aquel día en el bosque. —Los ojos de Rafe se detuvieron más de lo necesario en mis labios—. También me recordó lo que le dije entonces a él sobre tocar con la banda esta noche, en lugar de echar a correr. —Una sonrisa se dibujó en la comisura de sus labios—. Me dijo que, tal y como habían ido las cosas, él no podría desempeñar un papel en tu vida, pero que yo sí, y que era capullo si desperdiciaba esta oportunidad. —Su mirada ardía—. Me salvaste, Layla, pero he sido demasiado cobarde para admitirlo ante mí mismo.

Jugué con los flecos de mi chal.

—Entonces, ¿es verdad? —logré decir—. ¿Que estás planeando irte a vivir muy lejos?

Rafe bajó la mirada un momento.

—Bueno, eso depende de ti.

Me pasó un dedo por la mejilla y me estremecí. Me levantó la barbilla para que no pudiera escapar a la intensidad de sus ojos negros bordeados de pestañas.

—Te deseo, Layla. Quiero darle una oportunidad a esto, a lo nuestro. No puedo dejar Loch Harris. No puedo dejarte. No ahora. —Entonces una sonrisa pícara se apoderó de sus facciones. Iluminó toda su cara e hizo que mi estómago diera un respingo—. Además, tengo muchas ganas de poner un cenador en el jardín.

Mis labios sonrieron contra los suyos, antes de que su boca reclamara la mía una y otra vez y yo me aferrara a él, y le devolviera el beso y me deleitara en el sabor de Rafe.

El dolor y el abatimiento por la traición de Mac, el deseo de escapar de sus recuerdos y de lo que yo creía que habíamos vivido en Loch Harris, el estrés por poner en marcha el Conch Club y las interminables decisiones empresariales, el miedo a que Harry no fuera mi verdadero padre...; todo se desvaneció en la noche.

Se trataba de nuevos comienzos para Rafe y para mí.

Pero primero tenía que darle las gracias a Ed.

Epílogo

Dos años después, Terrigal, Australia

Caminé hacia la ventana panorámica de nuestra casa de vacaciones de dos plantas en Ocean View Drive.

Era toda de madera y cristal, con un solárium y un amplio jardín para que Rafe diera rienda suelta a buena mano con las plantas. Fuera, las olas se precipitaban sobre la arena color miel y una gaviota se abría paso en el cielo azul.

—¡Uf! Está bien para algunos —se burló Rafe—. Ojalá tuviera tiempo para estar de pie y soñar despierto, señora Buchanan. —Se acercó y se puso a mi lado—. Necesito terminar la letra de esta canción para incluirla en mi nuevo disco y tengo programada para esta tarde una entrevista en la radio.

Le sonreí.

—Bueno, eso es lo que pasa cuando consigues tres *singles* entre los cinco primeros —respondí.

Rafe me guiñó un ojo. Tenía un aspecto maravilloso, con su bronceado caramelo y la sexi barba que se había dejado crecer, aunque me alegraba de que aún se le viera la parte superior de la cicatriz.

Le hacía ser quien era.

—Te quiero. —Sonrió y se perdió pasillo adelante.

Mi móvil emitió un estridente timbre desde el tocador de nuestro dormitorio, lo que interrumpió la tranquilidad.

Me lancé a contestar.

El corazón me dio un vuelco cuando vi que era Faith quien llamaba.

—Vamos a ir a veros a Australia —anunció—. Greg ha estado acumulando días de vacaciones, así que hemos pensado que podríamos ir con Sam en junio, cuando empiecen las vacaciones del colegio. —Hizo una pausa—. Si es que quieres vernos.

Grité de la emoción.

—¿Me tomas el pelo? ¡Qué maravilla! Hazme saber qué vuelos y fechas estás mirando para que podamos poner en marcha los planes de vacaciones. Espero que Mikey siga cuidando del Conch Club.

Faith soltó una carcajada.

—Está en muy buenas manos —respondió—. Todo va muy bien, aunque sigue insistiendo en actuar para el público los viernes por la noche.

Dejó escapar un gemido juguetón.

—Está bien para algunas personas dividir su tiempo entre Australia y Escocia —me burlé.

—¿Cuándo esperas que lleguen los recién casados? —me preguntó.

Me quedé mirando a un ciclista que se desjunto a la playa, la luz del sol centelleando contra los radios plateados de las ruedas.

—Papá me ha enviado un mensaje hace más de una hora para decirme que Molly y él ya habían recogido un coche de alquiler en el aeropuerto y venían de camino.

Casi podía oír a Faith sonriendo por la línea.

—¿Y cómo va la escritura?

—Bien —le contesté—. Me han encargado que escriba una columna mensual para una revista femenina. Se trata de cómo es ser una mujer escocesa que vive en Australia. La han titulado «Gran Escocesa». —Faith hizo un ruido entre una risa y un gemido—. También he conseguido más colaboraciones *freelance* con un par de periódicos locales.

—¡Es increíble! Pero será mejor que me vaya a la cama. Greg tiene que madrugar mañana. Estoy deseando veros a los dos. ¡Buenos días y buenas noches! —se despidió.

Cuando me giré, Rafe me miraba expectante desde la puerta.

—¿Algo emocionante? —quiso saber.

Le sonreí.

—Era Faith. Me ha preguntado si Greg, Sam y ella podrían venir a visitarnos cuando empiecen las vacaciones de verano.

Rafe se acercó y me dio un prolongado beso.

—Eso es fantástico. Tendremos que llevar a Sam a ver ballenas. —Se miró el reloj—. No creo que tarden mucho en llegar Harry y Molly. —Sonrió—. No puedo creer que tu padre tocara con Battalion en la recepción de su propia boda. Uno pensaría que habría sido feliz solo casándose.

—No se puede mantener a raya a un viejo roquero —observé.

Rafe estaba entrando ya en su estudio de grabación por el pasillo cuando se oyó el gruñido del motor de un coche fuera.

Corrí a la parte delantera de la casa y me asomé por el balcón, desde donde sonreí y saludé a papá y Molly.

—¡Ya están aquí! —gritó Rafe, bajando por la escalera de caracol.

Esperé a que abriera la puerta principal y saliera a recibirlos antes de volver a meterme en el dormitorio y abrir de un tirón el cajón de mi mesilla de noche.

Me dio un vuelco el estómago de la emoción. La prueba de embarazo positiva, con su llamativa línea azul, me sonrió.

Rafe Buchanan y Harry Devlin.

Vaya, tengo noticias emocionantes para los dos.

Agradecimientos

Muchas gracias como siempre a mi maravillosa agente Selwa Anthony y a Linda Anthony. Sois dos mujeres fenomenales.

No puedo expresar con palabras lo honrada y encantada que estoy de que la increíble Charlotte Ledger de HarperCollins y su fabuloso equipo vieran algo prometedor en este libro y lo rociaran con su magia. Les estaré eternamente agradecida.

Gracias también a Jo, Amanda y Geraldine por ser unas amigas tan comprensivas y especiales.

Y a mis hijos, Lawrence, Daniel, Ethan y Cooper: os quiero tanto.

www.ingramcontent.com/pod-product-compliance
Lightning Source LLC
LaVergne TN
LVHW040132080526
838202LV00042B/2885